BAD BOYS DON'T LOVE
The Wedding-Deal

Ein Pink Powderpuff Books-Roman

DANIELA FELBERMAYR

Daniela Felbermayr

BAD BOYS DON'T LOVE

The Wedding-Deal

Bibliografische Information der Deutschen Nationalbibliothek:
Die Deutsche Nationalbibliothek verzeichnet diese Publikation in der Deutschen Nationalbibliografie; detaillierte bibliografische Daten sind im Internet über http://dnb.dnb.de abrufbar.

  www.pink-powderpuff-books.com
  dany@pink-powderpuff-books.com
  Folgen Sie Pink Powderpuff Books auf Facebook oder Instagram oder melden Sie sich zum Newsletter an!

Herstellung und Verlag: BoD – Books on Demand, Norderstedt

ISBN: 978 – 3 -748175506

„If you don't love me, lie to me"
Lie to me, Bon Jovi

„It must have been love, but it's over now. It must have been good, but I lost it somehow"
It must have been Love, Roxette

„Just gonna stand there and watch me burn
– that's okay, 'cause I like the way it hurts

Just gonna stand there and see me cry –
that's okay, because I like the way you lie"
Love the way you lie, Eminem feat. Rihanna

KEINE ECHTEN NAMEN.

KEINE TELEFONNUMMERN.

KEIN ZWEITES DATE.

VERLIEBE DICH NICHT. NIEMALS.

PROLOG

„Hey Baby, ich bin völlig fertig und erst jetzt auf mein Zimmer gekommen. Die Hochzeit war großartig, aber als Brautjungfer war ich bis jetzt eingespannt. Ich hoffe, du träumst süß. Ich denke an dich."

***

„Sorry, ich bin über meinen Büchern eingepennt und erst jetzt aufgewacht. Schade, dass es schon so spät ist, ich hätte gerne noch deine Stimme gehört. Ich werd jetzt ins Bett übersiedeln und von dir träumen. Wir hören uns dann morgen, ja?"

***

„Hey mein Schatz. Sorry, dass ich mich erst jetzt melde, aber die Hochzeit hat mich ziemlich geschlaucht. Ist dir eigentlich klar, dass ich heute in einer Woche direkt an deiner Seite einschlafe? Ich hab dich lieb."

***

Rebecca Sterling legte ihr Handy zur Seite, nachdem sie jenen Tinderbekanntschaften, die sie im Augenblick gerade bei der Stange hielt, geantwortet hatte. Es waren nur drei, mit denen sie etwas intensiveren Kontakt hatte und mit nur einem von ihnen hatte sie bereits ein Date vereinbart, doch diese drei waren für den Moment genug. Sie bemerkte, dass es langsam etwas anstrengend wurde, immer wieder aufs Neue Männer kennenzulernen, ihnen für kurze Zeit Interesse und Verliebtheit vorzumachen und sie nach dem ersten Date – und der ersten Nacht – abzuservieren. Sie schüttelte kurz den Kopf. War sie völlig verrückt geworden? Daten und wieder abservieren war genau ihr Ding. Sie hatte keine große Lust auf den ganzen Beziehungskram und den Stress, den Beziehungen im Allgemeinen mit sich brachten. Dann warf sie einen Blick auf den Mann, der vor ihr in dem großen Kingsize-Bett lag und schlief wie ein Baby. Ein zufriedenes Lächeln setzte sich auf Rebeccas Lippen. Sie hatte Hunter, 39, nun doch endlich flachgelegt. Und nicht nur das: Er hatte die ganze Zeit über nicht geahnt, wer sie wirklich war. Sie schmunzelte. Am Ende hatte sie tatsächlich über ihn triumphiert. Die letzten zwei Jahre über hatte Hunter, 39, sie auf Tinder an der Nase herumgeführt. Er hatte sie gematcht und wieder gelöscht, neuerlich gematcht, einige Nachrichten mit ihr ausgetauscht und sie wieder gelöscht. Einmal hatten sie sich sogar in Philadelphia in einem Hotel verabredet und Hunter hatte Becky volle Breitseite versetzt. Vor etwa einem Jahr, nachdem er sie so derart hatte auflaufen lassen, hatte Rebecca ihn eigenhändig aus ihrer Tinderapp gelöscht und ihn zusätzlich blockiert. Sie hatte die Wegwerfnummer, mit der sie üblicherweise mit Tinderdates kommunizierte, gelöscht und hatte Hunter, 39, so ganz offiziell aus ihrem Leben verbannt. Alle Fotos, die er ihr geschickt hatte, hatte sie unwiederbringlich ins Handynirwana ausgesperrt. Es hatte sie zwar wirklich Überwindung gekostet, diesen gut aussehenden, heißen Kerl endgültig abzuservieren, der so eine unglaublich anziehende Wirkung auf sie ausübte, wie es zuvor noch kein Mann getan hatte. Doch sie hatte nicht vorgehabt, sich noch länger an der Nase herumführen zu lassen. Er hatte sein Spiel ohnehin schon viel zu lange mit ihr getrieben, und wenn überhaupt jemand mit jemand anderem spielte, dann war es Rebecca selbst. Alles in allem war es schade, dass sie auch Hunter wieder aus ihrem Leben streichen würde. Er war schon ein ganz besonderer Typ Mann. Aber so lief das nun mal. Rebecca verbrachte eine Nacht mit den Kerlen. Dann verschwand sie aus deren Leben. Ohne auch nur eine Spur von sich zu hinterlassen. Keine Namen, keine richtigen Telefonnummern, kein zweites Date. So lief das. Keiner der Männer, die Rebecca kennenlernte, kannte ihren richtigen Namen. Keiner von ihnen wusste wirklich, wer sie war. Mit der Zeit hatte sie sich ein ganzes

Sammelsurium von Lebensläufen, falschen Namen und Jobs zurechtgelegt, auf die sie jederzeit – und je nach passendem Kerl – zurückgreifen konnte. Es gab keine E-Mail-Adressen, keine Instagram-Namen („Ich habe beruflich mit diesem ganzen Social-Media-Kram zu tun und bin froh, wenn ich ihn in meiner Freizeit nicht nutzen muss") und erst recht keine Telefonnummern. Wenn Becky tatsächlich so weit ging, mit ihren Dates zu whatsappen oder zu telefonieren, dann tat sie das immer mit Wegwerfnummern, die sie löschte, sobald das Date mit dem jeweiligen Mann vorbei war.

An festen Beziehungen war Rebecca nicht interessiert. Nicht, seitdem sie mehrfach richtig heftig in Sachen Männer auf die Nase gefallen war. Becky, die heute all das war, was ein Mann sich von seiner Traumfrau erwartete, war als Jugendliche ziemlich mopsig und somit sehr schüchtern gewesen und hatte sich so zum Spätzünder entwickelt, was Männerbekanntschaften betraf. Auf der Highschool hatte sie kein einziges Date gehabt, und auf dem College verabredete sie sich einmal mit einem Kerl, der um einen Kasten Bier gewettet hatte, „die Fette aus dem Wohnheim" vögeln zu können. Rebecca hatte sich damals auf die Avancen von Kyle – so hatte der Kerl geheißen – eingelassen. Der hatte sie dreimal ausgeführt, sie ins Kino und zum Essen eingeladen und ihr gesagt, wie wunderschön sie sei und dass es ihn überhaupt nicht störte, dass sie „ein, zwei Kilo zu viel" auf die Waage brachte. In der Nacht, in der sie zum ersten Mal in ihrem Leben Sex hatte, hatte sie geglaubt, Kyle wäre der Richtige und es habe sich gelohnt, auf ihn zu warten. Er war anders als die anderen. Er machte sich nicht über ihr Übergewicht lustig und liebte sie, so wie sie war. Er stand zu ihr und sah den Menschen hinter ihrer Fassade. Nachdem er sie entjungfert hatte, hatte sie für zwanzig Minuten in seinem Arm gelegen und dem Marlboro-Rauch zugesehen, den er auspustete. Sie wusste nicht, ob das, was sie in jenem Moment erlebte, romantisch war. Ob es bei all den hübschen Mädchen auch so lief, dass jemand sich auf sie rollte, auf ihr herumrutschte, sich von ihr hinunterrollte und sich eine Zigarette ansteckte. Aber in diesem Moment war ihr das egal. Sie hatte Sex gehabt. Sie war nicht länger eine langweilige, alte Jungfer. Sie war zur Frau geworden. Und wer wusste schon, was die Zukunft für sie und Kyle bereithielt. Rebecca hatte sich in jener Nacht gut vorstellen können, Kyle eines Tages zu heiraten. Kinder mit ihm zu haben und in einem kleinen Haus in der Vorstadt zu leben.

Als Rebecca am nächsten Tag aufwachte, war Kyle verschwunden. Ein mulmiges Gefühl legte sich über sie, doch zunächst sagte sie sich noch, dass er bestimmt in aller Frühe eine Vorlesung gehabt hatte und sie deswegen nicht wecken wollte. Er hatte so nette Dinge zu ihr gesagt. Er war so lieb zu ihr gewesen. Und sie hatte solches Glück. Als sie im Wohnzimmer einen Film angesehen hatten und ihr kalt war, hatte er ihr eine Decke gebracht, sie zu sich in den Arm gezogen und sie gewärmt. Nein. Kyle war kein Arschloch. Kyle war einer von den Guten.

Dass sie sich – was Kyle betraf – getäuscht hatte, wurde ihr schmerzlich bewusst, als sie eine Stunde später aus ihrem Zimmer kam und sich auf den Weg in den Hörsaal machen wollte. Zunächst bemerkte sie nur, dass manche Studenten Oink-Geräusche machten, sobald sie an ihr vorübergingen, doch davon nahm sie keine Notiz. Es gab viele Insiderwitze und Running Gags auf dem Campus, von denen Studenten wie Becky nichts mitbekamen. Einmal hatte ein betrunkener Kerl nach einer Party im Wohnheim seine Klamotten „verloren", und für eine Weile hatten die Studenten sich nur so gegenseitig begrüßt, indem sie ihre Shirts in die Höhe rissen oder ihre Mäntel und Jacken – wie ein Exhibitionist – aufrissen. Es hatte Tage gedauert, bis die Lösung dieses Rätsels zu Rebecca durchgedrungen war, und sie selbst hatte nie jemanden anderen auf diese Weise begrüßt. Sie war jemand, den man übersah und der noch nicht einmal am Rande wahrgenommen wurde. Jemand, von dem man sich fragte, ob diese Person wirklich mit einem in die Klasse gegangen war, wenn man sein Jahrbuch vom Abschlussjahrgang viele Jahre später wieder einmal anschaute. Bis zu diesem Morgen. Als sie hinunter in den Eingangsbereich ihres Wohnheimes kam, waren überall Bilder von ihr aufgehängt worden. Wie sie – nur in ihrer überdimensionalen Unterhose und ohne BH, dafür mit Hängebrüsten – mit Kyle herummachte. „Ich habs mit Miss Piggy getrieben" stand in großen pinkfarbenen Lettern auf den Bildern, die wohl hundertfach aus dem Fotokopierer gekommen waren. Daneben war ein krakeliges rosa Schwein gemalt worden, darunter stand – etwas kleiner: „Und sie ist wirklich ein Schweinchen." Zwei Mädchen gingen an Becky vorbei, als die gerade die Eingangshalle betrat und die Bilder sah. Eine von ihnen begann zu kichern, die andere machte Quiek-Geräusche. Draußen auf dem Campus hatte sich die Nachricht, dass Kyle Jennings Rebecca Sterling gevögelt hatte, wie ein Lauffeuer verbreitet. Becky konnte kaum einen Schritt tun, ohne von irgendjemandem angeoinkt zu werden.

„Wenn du hundert Pfund abnehmen würdest, würd ichs auch mit dir treiben", rief ihr einer zu, als sie das Juragebäude auf dem Campus betrat. Selbst während der Vorlesung kam sie nicht zur Ruhe. Die Bilder hatten inzwischen die Runde gemacht, wurden auf Handys herumgezeigt und in Papierform zwischen den Sitzreihen hin und her gereicht. Das Ende vom Lied war, dass Rebecca die Uni wechselte und von der Columbia an die Boston State ging.

Kyle Jennings war für sehr lange Zeit Rebeccas erste und einzige sexuelle Erfahrung gewesen. Die Narben, die er bei ihr hinterlassen hatte, hatten sich zu sehr in ihre Seele eingebrannt, als dass sie sich darauf wieder auf einen Mann eingelassen hätte. Sie hatte zwar hin und wieder Dates, doch mehr als ein-, zweimal Ausgehen war nicht drin. Zu groß war ihre Angst, dass sie wieder aufwachte und jemand Fotos von ihr veröffentlicht hatte. Ihr war zwar bewusst, dass das den anderen Kerlen gegenüber nicht unbedingt fair war, doch sie würde niemals vergessen, wie es sich angefühlt hatte, als ihre Kommilitonen ihr engegengeoinkt und sich über sie lustig gemacht hatten. Und dann … lernte sie Jon kennen. Eher zufällig als beabsichtigt, und als die beiden sich zum ersten Mal begegneten, dachte Becky im Leben nicht, dass sie einmal eine Beziehung mit ihm führen würde. Jon war drei Jahre älter als sie, Sportler und er arbeitete neben seinem Studium als Verkäufer in einem Footlocker-Store. Sie waren Nachbarn in dem Wohnhaus, in dem sie beide ihr erstes, eigenes Appartement hatten, und verstanden sich zunächst nur platonisch. Sie aßen zusammen, gingen ins Kino, lachten und hatten so viel Spaß, dass Becky oft Bauchschmerzen bekam, wenn sie und Jon herumalberten. Sie waren so ziemlich auf derselben Wellenlänge, hatten denselben schrägen Humor und verstanden sich auch ohne Worte. Jon machte irgendwie wieder heil, was Kyle zerstört hatte, und Becky schaffte es, ihre Bedenken Männern gegenüber zu überwinden und ihm zu vertrauen. Und irgendwann wurde ein Paar aus den beiden. Jon war humorvoll, nett und charmant, auch wenn er hin und wieder eine Seite zeigte, die Becky gegenüber nicht fair war. Hatte er einen schlechten Tag, mäkelte er an ihrem Gewicht herum und machte sich über sie lustig. War oft nicht fair zu ihr und ließ seine Wut an ihr aus. Und jedes Mal fand Rebecca eine neue Ausrede, warum es schon okay war, dass Jon tat, was er tat. Er war nunmal so. Und er hatte bestimmt einen stressigen Tag im Laden gehabt. Er war Sportler und hatte eben eine andere Sicht auf die Dinge als sie. Eigentlich hatte sie schon großes Glück, einen Mann wie ihn an ihrer Seite zu haben.

Eines Tages, als Becky früher aus dem Büro kam, erwischte sie Jon in flagranti mit der Nachbarin, die gegenüber wohnte. Und erfuhr im Nachhinein, dass er sie die ganzen letzten Jahre über mit allem betrogen hatte, was einen Rock angehabt hatte. Die Trennung damals war ziemlich hässlich gewesen, und Jon hatte ihr zu allem Überfluss auch noch vorgeworfen, dass es ihre eigene Schuld war, dass er sich anderweitig umsehen musste. Immerhin hatte sie nie getan, was er von ihr erwartete: nämlich, dass sie aufhörte, sich zu rasieren, sowie in nuttigen Stilettos und Strumpfhosen – und sonst nichts – durch die

Wohnung lief. Er setzte es sich in den Kopf, dass seine Partnerin in diesem Outfit täglich herumlief. Sobald sie aus dem Büro kam, sollte sie sich umziehen und so durch das Appartement stöckeln. Natürlich waren diese „Anforderungen" für Becky, die oft Zwölf-Stunden-Tage hinter sich hatte und mit einer fiesen Migräne kämpfte, ein No-Go. Natürlich hätte sie sich vorstellen können, ihm diesen Gefallen hin und wieder zu tun. Aber … Jon verlangte das täglich, und nach einem langen Tag im Büro hatte sie einfach keine Lust, ihm die Nutte zu machen. Außerdem wollte sie nicht, dass der Mann an ihrer Seite sie als Bordsteinschwalbe sah. Sie wollte, dass ihr Partner sie als das betrachtete, was sie war: eine integere, toughe, humorvolle Frau. Aber nicht, dass er sie für eine billige Schlampe hielt.

Als sie sich von Jon getrennt hatte, begann sie, ihr Leben umzukrempeln. Zweimal hatte ein Mann sie jetzt verarscht und hintergangen und beide Male hatten Äußerlichkeiten dabei eine große Rolle gespielt. Nie wieder würde ihr das passieren. Sie begann, Sport zu treiben und abzunehmen. Und sie begann, ihre Einstellung Männern gegenüber zu ändern. Dieser ganze Mist, von wegen großer Liebe und die ewige Glückseligkeit mit dem richtigen Kerl, das war doch alles Mumpitz. Die Realität da draußen sah ganz anders aus. Und wer sagte eigentlich, dass nur Männer das Recht hatten, Frauen auszunutzen, ihnen die Sterne vom Himmel zu holen und sie fallen zu lassen wie eine heiße Kartoffel, wenn sie hatten, was sie wollten? Was, wenn Rebecca den Spieß umdrehte? Und ab sofort kein braves Mädchen mehr war, sondern ein böses?

***

Becky seufzte, als sie Hunter, der sich ihr als „Andrew Lincoln" vorgestellt hatte, noch einmal ansah. Sie schmunzelte. Auch er hatte den Namen eines Seriendarstellers genutzt, genau wie sie. Sie hatte sich als Jessica Day vorgestellt. Den Rollennamen von Zooey Deschanel aus „New Girl" mochte sie. Sie fand, sie hatte mit Jessica Day ziemlich viel gemeinsam. Sowohl vom Typ her als auch charakterlich. Dass Hunter sich für Andrew Lincoln, den Hauptdarsteller aus „The Walking Dead", entschieden hatte, fand sie seltsam. Ob er damit wohl ein Gespräch vom Zaun brechen wollte? Auf jeden Fall schien er dasselbe Spiel zu spielen wie sie, und das machte ihn interessant. Es war wirklich jammerschade, dass sie beide nicht – so wie Paare überall auf der Welt – weitermachen konnten. Einfach noch ein Date haben, nett essen gehen und sehen, wohin das Ganze führte. Doch Hunter war ein Kerl, von dem man besser die Finger ließ. Er hatte sie in der Vergangenheit nicht nur einmal, sondern mehrmals richtig fies an der Nase herumgeführt. Niemals würde sie vergessen, dass sie seinetwegen nach Philadelphia gefahren und sich in einem Hotel eingemietet hatte. Nur, um sich im Anschluss daran anzuhören, dass dieser Mistkerl gar nicht in der Stadt war und nur sehen wollte, ob sie tatsächlich auftauchte. Sie schüttelte kurz den Kopf, um diese bittere Erinnerung aus ihren Gedanken zu vertreiben, dann erhob sie sich leise aus dem Sessel, in dem sie gesessen hatte, während sie ihren anderen Eisen im Feuer geschrieben hatte. Während sie darüber nachgedacht hatte, welche Umstände sie hatten werden lassen, was sie war, und während sie Hunter noch einmal ansah. Zu gerne hätte sie sein Gesicht gesehen, wenn er aufwachte und sie nicht mehr da war. Bestimmt hatte er längst einen Plan, warum er sie sofort und gleich aus seiner Suite entfernen musste. Männer wie er hatten doch immer einen solchen Plan. Ein Geschäftstermin zum Beispiel oder eine Reise. Vermutlich holte ihn sein „Fahrer" gleich ab. Oder es gab ein Meeting in der Suite, und sie musste sie deshalb sofort verlassen. Der Klassiker war: „Ich habe vergessen, dir zu sagen, dass ich verheiratet bin, und meine Frau taucht gleich hier auf" – welche Gespielin für eine Nacht wollte schon der Ehefrau ihres One-Night-Stands begegnen. Leicht bekleidet und die Haare noch zerzaust vom heftigen Sex? Becky kannte jede einzelne dieser Ausreden, hatte sie die eine oder andere doch schon ziemlich oft

20

selbst genutzt. Ob er sich darüber ärgerte, dass er diesmal nicht zum Zug gekommen war, sondern selbst – mehr oder weniger – abserviert worden war? Oder ob er sich darüber freute, dass er sich nicht mit einer zickigen Tussi herumärgern musste, die so gar nicht verstand, warum der Mann ihrer Träume sie nach einer einzigen heißen Nacht nicht mehr sehen wollte? Sie schmunzelte. Sie und Hunter hätten in einer anderen Welt bestimmt ein ziemlich perfektes Paar abgegeben.

Sie warf ihm noch einen letzten, fast sehnsuchtsvollen Blick zu, diesem wunderschönen, schlafenden Mann, ehe sie die Tür langsam aufdrückte, aus der Suite schlüpfte und aus dem Leben von Hunter, 39, verschwand.

eins

„Wangs Waschsalon. Wil blingen ihle Wäsche wiedel zum Stlahlen. Guten Molgen, was kann ich fül Sie tun?"

Hunter sah sein Telefon verwirrt hat. Hatte er die richtige Nummer erwischt? Er prüfte die Ziffern, die er auf dem Blatt Papier notiert hatte, und jene, die auf dem Display seines iPhone angezeigt wurden. Sie stimmten überein. Vielleicht arbeitete die Kleine dort. Obwohl sie, so tough und clever, wie sie herübergekommen war, nicht wirklich gewirkt hatte, als würde sie in einem Waschsalon arbeiten. Was hatte sie gleich wieder erzählt, dass sie beruflich machte? Er hatte es vergessen und zunächst war es ihm auch egal gewesen. Bei all den Frauen, die er mit den Jahren gedatet hatte, hörte er schnell einmal über Dinge hinweg, die nicht so sehr von Belang waren. Und wie wichtig konnte der Job einer Frau schon sein, mit der er eine heiße Nummer schob und die er dann wieder aus seinem Leben entfernte? Sie hatte ihm doch die richtige Nummer gegeben, oder? Natürlich. Niemand würde einen Hunter Kennedy abblitzen lassen oder ihm die falsche Nummer geben. Ihm nicht. Und die Kleine konnte sich auch glücklich schätzen, dass er sie zurückrief. Das hatte er eigentlich noch nie gemacht, aber dass sie einfach so ohne ein Wort abhaute, konnte er nicht auf sich sitzen lassen. Das kränkte seinen Stolz. Er war immerhin ein Mann, der sie alle haben konnte. Er würde sie zu einem zweiten Date einladen, ihr die Sterne vom Himmel holen und dann derjenige sein, der sie absägte. Der sie richtig fies und heftig absägte. Niemand sägte Hunter Kennedy zuerst ab. Niemand.

„Hallo, mein Name ist Hun … Andrew Lincoln. Ist Jessica Day zu sprechen?"
„Andlew Lincoln? Walking Dead?" Die Stimme am anderen Ende klang plötzlich sehr aufgeregt. „Oh, ich finde Sie gut in Walking Dead. Wil haben eine Sondellabattaktion fül Schauspielel, Mistel Lincoln", sagte der Mann. „Wenn kommen und untelschleiben auf Foto, dann wil leinigen alle ihle Wäsche um minus zwanzig Plozent! Lebenslang!"

„Ich … Es ist nur eine Namensgleichheit", sagte Hunter und grinste. „Ich würde bitte gerne eine Ihrer Mitarbeiterinnen sprechen. Ihr Name ist Jessica Day."

Der Ton des Mannes am anderen Ende der Leitung, der bis eben noch so höflich, nett und aufgeregt gewesen war, schlug plötzlich um. „Es gibt keine Jessica Day hiel. Auch keine Lachel Gleen, keine Pipel Halliwell und keine Gablielle Solis. Ich lufe Polizei, wenn Sie noch mal anlufen. Und sagen Sie Ihlel Fleundin, sie nicht immel geben diese Nummel an Männel."

Hunter legte auf, während der Mann am anderen Ende der Leitung immer noch wie ein Rohrspatz herumschimpfte, und besah sich sein Handy fragend. Die Nummer, die sie ihm gegeben hatte, stimmte nicht. Das konnte nur ein Zufall sein. Sie musste sich geirrt, und aus der Aufregung heraus einen Zahlendreher fabriziert haben. War es möglich, dass die Kleine von Samstag Nacht mit ihm genau die Show abgezogen hatte, die er für gewöhnlich immer mit Frauen abzog?

***

„Becky, verarschst du mich gerade?" Hallie sah von ihrem Frühstücksbagel auf und konnte es nicht glauben.

„Ich verarsche dich absolut nicht, er war es", sagte Becky und sah höchst zufrieden drein. Die beiden Frauen hatten sich zum Frühstück verabredet, bevor Becky ins Büro musste und Hallie ihre Flitterwochen mit Chris auf den Malediven antrat. „Es war Hunter, ganz bestimmt. Er hat sich zwar als Andrew Lincoln vorgestellt, aber es passt zu ihm, dass er ebenfalls mit falschem Namen arbeitet so wie wir. Ich meine, so wie ich."
Seit ihre beste Freundin ihr einstiges Tinderdate

Chris geheiratet hatte, war Becky das einzige Bad Girl, das aus ihrer Wohngemeinschaft übrig war.

„Und er hat dich nicht erkannt? Ihr habt doch damals so viele Fotos ausgetauscht. Und telefoniert", fragte Hallie. „Es müsste ich doch zumindestens deine Stimme bekannt vorgekommen sein, oder dein Gesicht."

„Ich hätte ihn auch nicht erkannt, und wenn er mich damals nicht so hätte auflaufen lassen, wäre ich bestimmt nicht dahintergekommen, wer er ist. Meinst du, ich würde mich an jeden Kerl erinnern, mit dem ich einmal kurz online Kontakt hatte? Aber die Sache damals hat sich so in mein Gehirn eingebrannt, dass er da wohl für immer gespeichert bleibt." Becky nahm einen Schluck Orangensaft. „Ich wünschte, ich hätte damals nicht die ganzen Chatverläufe gelöscht. Da waren wertvolle Infos dabei."

„Wertvolle Infos? Du siehst ihn doch sowieso nicht wieder", stellte Hallie nüchtern fest.

„Ich weiß. Aber es gab da so einige Dinge, die ich gerne abgebglichen hätte. Hätte ich das ganze Zeug damals doch bloß nicht verbrannt." Kurz bevor Hallie und Chris wieder zusammengekommen waren, hatten Becky und sie sämtliche Erinnerungsstücke verbrannt, die sie an die Männer erinnerten, die ihnen übel mitgespielt hatten. Becky hatte damals die ausgedruckten Chatverläufe mit Hunter dem Feuer geopfert.

„Ja. Ich heule den ersten Kinokarten mit Chris und den Fotos aus dem Fotoautomaten auch immer noch hinterher", klagte Hallie.

„Du hast deinen Typen mittlerweile geheiratet", sagte Becky schmunzelnd. „Ich denke nicht, dass du Grund hast, zu jammern." Sie lachte.

„Und … hat er gehalten, was du dir damals von ihm versprochen hast?", fragte Hallie. Becky hatte immer gemeint, dass Hunter, 39, so etwas wie ein Sexgott sein musste. Nicht nur, dass er ganz bestimmt sehr genau wusste, wie man eine Frau im Bett zu nehmen hatte, er strahlte diese unglaubliche Anziehung aus, diese Dominanz, die alles um ihn herum in ihren Bann zog. Becky begann zu grinsen. „Kannst du laut sagen. Der Typ ist eine Maschine im Bett. Ich wusste es. Genau so, wie ich die Typen mag. Dominant, selbstbewusst, nehmen sich, was sie wollen, aber du weißt trotzdem, dass da tief in ihnen drin eine liebevolle Seite steckt, die sie nur nicht an die Oberfläche schwappen lassen wollen."

„Klingt nach einem Volltreffer."
„Ja. Kerle wie Hunter gibt's wenige. Und dessen ist er sich auch absolut bewusst." Becky schüttelte den Kopf. „Andrew Lincoln", murmelte sie dann.

„Hallo, Ladys, störe ich?" Chris war an den Tisch gekommen, an dem Becky und Hallie saßen. Hallie erhob sich und küsste ihren Mann. Die beiden waren ein hübsches Paar, und sie waren die Ersten, von denen Becky wirklich glaubte, dass sie sich für immer lieben konnten. Als sie Hallies und Chris' Geschichte seinerzeit hautnah mitbekommen hatte, damals, als sie und Hunter locker online Kontakt gehabt hatten, hatte sie für den Hauch eines Augenblicks geglaubt, sie und Hunter konnten ebenfalls eine Chance auf so eine Beziehung haben. Zwi Alphatypen auf einem Schlag – das hätte interessant werden können. Doch dann hatte Hunter sie in Philadelphia versetzt und sie hatte ihn aus ihrem Leben verbannt. Männer wie Hunter waren nicht so wie Chris. Und Becky war nicht wie Hallie und auch das war gut so.

„Wir müssen dann langsam los, wenn wir unseren Flieger noch erwischen wollen", sagte Chris, nachdem er Becky begrüßt hatte.

„Trifft sich gut, ich muss dann ohnehin auch ins Büro. Das werden drei lange Wochen ohne dich, Hallie."

„Halte mich auf dem Laufenden, was den Bürotratsch anbelangt."

„Mach ich." Becky erhob sich, trank ihren Orangensaft aus und bemerkte, dass sie schon ziemlich spät dran war. Das bedeutete einen Sprint ins Büro.

***

„Scheiße, du bist echt gehuntert worden?"
Wayne McKellan schlug sich auf die Oberschen-
kel und konnte es nicht glauben. „Du? Der absolute Womanizer himself? Ich packe es nicht."

„Mach nicht so eine große Sache daraus. Die
Kleine war bestimmt lesbisch." Hunters Mundwinkel zuckten. Wenn er eines ganz sicher wusste, dann, dass die Kleine NICHT lesbisch war.

„Und hat sich von dir flachlegen lassen? Sicher
doch. Gibs zu. Eine hat dir widerstanden und damit kommst du nicht klar."

Hunter sagte seinem besten Freund nicht, dass er
mitunter eventuell ernsthaftes Interesse daran
gehabt hatte, Jessica wiederzusehen – obwohl sie
in Wahrheit wohl gar nicht so hieß. Sie schien
Humor zu haben, selbstbewusst zu sein, und sie
war die Erste, die sich – zumindest nach außen
hin – so gar nicht von all dem beeindrucken ließ,
was er ihr auftischte. Die Präsidentensuite, eine
Kaviarplatte und Dom Perignon. Sie war so anders gewesen als alle Frauen, die er bisher gehabt
hatte. Viele hatten zunächst so getan, als würden
sie sich von ihm und seinem Status nicht beeindrucken lassen, doch bei Jessica, so war er sich
sicher, war es echt gewesen. Sie hatte integer
gewirkt und tough. Aber … vermutlich hätte sie
ihn nach ein paar Wochen ohnehin auch gelangweilt. So wie alle anderen Frauen, die ihm bisher
begegnet waren. Dass er sie nun wirklich nicht zu
einem zweiten Date einladen, und sie dann sei-

nerseits bitterböse abservieren konnte, kam ihm wirklich höchst ungelegen.

Gemeinsam mit Wayne betrat er das Bürogebäude, in dem die Kennedy Corporation untergebracht war. Das Unternehmen war seinerzeit von seinem Urgroßvater, Sam Kennedy, einem Ölbaron, aufgebaut worden, förderte und verkaufte Erdöl und hatte seit einiger Zeit einen Deal mit einem großen Anbieter für alternative Energien. Dadurch war die Kennedy Corporation in das digitale Zeitalter eingestiegen und hatte eine Firma gegründet, die nicht nur die eigene IT sicherte, sondern diese Dienste auch für externe Unternehmen anbot. Hausintern wurde diese Abteilung scherzhaft Onlinekindergarten genannt, weil unter anderem auch einige Cybernannys beschäftigt wurden, die den lieben langen Tag über nichts weiter zu tun hatten, als die Webseiten der Kunden – und jene, die deren Mitarbeiter aufsuchten – zu checken und zu prüfen, ob jugendgefährdende Inhalte vorhanden waren. Soweit Hunter wusste, war die Abteilung ziemlich auf Zack und im Vorjahr hatten sie einen Ring aus Kinderhändlern hochgehen lassen. Es war definitiv der richtige Schritt gewesen, die Firma um genau jene Geschäftszweige zu erweitern, die jetzt im Kommen waren. Da war Hunter sich sicher gewesen. Erdöl schien ein Ablaufdatum zu haben. Wenn nicht jetzt, dann in einigen Jahren oder Jahrzehnten.

Kriminelle Mistkerle, die ihre Dinger online drehten, würde es wohl immer geben.

Jetzt war Hunter zu einem Termin bei seinem Vater Charles unterwegs, der bestimmt alles andere als angenehm werden sollte. Sein alter Herr hatte – verständlicherweise – so seine Probleme mit dem Lebensstil seines Filius. Hunter war zwar einigermaßen in die Geschäfte der Firma eingebunden, doch lange nicht so, wie sein Vater es sich wünschte. Er selbst fand seine Aktivitäten für die Kennedy Corporation völlig ausreichend. Er hatte schließlich nie behauptet, einem Burnout aufsitzen zu wollen und sich zu überarbeiten.

Hunter und Wayne betraten die Eingangshalle des Bürogebäudes und ihm entgingen die Blicke der weiblichen Angestellten nicht, die ihm zufielen. Ein selbstzufriedenes Lächeln setzte sich auf seinen Lippen ab. Er hätte nur mit dem Finger schnippen müssen und jede hier, egal ob Projektleiterin, Buchhalterin, Sekretärin oder Empfangsdame, haben können. Seinem Vater hatte er hoch und heilig versprechen müssen, niemals etwas mit einer Angestellten anzufangen. Charles Kennedy wollte es tunlichst vermeiden, sich auch noch einem Prozess wegen sexueller Belästigung ausgesetzt zu sehen, nur weil sein Sohnemann die Finger nicht stillhalten konnte. Und in Zeiten wie diesen konnte man ja nie wissen, wie sich eine geschasste Geliebte rächte.

„Bereit?", fragte Wayne, als sie einen der Lifte betraten, die an der rechten Seite der Eingangshalle, einer neben dem anderen, aufgereiht waren. „Habe ich eine Wahl?" Hunter wünschte, er könnte diesem Termin irgendwie entgehen, doch er sah keine Möglichkeit. Dieser Tag begann echt bescheuert. Erst gab die Kleine von Samstagnacht ihm eine falsche Nummer, dann musste er sich von einem chinesischen Reinigungsbesitzer beschimpfen lassen, und schließlich wurde er auch noch zur Audienz bei seinem Vater gebeten, was nichts Gutes verhieß.

Der Lift war fast voll besetzt, als Hunter und Wayne einstiegen. Wayne betätigte die Taste für das oberste Stockwerk, und die Türen waren gerade dabei, sich wieder zu schließen, als zarte Frauenfinger dazwischen auftauchten. Die Nägel der Finger waren in hellem Rot lackiert und zogen Hunters Blicke sofort auf sich. Die Türen glitten wieder auf und eine attraktive Dunkelhaarige betrat den Lift.

„Morgen, Becky, wie war die Hochzeit?" Eine pummelige Rothaarige wandte sich an die Frau.

„Hey, Lisa. Die Hochzeit war toll, und Hallie war die schönste Braut, die du dir vorstellen kannst", plauderte die Dunkelhaarige aus dem Nähkästchen. „Ihr Kleid war atemberaubend und wir haben bis in die frühen Morgenstunden gefeiert." Hunter stockte der Atem, als er die Frau er-

31

kannte. Sie log ihrer Kollegin frech ins Gesicht. SIE hatte bestimmt nicht bis in die frühe nMorgenstunden getanzt. Bis in die frühen Morgenstunden war sie unter, vor und auf ihm gewesen. Hatte sich ihrer Lust völlig hingegeben und war eine Frau gewesen, mit der der so ziemlich den heißesten Sex seines Lebens gehabt hatte. Er trat einen Schritt zurück und sah zu Boden. Diesen Vorteil, der sich ihm hier gerade geboten hatte, wollte er sich nicht verbauen. Offenbar war heute doch nicht so ein mieser Tag, wie er zunächst geglaubt hatte. Ein zufriedenes Lächeln zeichnete sich auf seinen Lippen ab. Sein One-Night-Stand vom Samstag hatte den Lift soeben betreten. Und zu allem Überfluss stand sie auch noch auf der Gehaltsliste seines Vaters.

zwei

Rebecca hatte nicht bemerkt, dass sie im selben Lift wie Hunter gewesen war. Stattdessen hatte sie sich mit Lisa Snyder aus dem Controlling über Hallies Hochzeit unterhalten. Lisa hatte an der Feier leider nicht teilnehmen können, weil ihre Tochter sich erkältet hatte. Üblicherweise beachtete sie die anderen Leute im Lift auch nicht. Gerade zu den Morgenstunden waren die Aufzüge stets voll belegt. Es würde einer Tortur gleichkommen, würde Becky jeden einzelnen Fahrgast ansehen und abscannen. So war ihr der große, gutaussehende Kerl, der ihr vor nicht einmal zwei Tagen eine der heißesten Nächte ihres Lebens beschert hatte, einfach entgangen.

Sie marschierte in ihr Büro und fuhr ihren Rechner hoch. Üblicherweise teilte sie sich den Raum mit Hallie, doch die war jetzt wohl bereits auf dem Weg zum Flughafen und würde in Kürze in Richtung Malediven abheben. Es würde ganz schön langweilig werden, Hallie nicht gegenübersitzen zu haben. Doch in drei Wochen war sie ja wieder zurück. Rebecca und Hallie leiteten gemeinsam die Abteilung für Kindersicherheit im

Netz bei der Kennedy Corporation. Als sie sich vor Jahren für die Stelle beworben hatte, hatte sie es zunächst seltsam gefunden, dass ein Unternehmen, das sich seinen Namen eigentlich in der Erdölbranche gemacht hatte, auf digitale Sicherheit setzte, doch wie die Personalleiterin ihr erklärt hatte, war das eine Investition in die Zukunft. Alternative Energien und digitale Inhalte sollten sichern, was Erdöl damals die Firma zu dem hatte werden lassen, was sie heute war. Für Becky machte das durchaus Sinn und so wurde sie – gemeinsam mit Hallie – eine Cybernanny. Sie scannten und beobachteten Seiten, die für Kinder eine Gefahr darstellen konnten, prüften Inhalte auf Seiten, die für Kinder gemacht worden waren, und hatten so schon einige wirklich heftige Fälle hopsnehmen können. Man mochte gar nicht glauben, wie viel kranker Scheiß im Internet unterwegs war. Becky war froh, ihren Teil dazu beitragen zu können, dass Kinder zum einen sicher im Netz surfen konnten, und dass Menschen, die ihr Unwesen dort trieben, das Handwerk gelegt wurde. Sie rief die erste Internetseite auf, die sie screenen sollte, nahm einen Schluck Kaffee und klickte sich durch die noch einfach zugänglichen Bereiche. Üblicherweise waren die Inhalte, die einen Straftatbestand darstellten, natürlich nicht so einfach für jedermann zugänglich. Doch Hallie und Becky hatten im Laufe der Jahre und im Zuge ihrer Ausbildung so ziemlich jeden Kniff drauf, um hinter die Fassade

34

einer noch so gut abgesicherten Website blicken zu können.

„O mein Gott, hast du schon gesehen, wer heute im Haus ist?" Becky sah auf. Vor ihrem Büro unterhielten sich zwei Praktikantinnen miteinander. Blutjunge Dinger, die in Miniröcken und viel zu stark geschminkt durch die Gänge fegten und bei denen sich Becky jedes Mal fragte, ob das ihre Vorstellung von „seriös" war oder ob sie einfach nur versuchten, möglichst viel männliche Aufmerksamkeit zu erhaschen.

„Nein", sagte die zweite Praktikantin und wirkte gelangweilt. Becky hatte das Mädchen schon oft gesehen. Es wirkte irgendwie dauernd übermüdet und nicht gerade motiviert.

„Der Sohn vom Chef. Also Kennedy Junior. Der Typ ist vielleicht heiß. Soll so ein richtiger Mr.-Grey-Verschnitt sein, wenn du weißt, was ich meine."

Becky hielt inne. Dass Mr. Kennedy einen Sohn hatte, wusste sie gar nicht. Der Oberboss persönlich war zwar hin und wieder bei einem Meeting anwesend gewesen, in dem auch Becky gesessen hatte, doch mit ihm persönlich hatte sie – bis auf einen halbherzigen Handschlag bei der Weihnachtsparty – nichts zu tun.

„Ist er heiß?", fragte die lahme Praktikantin die aufgedrehte.

„Und wie. Er ist Anfang vierzig, steinreich und ein Playboy. Wenn du's schaffst, sein Sugarbaby zu werden, dann kannst du dir ganz schön was rausschlagen, für eine gewisse Zeit zumindest."

Becky würgte lautlos. „Sugarbaby." Junge Dinger, die versuchten, aufgrund ihrer Jugend und Schönheit bei älteren Kerlen zu punkten. Mädchen, die Becky so manches Date auf Tinder versaut hatten. Seit sie die dreißig überschritten hatte, war es in der Tat schon mehrfach vorgekommen, dass ein Kerl ihr sagte, sie wäre ihm schlicht zu alt, und das, obwohl sie besser aussah, als viele Frauen mit Mitte Zwanzig. Niemand schätzte sie von vorn herein auf über dreißig, aber wenn sie ihr wahres alter dann verriet – übrigens etwas, was sie immer Tat – sprangen einige ab. Viele der Typen, die möglicherweise für sie infrage kamen, wurden ihr auch gar nicht mehr angezeigt, weil die das Alter der Damen, die sie kennenlernen wollten, auf unter dreißig festgesetzt hatten.

„Und jetzt hast du vor, das Sugarbaby von dem Typen zu werden?", fragte die lahme. Es hatte den Anschein, als würde sie sich nicht für Kennedy Junior interessieren, wer immer das auch sein mochte.

„Wenn es sich ergibt, werde ich mein Bestes tun." Die aufgedrehte grinste. Becky nahm sich vor, den Kerl – Kennedy Junior – später zu googeln. Doch für den Moment brauchte sie etwas Zeit, um sich auf ihre Arbeit zu konzentrieren, also ging sie zu ihrer Bürotür und schloss die beiden Sugarbabys da draußen aus.

***

Hunter befiel ein mulmiges Gefühl, als er vor
der Bürotür seines Vaters stand und mit sich rang,
einzutreten. Viel lieber hätte er sich auf die Suche
nach „Jessica" gemacht, die eigentlich Rebecca
Sterling hieß und den Fehler gemacht hatte, ihre
Zutrittskarte zum Gebäude gut leserlich an ihrem
Blazer befestigt zu haben. Dieses kleine Miststück. Rebecca Sterling also. Sobald diese Sache
mit seinem Vater – was immer der auch von ihm
wollte – ausgestanden war, würde er sich von der
Personalabteilung Jessicas/Rebeccas Personalakte
geben lassen und sie zu sich beordern. Eigentlich
hatte er vorgehabt, an diesem Nachmittag zurück
nach L. A. zu fliegen, wo er die meiste Zeit in
seiner Villa in Bel Air verbrachte. In Los Angeles
gab es für seinen Geschmack einfach die heißeren
Frauen als hier an der Ostküste. Er hatte ein paar
Dates verschieben müssen, weil sein Vater ihn an
diesem Montagmorgen unbedingt hatte sprechen
wollen, und sich so im Waldorf Astoria eingemietet, anstatt seine Wohnung am Central Park zu
beziehen – oder einen der Landsitze der Familie
in Anspruch zu nehmen. Er wollte so schnell wie
möglich wieder raus aus New York, doch mit
Rebecca hatte er noch ein Hühnchen zu rupfen.

Ein gewaltiges Hühnchen. Ihr Gesichtsausdruck würde unbezahlbar sein, wenn sie in sein Büro trat und ihn dort vorfand. O ja, er würde sie dazu bringen, sich zu winden. Natürlich würde auch er seine Deckung aufgeben müssen, aber das war ihm egal. Er saß ohnehin am längeren Ast. Doch jetzt würde er erst einmal den unangenehmen Teil des Tages hinter sich bringen müssen. Er straffte seine Schultern, klopfte kurz an und betrat dann das Vorzimmer des Büros seines Vaters.

Die Sekretärin, die an einem langen, weißen Schreibtisch saß und gerade etwas tippte, sah auf und hielt für eine Sekunde den Atem an. Hunter grinste leicht. Seine Wirkung auf Frauen war sensationell. Hätte er Jessica/Rebecca nicht vorhin im Lift getroffen, hätte er sich gut und gerne vorstellen können, dass er dieser Dame eine schöne Nacht bescherte, auch wenn er seinem Vater versprochen hatte, die Finger von den Angestellten zu lassen, doch zunächst würde er sich erst mal um sein Date vom Samstag kümmern und ihr beibringen, was einem blühte, wenn man einen Mann wie ihn an der Nase herumführte.

„Mr. Kennedy. Ihr Vater erwartet Sie schon." Die Sekretärin stand auf, strich ihr Kostüm glatt und sah ihn an. O ja, es würde ihn nur ein Fingerschnippen kosten, um sie abzuschleppen. Und seinen Vater würde es verrückt machen.

„Kann ich direkt durch?"

„Aber ja. Haben Sie einen Wunsch? Eine Tasse

Kaffee? Etwas Wasser? Oder etwas anderes?" Sie
sah ihm in die Augen. Am liebsten hätte sie sich
wohl umgehend die Kleider vom Leib gerissen
und sich auf ihn gestürzt.

„Danke, ich hatte vorhin schon einen Kaffee."
„Wenn Sie irgendetwas brauchen, geben Sie Bescheid, ja?"

„Mach ich." Hunter betrat das große Büro seines
Vaters, das im Industrial-Style eingerichtet war.
Die Wand links von ihm war durch eine Fensterfront ersetzt worden, durch die man auf das mor-
gendliche Manhattan und auf den Hudson sehen
konnte. Sein Vater thronte fast hinter seinem
Schreibtisch, auf dem sich kein Computer und
auch sonst nur wenige Papiere und ein Telefon
befanden. Charles Kennedy war kein Freund von
moderner Technik.

„Guten Morgen, Dad", sagte Hunter, als er
eintrat. Schon am Blick seines Vaters konnte er
erahnen, dass das Gespräch, das die beiden gleich
führen würden, kein sehr angenehmes sein würde.

„Da bist du ja endlich." Charles Kennedy
stand auf und ging auf seinen Sohn zu. Distan-
ziert reichte er ihm die Hand. „Setz dich. Wir
müssen etwas besprechen."

Hunter nahm auf dem Sofa Platz, das zu der
Sitzgruppe gehörte, die sich im rechten Bereich
des Büros befand.

„Also, Dad, worum geht's?", fragte er.

Sein Vater sah ihn einige Momente lang an.
Während Frauen zu zerschmelzen schienen, wenn

sie Hunter anblickten, erkannte er im Blick seines Vaters fast so etwas wie Abscheu.

„Ich werde mich demnächst zur Ruhe setzen", sagte Charles und sah Hunter an. Hunter entspannte sich ein wenig. Es stand schon lange im Raum, dass Charles Kennedy das Zepter der Firma endgültig an seinen Sohn übergeben sollte, und wenn Hunter ehrlich war, konnte er es kaum erwarten, die Führung der Firma zu übernehmen. Er würde so einiges anders machen, das war ihm längst klar. Ein zufriedenes Lächeln zierte seine Lippen.

„Der Grund, warum ich dich heute zu mir beordert habe, ist, weil ich dir sagen wollte, dass ich dir nicht die Firma übertragen werde, so wie ursprünglich geplant. Ich werde sie verkaufen. Es gibt bereits einige Interessenten."

Hunters Lächeln gefror und er sprang auf. „Was? Aber, Dad, dein Großvater hat die Firma groß gemacht. Sie ist eine Institution hier in den Staaten. Und es war immer klar, dass ich sie eines Tages von dir übernehmen werde. Genau wie mein Sohn eines Tages …"

Charles fiel ihm ins Wort. „Und genau hier liegt der Hund begraben", sagte er. „Du hast keinen Sohn. Du hast keine Ehefrau. Du hast noch nicht einmal eine feste Freundin. Du hurst durch die Gegend, in jedem drittklassigen Magazin berichten sie über deine Eskapaden mit irgendwelchen Starlets. Das ist nicht der Stil, den ich mir für meine Firma wünsche."

„Aber, Dad." Hunter fuhr sich durch die Haare. Ein Gefühl der Panik hatte sich in ihm breitgemacht und in seinem Magen festgesetzt. „Du kannst mir nicht die Firma nehmen. Ich … ich lebe dafür."

Charles lachte. „Der war gut, Sohn, der war gut. Du schaffst es kaum, vor zehn im Büro zu sein, und bist der Erste, der nachmittags nach Hause geht. Bei den Vorstandssitzungen langweilst du dich und hast ständig dein Smartphone in den Händen. Du wirkst wie ein Teenager, der sich für alles interessiert – nur nicht für die wichtigen Dinge. Das ist mir zu wenig, wenn es um meinen Nachfolger geht."

„Und deshalb verkaufst du die Firma? Gibst alles, was unsere Vorfahren aufgebaut haben, in fremde Hände?"

„Ich habe leider keine andere Wahl. Glaub mir, ich wünschte auch, dass es anders gekommen wäre. Aber ich verkaufe die Firma lieber, als dass ich sie meinem windigen Sohn gebe, der die Geschäfte schleifen lässt und das Unternehmen in einem Jahr in den Ruin treibt."

„Verdammt noch mal, Dad, so ist das nicht", rief Hunter. Er spürte Angst in sich aufsteigen.

„Ach nicht? Ist es nicht so, dass du jetzt vierzig Jahre alt bist und noch immer keine Frau hast? Ist es nicht so, dass du vierzig Jahre alt bist und kein Interesse daran zeigst, sesshaft zu werden? Ist es nicht so, dass man dich absolut nicht ernst nehmen kann? Ist es nicht so, dass du dich für alles andere interessierst, aber nicht für die Firma?"

„Ich … habe eine Freundin, Dad", platzte Hunter heraus. Er wusste zwar, dass er sich gerade um Kopf und Kragen redete, aber es sprudelte einfach so aus ihm heraus. Es schien die einzige Möglichkeit zu sein, das Ruder noch einmal herumzureißen. „Ich … ich möchte sie bald fragen, ob sie meine Frau werden will. Ich wollte sie euch auch demnächst vorstellen, aber ich wusste nicht, wie ich das anstellen sollte. Ich meine, ich habe lange keine Frau mehr so sehr geliebt wie sie."

Charles sah seinen Sohn aus wachen, skeptischen Augen an.

„Und du glaubst wirklich, dass ich dir diesen Schwachsinn abnehme, Hunter? Du hast jetzt auf einmal, wo es brenzlig wird, eine Frau an deiner Seite, mit der du dich verloben möchtest, die aber noch niemand gesehen hat? Ist dir nicht klar, dass ich die Berichte über dich verfolge?"

„Ja. Ich weiß, dass das bei mir nicht sehr glaubwürdig klingt. Aber es ist die Wahrheit. Dad, ich bin dabei, eine Familie zu gründen, und du nimmst mir die gesamte Grundlage? Ich wollte sie euch vorstellen, wenn alles klar ist. Wenn ich ihr ‚Ja' habe."

Diese Aussage schien etwas bei Charles zu bewirken. Er sah für einen Moment bewegt aus und Hunter entspannte sich etwas. Wenn es ihm gelang, seinem Vater weiß zu machen, dass er eine Freundin hatte, dann würde er bestimmt etwas Zeit gewinnen. Er konnte am Ende ja sogar eine Frau casten und dafür bezahlen, dass sie die Frau an seiner Seite mimte. Und wenn es dann nicht mehr lief … ja, dann würde er einfach der arme Kerl sein, den irgendeine geldgierige Schlampe die Hörner aufgesetzt hatte.

„Stell mir diese Frau vor. Heute Abend. Im Appartement auf der 5th. Ich werde deine Mutter darüber informieren, dass du eine Freundin hast. Sie wird sie bestimmt auch kennenlernen wollen und heute Abend da sein."

„Ich …", begann Hunter, doch ihm wurde klar, dass er den Schwanz jetzt nicht mehr einziehen konnte. Irgendwie würde er schon eine Möglichkeit finden, sich aus dieser Situation zu befreien. Notfalls musste er eben wirklich auf die Schnelle eine Schauspielerin casten oder so. „Okay. Wir werden da sein. Ist acht Uhr in Ordnung?"

„Acht ist bestens."

„Dad?"

„Was?"

„Diese Sache mit dem Verkauf …"

„Wenn ich der Meinung bin, dass du Verantwortung übernehmen kannst, dann ist der Verkauf hinfällig", sagte Charles und erhob sich, „aber nur dann. Aber bis dahin wird noch eine Menge Wasser den Fluss hinunterfließen, so wie ich dich kenne." Er ging zurück zu seinem Schreibtisch und setzte sich. „Wir sehen uns dann heute Abend."

drei

Becky war etwas aufgeregt, als sie nach oben in die Chefetage beordert wurde. Eine pikiert klingende Sekretärin hatte ihr vor kaum fünf Minuten eröffnet, dass Mr. Kennedy sie unbedingt sofort sehen wollte. So hatte sie kurz im Badezimmer ihr Make-up geprüft und war mit dem Lift nach oben gefahren. Hier oben sah es ganz anders aus als in den Büroräumlichkeiten weiter unten. Becky war sich sicher, dass es sich hier, wo alles nach Feng-Shui ausgerichtet war, man sich im Luxus wähnte und es viel ruhiger war als unten, großartig arbeiten ließ. Sie klopfte an die Tür und trat ein. Eine ältere, aber sehr überspitzt wirkende Dame blickte auf.

„Hallo, mein Name ist Rebecca Sterling. Ich möchte zu Mr. Kennedy."

„Guten Tag. Mr. Kennedy erwartet Sie bereits." Die Dame stand auf und ging vor Rebecca durch das Büro. Dann klopfte sie an eine Tür und öffnete sie. „Miss Sterling ist jetzt da", sagte sie. Schließlich trat sie zur Seite und machte Platz für Becky. Becky ging an der Frau vorbei und fand sich in einem großen, hellen Büro wieder, in das jenes Büro, das sie mit Hallie teilte, mindestens zehnmal hineingepasst hätte. Ganz vorne stand ein großer Schreibtisch und ein Mann saß an einem MacBook. Er sah auf, als sie eintrat, und in dem Moment, als sie realisierte, wen sie da vor sich hatte, blieb ihr Herz stehen.

„Ach du Scheiße", entfuhr es ihr. Hunter sah sie an. Ein breites Grinsen zeichnete sich auf seinen Lippen ab, als er sich erhob.

„Jessica Day. Wie schön. Oder sollte ich eher Rebecca Sterling sagen?"

Becky ging auf Konfrontation. „Ach. Und dir ist dein Name wohl entfallen, Andrew Lincoln, was?"

„Ich hatte meine Gründe, meinen richtigen Namen nicht irgendeinem x-beliebigen Date auf die Nase zu binden, das ich an der Bar eines Hotels abschleppe."

„Schön. Eingebildet sind wir also auch noch."

„Das hat nichts mit eingebildet sein zu tun. Sondern eher damit, dass es sich in meiner Position nicht anbietet, einer jeden Frau zu erzählen, wer ich wirklich bin. Daraus können brenzlige Situationen entstehen, weißt du?"

„Was willst du von mir, Hunter?" Becky sah ihn an und biss sich auf die Zunge. Mist. Sie hatte ihn bei seinem echten Namen angesprochen. Auch Hunter registrierte, dass sie ihn mit seinem richtigen Namen angesprochen hatte, obwohl er ihr den doch gar nicht verraten hatte. Gut, sie hätte leicht dahinterkommen können, wie der Sohn des Eigentümers der Kennedy Corp. hieß, und vermutlich hatte sie sich auch darüber informiert, als sie zu ihm heraufgebeten worden war.

„Ich brauche deine Hilfe." Er bot ihr einen Platz auf dem Sofa an, das an der Fensterfront stand und einen fast so perfekten Ausblick bot wie das Büro seines Vaters.

Auf die Idee, Rebecca einzuweihen und sie an Bord zu holen, war sein genialer Verstand gekommen, als er zurück in sein Büro gegangen war und sich gefragt hatte, wo er bis heute Abend eine Frau auftreiben sollte, die seine Freundin-Schrägstrich-Verlobte spielte. Rebecca eignete sich perfekt. Sie war wunderschön, gebildet, intelligent und humorvoll. Sie hatte Manieren und Klasse und sie hatte ganz besondere Qualitäten im Bett. Außerdem hatte er sie gern um sich, das musste er zugeben. Die paar Stunden mit ihr, die ihnen am Samstag geblieben waren, hatte er ziemlich genossen. Sie war seine einzige Option, wenn er die Firma nicht in fremden Händen sehen wollte. Und sie war eine Art Absicherung. Klar hätte er eine Schauspielerin casten können. Ein Model buchen oder einfach eine seiner ständig verfügbaren Gespielinnen einweihen können. Ihnen vielleicht sogar Geld anbieten können. Aber diese Frauen waren alle zu unsicher für das, was er vorhatte. Er brauchte eine Frau, auf die er sich verlassen konnte. Eine, die ihm nicht irgendwann einmal aus verletztem Stolz in den

Rücken fiel. Und Rebecca Sterling schien ihm da genau die Richtige zu sein.

„Wobei? Sollen wir gemeinsam Serien angucken, damit du dir wieder ein paar Namen aussuchen kannst? Und findest du echt, dass du Ähnlichkeit mit dem Schauspieler Andrew Lincoln aus ‚The Walking Dead' hast?"

„Ich finde, ich sehe besser aus als er", sagte Hunter und setzte sich neben Becky auf die Couch. Nah, ziemlich nah. „Aber ich denke, in einer Situation, in der sein Seriencharakter steckt, würde ich ähnlich handeln wie er und als Anführer herausgehen."

„Interessant", sagte Becky gelangweilt.

„Übrigens … diese Wäscherei in Brooklyn … ich an deiner Stelle würde meine Wäsche nicht dort abgeben", sagte Hunter.

„Du hast angerufen?" Becky war überrascht, was auch Hunter nicht entging. Sie hatte nicht damit gerechnet, dass Hunter – Andrew – tatsächlich die Nummer wählen würde, die sie ihm gegeben hatte. Wieso hatte er das gemacht?

„Hör mir zu, Rebecca, ich brauche deine Hilfe. Die Firma …braucht deine Hilfe", begann Hunter, ohne auf Beckys Frage einzugehen. Becky sah ihn fragend an.

„Was?" Rebecca verstand kein Wort.

„Du musst mir versprechen, dass das, was ich dir jetzt erzähle, für immer unter uns bleibt, ja?", begann Hunter. „Ich muss mich darauf verlassen können, dass kein Wort der Konversation, die wir

jetzt führen werden, jemals diesen Raum ver-
lässt."

„Jaja, schon klar", sagte Becky. Sie konnte sich
nicht vorstellen, was Hunter ihr sagen wollte.

„Hör zu. Diese Firma gibt es jetzt seit vier
Generationen. Mein Ururgroßvater hat sie ge-
gründet, mein Urgroßvater hat sie aufgebaut.
Mein Großvater hat sie groß gemacht und mein
Vater hat das aus ihr geschaffen, was sie heute ist.
Plan ist, dass ich die Firma bald übernehme. Aber
… dazu brauche ich eine Frau." Becky sah Hun-
ter überrascht an.

„Ich denke ja nicht, dass du Probleme haben
solltest, eine zu finden, solange du bei deinem
echten Namen bleibst", sagte Becky und versuchte, belanglos zu klingen.

„Ich brauche diese Frau jetzt gleich. Sofort."

Becky sah ihn fragend an. Herrgott, war dieser Mann attraktiv. Noch nie hatte sie einen Kerl
gedatet, der rein optisch so extrem viel hermach-
te, wie Hunter Kennedy. Was vermutlich auch an
seinem selbstbewussten Auftreten lag. Im Laufe
der Jahre hatte Becky festgestellt, dass es überhaupt nicht nur an der Optik eines Menschen lag,
wie er wirkte, sondern vielmehr daran, wie er sich
selbst wahrnahm.

„Heute Abend muss ich meinem Vater eine
Frau präsentieren, mit der ich mich verloben
möchte."

„Was?" Becky verlor jetzt doch etwas die Fassung. Was sollte die Firma mit Hunters Familien-

stand zu tun haben. Und ... sie hasste die Frau jetzt schon, die diesen tollen Mann einmal ehelichte. „Warum das?"

„Ich habe meinem Vater erzählt, ich hätte eine Freundin, der ich bald einen Ring an den Finger stecken möchte. Das war die einzige Möglichkeit, um den Verkauf der Firma aufzuschieben. Und jetzt möchte mein Vater diese Frau verständlicherweise kennenlernen. Heute Abend."

„Du bist ein Arschloch, Hunter", sagte Becky, „lügst deinem Vater brühwarm ins Gesicht."

„Eine meiner leichtesten Übungen. Und da kommst du ins Spiel."

Becky ahnte schon, worauf diese Sache hinauslaufen würde, doch sie wagte sie gar nicht zu Ende zu denken. „O nein. Das vergiss ganz schnell mal wieder. Ich habe keine Lust, in irgendwelche verlogenen Machenschaften hineingezogen zu werden. Schon gar nicht von dir."

„Schon gar nicht von mir?" Hunter sah Becky fragend an. Er hatte wirklich keine Ahnung davon, dass sie beide eine gemeinsame Vorgeschichte hatten, die der Bekanntschaft vom Wochenende lange vorausging. Er schien sie ganz einfach so vergessen zu haben, nachdem sie beide mehrere Monate Kontakt gehabt hatten – etwas, was ihn auf merkwürdige Weise gleichzeitig unsympathisch und anziehend wirken ließ. Etwas in Rebecca regte sich. Sie wollte, dass Hunter sie wahrnahm. Dass er sie nicht einfach aus seinem Gedächtnis strich, wie so viele andere vor ihr.

„Tut mir leid, dass ich dir nicht helfen kann, Hunter. Aber wie gesagt, es mangelt dir bestimmt nicht an Freiwilligen." Becky stand auf. Eigentlich hatte sie recht. Für Hunter sollte es kein Problem werden, eine geeignete Frau zu finden, die für eine Weile seine Verlobte spielte. Erst recht nicht, wenn er ihr ein hübsches Sümmchen dafür anbot. Aber er wollte Becky für diese „Rolle". Bei ihr war er sicher, dass nichts schiefging. Bei ihr hatte er ein gutes Gefühl. Allein die Tatsache, dass sie sich nicht so einfach auf sein Angebot einließ, machte ihm klar, dass Rebecca Sterling genau die Richtige dafür war. Er hatte fast damit gerechnet, dass Becky sich weigern würde. Doch auch dafür hatte er ein Ass im Ärmel.

„Rebecca, hör zu. Ich würde dich das nicht fragen, wenn es nicht wirklich wichtig wäre. Es geht ja nicht nur um mich. Ich habe genug Geld, um mir für den Rest meines Lebens keine grauen Haare wachsen zu lassen. Aber … wenn mein Vater die Firma verkauft, dann … verlieren alle Mitarbeiter der Kennedy Corporation ihre Jobs. Soweit ich weiß, gibt es Interessenten aus Japan und Deutschland. Beide liefern sich im Moment einen Bieterkrieg, aber eines ist sicher – wenn einer der beiden den Zuschlag erhält, dann … verlieren hier Tausende Menschen ihre Jobs."

„Was?" Becky riss die Augen auf. Sie machte sich gar nicht so sehr Sorgen um sich selbst. Mit ihrer Ausbildung und ihrer Erfahrung war es ein

Leichtes, bei einem neuen Unternehmen anzu-
heuern. Aber was war mit all den Hilfskräften,
den Sekretärinnen, Empfangsdamen und Telefo-
nistinnen, die nicht an jeder Ecke einen neuen Job
fanden? Sie dachte an Lisa, deren Ehemann erst
vor Kurzem abgehauen war und die jetzt alleiner-
ziehend war. Sie hatte mit der Personalabteilung
eine sehr flexible Arbeitszeiteinteilung ausgear-
beitet, doch welcher neue Arbeitgeber würde sich
denn auf eine Angestellte einlassen, die möglicherweise alle naselang wegmusste, weil das Kind
etwas brauchte? Und Helen vom Empfang. Die
Frau war sechzig Jahre alt und hatte noch zwei
Jahre, bis sie ihren vollen Rentenanspruch erhielt.
Wer würde sie in dem Alter denn noch einstellen?
Aber trotzdem konnte sie sich doch nicht auf so
eine Sache einlassen. Was sollte sie überhaupt
tun? Für einen Abend Hunters Freundin spielen.
Und dann? Sie arbeitete für die Firma, Charles
Kennedy würde wissen, wer sie war. Oder es zumindest bald herausfinden. Das war doch alles
viel zu schlecht durchdacht. Das klang nach einer
ziemlich dummen Kurzschlussreaktion.

„Ich bin mir sicher, es gibt noch eine andere
Möglichkeit, den Verkauf der Firma zu vermeiden", sagte sie jetzt. „Ich meine, der Verkauf der
Firma kann nicht damit stehen und fallen, ob du
eine Freundin hast oder nicht."
„O doch. Tut er aber", sagte Hunter. „Und glaub
mir, Rebecca, mir ist es genauso unangenehm,
dich um diesen Gefallen zu bitten, wie dir, ihn

auszuführen. Aber … ich sehe keinen anderen Weg, um all die Arbeitsplätze zu erhalten. Mein Vater ist sehr … eigenwillig in der Beziehung, weißt du?"

„Kannst du nicht irgendeine Schauspielerin anheuern?", fragte Becky und hatte dabei denselben Gedanken, wie Hunter selbst ihn bereits gehabt hatte.

„Daran habe ich auch schon gedacht, aber denkst du wirklich, dass sich das alles so schnell bewerkstelligen lässt? Ich meine, wo soll ich in den nächsten …", er sah auf seine Rolex, „neun Stunden eine Frau auftreiben? Außerdem will ich dich für den Job. Ich weiß, dass ich mich auf dich verlassen kann und dass du mir nicht plötzlich einen Strick aus der ganzen Sache drehst."
Damit hatte er sie am Haken. „Schön und gut, aber er wird doch wissen, wer ich bin", sagte Becky. „Ich meine, ich arbeite seit fünf Jahren hier. Wenn er mich nicht erkennt, wenn wir uns sehen, dann doch spätestens, wenn er mich nach meinem Job fragt. Außerdem sagt der Firmenkodex aus, dass Beziehungen zwischen Mitarbeitern nicht geduldet werden." Sie erinnerte sich selbst an etwa zwölf Paare, die über die Kennedy Corporation zusammengefunden hatten. Natürlich scherte sich niemand etwas um diesen Kodex, wenn Amor schon zuschlug.

„Ich weiß. Aber wo die Liebe hinfällt. Ich bin mir sicher, meine Familie wäre entzückt von dir. Egal, ob wir uns übers Büro kennengelernt haben oder nicht. Außerdem … können wir ja sagen, wir haben uns in einer Bar getroffen. Oder beim Einkaufen. Dass wir für dieselbe Firma arbeiten, dafür können wir ja schließlich nichts. Oder uns fällt schon was ein. Also, Rebecca, was meinst du?"

„Ich will das wirklich nicht tun, Hunter. Ich habe ein schlechtes Gefühl dabei." Becky saß vor dem Mann, dem sie so lange Zeit nachgegangen hatte. Vor dem Mann, von dem sie geglaubt hatte, er könnte für sie das werden, was Chris für Hallie war. Der Mann, der sie nach Philadelphia beordert und sie dort versetzt hatte, und ihr eine freche SMS geschickt hatte, von wegen, er wäre gar nicht in der Stadt und wollte nur sehen ob er sie so weit bekäme, dass sie seinetwegen nach Philly kam. Der Mann, der sie genauso erniedrigt hatte, wie Kyle und Jon es getan hatte. Der Mann, der jetzt ihre Hilfe brauchte. Liebend gerne hätte sie Hunter volle Breitseite seine Bitte abgeschlagen. Und wenn es nur ihn selbst betroffen hätte, dann hätte sie das auch getan. Aber da waren all die anderen, die darauf bauten, dass sie einen sicheren Arbeitsplatz hatten. All die Lisas und Helens in den unteren Etagen, die jetzt gar nicht ahnten, dass ihre Zukunft in Beckys Händen lag. Sie würde sich nie mehr wieder im Spiegel ansehen können, wenn sie tatsächlich daran Mitschuld trug, dass so viele Menschen ihre Jobs verloren. Dann traf sie eine Entscheidung.

„Also gut, ich mach's."

Hunter sprang auf und riss sie in seine Arme. Es fühlte sich für den Hauch einer Sekunde großartig an, von ihm festgehalten zu werden, doch dieses Wohlgefühl schlug sie sich sofort wieder aus dem Kopf. „Mein Gott. Danke, Becky. Du wirst es nicht bereuen. Ich kann dir eine großzügige Summe ..."

„Pscht", machte Becky. „Ich will keinen Cent dafür, dass ich das tue. Es reicht schon, dass ich mich auf diese Angelegenheit einlasse, meine Seele für Geld verkaufe ich sicher nicht. Mir ist wichtig, dass die Leute ihre Jobs behalten, und wenn ich dazu beitragen kann, dass dem so ist, dann ist es eine klare Sache, dass ich dir aus der Patsche helfe."

Hunter sah Becky an. Sie kam ihm mit einem Mal bekannt vor, er wusste nur nicht, wo er sie schon einmal – vor ihrem Zusammentreffen am Samstag – gesehen hatte. Andererseits arbeiteten sie für dieselbe Firma. Natürlich waren sie sich davor wohl schon ein, zweimal zufällig irgendwo begegnet. Auf dem Flur zum Beispiel. Oder bei einer Weihnachtsfeier. In einem Meeting. Oder sonstwo.

„Sehr schön", sagte er. „Wenn du deine Meinung änderst und doch noch etwas Geld brauchst oder etwas anderes, dann lass es mich wissen. Ich kann dir jedes Auto schenken, das du magst? Oder stehst du auf Schmuck? Uhren? Eine Weltreise?"

„Ich bin jemand, der nicht sehr viel Wert auf

Geld und materielle Dinge legt, Hunter", sagte
Becky. Sie sah ihn herausfordernd an und ihm
wurde bewusst, dass die Zeit mit ihr alles andere
als langweilig werden würde.

„Okay. Ich wollte es dir nur angeboten haben.
Auf alle Fälle müssen wir jetzt einkaufen gehen."
„Wie bitte?"
„Wir müssen dich erst mal für das Essen heute
Abend ausstaffieren. Und für die Zeit danach." Er
sah sie an. „Du bist die Freundin von Hunter
Kennedy. Und lass dir gesagt sein: Der Gute ist
sehr großzügig."

vier

Rebecca wusste kaum, wie ihr geschah, als sie wenige Augenblicke später in einem Maserati neben Hunter saß und die Fifth Avenue entlangfuhr. Sie brausten an Chanel, Prada, Gucci und Valentino vorbei und Becky fühlte sich unwohl. Für gewöhnlich ließ sie es nicht zu, dass ein Mann sie mit Geschenken überhäufte. Es war ihr bisweilen sogar unangenehm, wenn einer sie zum Essen einlud. Jetzt Designerklamotten im Wert von mehreren tausend Dollar anzunehmen, war völlig gegen ihre Natur. Natürlich war es aber völlig gegen ihr Budget, diese Klamotten, die sie für den heutigen Abend und das Zusammentreffen mit Hunters Familie brauchte, selbst zu bezahlen. Okay, sie hätte vermutlich ein Kleid bei Prada oder Gucci kaufen können. Und, wenn sie ihre Kreditkarte bis zum Limit ausreizte, wohl auch ein Outfit bei Chanel bezahlen können. Aber ihr war klar, dass Hunter sich von „seiner" Verlobten mehr als nur ein Kleid oder eine Bluse erwartete. Er würde sie von Kopf bis Fuß einkleiden. Becky wünschte, Hallie erzählen zu können, was ihr an diesem Tag passiert war. Doch die saß längst in ihrem Flugzeug Richtung Honeymoon und hatte keine Ahnung, dass ihre beste Freundin – bislang Verfechterin des Singlelebens und jemand, der die Nase missbilligend rümpfte, wenn man das Wort „Ehe" nur in den Mund nahm, sich an diesem Morgen inoffiziell verlobt hatte.

„Hör mal, ich habe einige Designerstücke auch bei mir zu Hause. Wir müssen hier nicht groß shoppen gehen", sagte sie, als Hunter den Wagen vor einem Laden parkte. Es war ihr wirklich höchst unangenehm, Hunter für ein Arsenal an Klamotten bezahlen zu lassen, die vermutlich so viel kosteten wie ein Mittelklassewagen.

„O doch, das müssen wir. Du hast ja keine Ahnung, wie das bei uns abläuft. Wenn wir glaubwürdig sein wollen, dann musst du genau das darstellen, was die Leute an meiner Seite erwarten. Und das ist mitunter eine Frau, die zu schätzen weiß, dass ich ihr finanziell einiges bieten kann."

„Ich bin aber keine Frau, die es zu schätzen weiß, dass ein Mann ihr einiges bieten kann", sagte Becky. Es widerte sie bisweilen wirklich an, dass viele ihrer Geschlechtsgenossinnen Männer nach deren Bankkonto aussuchten. Als sie selbst noch auf der Suche nach festen Beziehungen gewesen war, hatte Geld nie eine Rolle gespielt. Aber sie war da auch sehr eigen und tat sich unsagbar schwer, Geschenke anzunehmen. Sie schaffte es bisweilen noch nicht einmal, einen Mann bei einem Date für ihren Cocktail oder gar ihr Essen bezahlen zu lassen.

„Ja. Du bist eine Frau, die es zu schätzen weiß, wenn sie in aller Frühe ohne ein Wort abhaut und die Kerle anlügt." Hunter konnte sich diese Spitze nicht verkneifen. Er hatte Gefallen daran gefunden, dass Becky nicht so einfach zu ködern war, wie viele andere Frauen. Dass sie sich aus Geld und Reichtum schlichtweg nichts machte.

„Das mit dem Lügen", konterte Becky, „da sind wir ja schon zwei, nicht wahr, Andrew?"

Sie stiegen aus und befanden sich vor einem kleinen Laden, der irgendwie fehl am Platze zwischen all den großen Namen wirkte. Der Eingang war rot angestrichen und im Schaufenster stand eine einzelne Puppe, um deren Leib etwas Seide gespannt war. Becky zuckte kurz zusammen, als Hunter plötzlich ihre Hand nahm. Sie wusste für den Augenblick nicht, ob es das Überraschungsmoment gewesen war oder aber der leichte Stromstoß, der durch sie hindurch gegangen war, als Hunter sie berührt hatte. Doch es fühlte sich … gut an, Hand in Hand mit ihm den Bürgersteig entlangzugehen.

„Das hier ist die exklusivste Adresse in New York", sagte Hunter fast verschwörerisch. „Und hier drin werden wir aus dir die zukünftige Mrs. Hunter Kennedy machen … vorübergehend, zumindest."

Eine helle Glocke bimmelte, als Becky und Hunter den kleinen Laden betraten. Es roch nach Stoff und Faden, irgendwie antiquiert und überall standen rollbare Kleiderstangen herum, auf denen die schönsten Outfits dargestellt wurden. Im hinteren Teil des Ladens hörte Becky etwas rumoren, dann kam ein kleiner, alter Mann von vielleicht 1.65 m mit einer Brille auf der Nase und einem Maßband um den Hals nach vorn.

„Mr. Kennedy, ich freue mich, dass wir uns wiedersehen." Er schüttelte Hunter die Hand, dann sah er Becky an, als wäre sie der heilige Gral. „Und das hier ist wohl die junge Dame, von der Sie mir erzählt haben."

„Genau", sagte Hunter, „Rebecca Sterling, meine Verlobte. Inoffiziell. Offiziell machen wir es erst in ein paar Tagen. Ich darf doch auf Ihre Diskretion zählen?"

„Aber selbstverständlich, Mr. Kennedy, das wissen Sie doch."

Becky fiel auf, dass der Schneider einen Blick auf ihren linken Ringfinger warf, auf dem sich natürlich kein Verlobungsring befand. Sie bedeckte ihn mit ihrer rechten Hand.

„Darling, das ist Duke Abbington, der beste Schneider, den du in den Staaten finden wirst. Er arbeitet unter anderem für Brad Pitt, Tom Cruise, Jennifer Aniston, Megan Fox und so weiter." Becky war beeindruckt. Allein die Tatsache, dass sie im Augenblick in einem Raum war, in dem Brad Pitt schon einmal gestanden hatte, imponierte ihr. Hunter wandte sich wieder an den Schneider. „Heute benötigen wir mehrere Outfits für meine Verlobte. Wir werden in den nächsten Tagen einige öffentliche Auftritte haben, bei denen sie angemessen gekleidet sein muss."

„Das verstehe ich natürlich, Mr. Kennedy. Wie der Zufall es so will, habe ich dieser Tage bereits einige neue Stücke fertiggestellt, die wie geschaffen für Ihre Verlobte sind. Mit dieser Figur kann sie ja alles tragen." Der Schneider sah Becky von oben bis unten an, und ihr war in dem Moment klar, dass dieser Mann niemals an Frauen interessiert gewesen war.

„Ja, sie hat schon ein Bomben-Fahrgestell, nicht wahr?", stimmte Hunter zu und zwinkerte in Beckys Richtung.

„Darf ich Ihnen einstweilen etwas zu trinken anbieten, während Sie auf Miss Sterling warten?", erkundigte sich der Schneider.

„Sehr gerne, Duke. Sie wissen ja, was ich mag." Duke nickte, verschwand aus dem Raum und kam kurz darauf mit einer Flasche Whiskey zurück. „Ihre Spezialreserve." Er lächelte, nahm ein Glas von einem Regal an der Wand und stellte es Hunter hin, der in einem gemütlich aussehenden Sessel Platz genommen hatte und mit seinem Handy herumspielte. Dann wandte Duke sich wieder an Becky. „So, mein schönes Kind. Und jetzt wollen wir uns erst mal um Sie kümmern."

Es vergingen geschlagene drei Stunden, bis Becky und Hunter wieder aus dem Laden kamen. Hunter war wie im Kaufrausch gewesen und hatte jedes Outfit, in das Duke Becky gesteckt hatte, gekauft. Zwischendrin war sie sich wie eine Barbiepuppe vorgekommen, die immer und immer wieder neue Outfits hatte tragen müssen. Sie hatte am Ende gar keine Ahnung, was und wie viel Hunter überhaupt gekauft hatte, aber sie war sich sicher, Duke musste ein Vermögen an diesem Nachmittag verdient haben, und er hatte Hunter zugesagt, dass die Kleider alle noch am selben Abend in sein Appartement am Central Park geliefert werden würden. In diesem Moment fiel Becky ein, dass sie rein gar nichts über Hunter wusste. Sie hatte zum Beispiel immer angenommen, er würde irgendwo in Boston oder Philly wohnen. Dass er ein Appartement in Manhattan hatte, war ihr neu. Als sie noch so intensiven Kontakt gehabt hatten, hatte er das niemals erwähnt, obwohl er sehr wohl gewusst hatte, dass sie in New York lebte. Andererseits war er Millionär. Da lag es doch auf der Hand, dass er hier und dort Immobilien besaß, was es erst recht merkwürdig machte, dass er Samstag im Waldorf Astoria geschlafen hatte. Wenn er doch ein Appartement in der City besaß, wieso war er dann in einem Hotel abgestiegen? Etwa, um bewusst eine Frau abzuschleppen und mit der Präsidentensuite bei ihr Eindruck zu schinden? Ja, das passte zu ihm. Sie warf einen letzten Blick auf die Klamotten, die Hunter ihr gekauft hatte und ihr wurde mulmig bei der ganzen Sache. Sie hasste es, wenn sie sich beschenken lassen musste, und beschloss, mit Hunter zu vereinbaren, dass sie nichts von all diesen Dingen behalten würde, sobald ihr Engagement abgelaufen war. Wenn sie eines vermeiden wollte, dann, dass man ihr nachsagte, sie wäre nur hinter seinem Geld her gewesen.

Nachdem sie halbe Ewigkeiten damit zugebracht hatten, Becky mit Schuhen und Accessoires auszustaffieren, schienen sie ihre Odyssee beendet zu haben, doch Hunter lenkte den Wagen durch die Fifth Avenue und machte erneut halt. Tiffany & Co. Becky ahnte, was jetzt kam. Hunter stieg aus und ging um den Wagen herum, dann öffnete er ihr die Tür und half ihr heraus. Der Mann hatte eindeutig Manieren, das musste Becky ihm lassen. Sie mochte Männer, die wussten, wie sie sich zu benehmen hatten. Heutzutage waren Männer von diesem Schlag viel zu selten. Sie erinnerte sich schaudernd an Jon, der es niemals für nötig befunden hatte, ihr die Tür aufzuhalten oder ihr in den Mantel zu helfen. Generell hatte er sich jedes Mal vor Becky durch eine Tür gedrängt, war zwei Meter vor ihr gelaufen und hatte sich keine Gedanken darüber gemacht, wo sie steckte, wenn sie irgendwo gemeinsam waren. Hunter war da ein anderes Kaliber. Und jetzt … würden sie gemeinsam einen Verlobungsring aussuchen. Leicht irritiert blieb Becky stehen und besah sich fast respektvoll das Schaufenster. In ihrem ganzen Leben hatte sie noch kein Tiffany & Co von innen gesehen. Hunter bemerkte Beckys skeptischen Blick, als sie vor dem Juwelierladen standen.

„Ach, komm schon, wenn wir als Liebespaar durchgehen wollen, das gedenkt, bald vor den Altar zu treten, dann kommen wir um einen Ring nicht herum", sagte er und nahm sie neuerlich bei der Hand. Rebecca verdrängte den Gedanken, der sich unweigerlich in ihrem Kopf einnistete. Nämlich, dass es sich ziemlich gut anfühlte, die Frau an der Seite von Hunter Kennedy zu sein.

Rebecca war zuvor in ihrem Leben noch in keiner Filiale von Tiffany & Co gewesen. Wozu auch. Zum einen war sie ohnehin keine dieser Schmuckfanatikerinnen, zum anderen hatte sie ohnehin niemanden, der ihr hier ein Schmuckstück aussuchen konnte. Und ein paarhundert Dollar für einen schlichten Anhänger ausgeben – das wäre gerade noch in ihrem Budget gewesen – wollte sie auch nicht. Doch jetzt, als sie den Store an der Seite von Hunter betrat, ergriff sie doch ein leicht kribbeliges Gefühl. Sie konnte noch nicht einmal sagen, ob es an dem Laden selbst lag oder an der Tatsache, dass sie an der Hand von Hunter hineinspazierte. Zweifellos waren ihr die Blicke der anderen Frauen nicht entgangen. Hunter Kennedy wirkte. Das lag auf der Hand. Und … man kannte ihn.

„Mr. Kennedy, was für eine schöne Überraschung." Eine geschniegelte Frau in schwarzem Kostüm mit türkisfarbenen Details kam auf sie zu.

„Hallo, Helen, wie geht es Ihnen?" Hunter schüttelte der Dame die Hand. Offenbar kannte man sich. Er war hier also bestimmt schon öfter – mit mehreren Frauen – gewesen. Ein dumpfes Gefühl legte sich über Becky. Sie durfte nur ja nicht anfangen, sich bei Hunter in etwas hineinzusteigern. Sie hatte sich dazu bereit erklärt, ihm bei seiner Angelegenheit zu helfen, um dazu beizutragen, die Jobs der Angestellten zu sichern. Nicht mehr und nicht weniger. Das hier war in etwa so, als würde sie in einem Film mitspielen. Linda Blair war nach „Der Exorzist" auch kein vom Teufel besessener Dämon gewesen, sondern hatte ihr Leben normal weitergeführt. Das würde auch Becky tun. Sie musste unbedingt zwischen dieser Traumwelt hier und der Realität unterscheiden, ansonsten würde sie Gefahr laufen, ganz bitter das Herz gebrochen zu bekommen.

„Das hier ist meine Verlobte, Rebecca Sterling. Wir sind auf der Suche nach einem Ring für sie."

Helen sah Becky an. In ihrem Blick lag nichts so Warmherziges, wie Rebecca es bei Duke in der Schneiderei wahrgenommen hatte. Eher ein „Was-will-dieser-Mann-mit-einer-Frau-wie-der-hier". Becky war schon vorher nicht entgangen, dass ihr ziemlich viele eifersüchtige Blicke zufielen, wenn Hunter mit ihr Hand in Hand durch die Straßen marschierte. Vermutlich würde da noch einiges auf sie zukommen. Aber es hatte ja auch nie jemand behauptet, dass es einfach werden würde, als die Fake-Verlobte eines Milliardärsplayboys durchzugehen. Herrgott. „Die Fake-Verlobte des Milliardärs-Playboys". Das klang wie ein richtig übler, trashiger Buchtitel.

„Was für ein schöner Anlass. Heutzutage ist es ja modern, dass Frauen sich die Ringe oft selbst aussuchen. Der alte Aberglaube, dass eine Ehe dann nicht von Bestand ist, trifft da bestimmt nicht zu." Becky sah die Verkäuferin an. War das eben eine Spitze gegen sie gewesen? „Wenn Sie mir folgen wollen, wir haben ein paar wunderschöne Stücke, die Ihrer Verlobten sicherlich ganz exzellent stehen werden, Mr. Kennedy."

Sie folgten der Verkäuferin durch den Laden und machten vor einer Vitrine halt, in der zahlreiche Ringe ausgestellt waren.

„Haben Sie einen besonderen Wunsch, was den Schliff und den Brillanten angeht?", wandte Helen sich an Becky. Die hatte natürlich keine Ahnung, was Schliffe und Brillanten anging, und wirkte etwas verloren.

„Ähm", begann sie, um etwas Zeit zu gewinnen. Im nächsten Moment spürte sie Hunters Hand auf ihrem Rücken. Augenblicklich entspannte sie sich.

„Zeigen Sie uns den teuersten und schönsten Ring, den Sie haben, Helen", gab er Anweisung. Helen schluckte kurz, dann nickte sie. „Ich darf Ihnen dann dieses ausgewählte Stück hier zeigen. Es handelt sich um einen Solitärdiamanten aus dem Jahre 1923. Die Fassung ist aus Platin und trotz des enormen Steines ist der Ring sehr dezent und filigran. Ich bin mir sicher, er würde Ihrer Verlobten ausgezeichnet stehen. Möchten Sie ihn probieren?"

„Und ob wir das wollen, nicht wahr, Liebling?"

Eine Woge eines Kribbelgefühls rauschte durch Beckys Körper. Hunter spielte seine Rolle perfekt. Sie fragte sich, ob Helen wohl bemerkte, dass sie, Becky, eher zurückhaltend war und nicht so auf Tuchfühlung ging, wie Hunter. Sie reagierte unsagbar intensiv auf ihn – etwas, was sie eigentlich hatte vermeiden wollen. Außerdem war ihr unwohl bei dem Gedanken, diesen teuren Ring angesteckt zu bekommen. Noch dazu, wo das alles hier eine Lüge war. Sie dachte an Lisa. Und an all die anderen Menschen bei Kennedy Corp., die ihre Jobs verlieren würden, wenn sie hier jetzt nicht durchhielt. Dann straffte sie ihre Schultern. „Er sieht großartig aus", sagte sie und sah der Verkäuferin dabei zu, wie sie den Ring vorsichtig aus der Vitrine holte.

Mit zittrigen Beinen kam Becky kurz darauf an Hunters Seite aus dem Laden. Sie war fast umgekippt, als sie den Preis für den Ring gehört hatte, und dann noch einmal, als Hunter für sie ein passendes Collier und ein Armband kaufte und alles mit seiner Kreditkarte bezahlte. Hätte sie ihre Kreditkarte für diese Einkäufe benutzt, wären bestimmt sämtliche Alarmglocken losgegangen und Helen hätte die Karte mit einem fiesen Lächeln in zwei Teile zerschnitten. Am liebsten hätte sie umgehend Hallie angerufen und ihr von den neuesten Begebenheiten erzählt. Das hier war alles so … unwirklich. Doch die war bestimmt gerade erst aus dem Flugzeug gestiegen. Außerdem wollte Becky ihr ihre Flitterwochen nicht mit der Hiobsbotschaft verderben, dass ihrer aller Jobs an ihr hingen. Und Hallie würde sie in diesem Fall bestimmt nicht anlügen.

„Okay … für die ersten Tage hätten wir so weit alles erledigt. Jetzt sollten wir noch die weiteren Details abklären", sagte Hunter geschäftsmäßig, als er und Becky in den Wagen stiegen. Wieder tippte er etwas auf seinem Smartphone und Becky versuchte, einen Blick darauf zu erhaschen? Ob er wohl weiter tinderte?

„Details?", fragte sie stattdessen. Sie hatte den ganzen Nachmittag über nicht gewagt, darüber nachzudenken, was mit dieser Scheinverlobung auf sie zukam, doch Hunter hatte recht. Sie hatten noch einiges zu besprechen.

„Am besten wird es sein, wenn du so lange, wie unser Engagement dauert, bei mir einziehst", sagte Hunter. Becky sah ihn mit großen Augen an.

„Was?"

„Diese Sache soll glaubwürdig rüberkommen, Rebecca", sagte er leicht genervt. „Und keine Sorge, mein Appartement am Central Park hat knappe fünfhundert Quadratmeter. Wir werden uns dort nicht oft über den Weg laufen."

Becky war sich nicht sicher, ob sie da nicht in etwas hineingezogen wurde, was sie überhaupt nicht wollte. Doch – hatte sie jetzt überhaupt noch eine Wahl?

„Ich bringe dich jetzt erst einmal nach Hause. Dort packst du ein paar Sachen ein, und danach schicke ich dir einen Wagen, der dich um … sagen wir fünf Uhr abholt und in mein Appartement bringt. Und dann … besprechen wir alles Weitere, ja?"

„Okay", sagte Becky. Sie realisierte überhaupt nicht, was an diesem Tag alles passiert war. Sie war gerade dabei, auszusteigen, als Hunter sie zurückzog. Er riss sie in seine Arme und küsste sie. Wild. Leidenschaftlich. Einzigartig. So, wie sie noch nie zuvor in ihrem Leben geküsst worden war. Vor ihrem geistigen Auge tauchten all die Situationen wieder auf, in denen Hunter sie blamiert hatte. Er hatte sie auf Tinder gelöscht, wieder gematcht, wieder gelöscht. Sie zappeln lassen, wenn sie eine Verabredung ansprach. Und sie zu allem Überfluss in Philadelphia versetzt.

„Was soll der Scheiß", sagte sie, stieß ihn von sich und sah ihn böse an. Niemals würde sie sich in diesen Mistkerl verlieben. Da konnte er noch so gut aussehen.

„Hey, ein Mann wird doch seine Verlobte küssen dürfen, oder?" Er zwinkerte ihr zu, dann lenkte er den Wagen vom Bordstein und fuhr davon.

fünf

*„Dies ist die Mobilbox von Hallie Harris.
Gemeinsam mit meinem Ehemann befinde ich
mich gerade in meinen Flitterwochen und kann
Ihren Anruf leider nicht entgegennehmen. Wenn
es wichtig ist, hinterlassen Sie bitte eine Nachricht und ich rufe zurück.“*

Becky beendete das Gespräch. Natürlich hatte
Hallie in ihren Flitterwochen anderes zu tun, als
sich um das erfundene Liebesleben ihrer besten
Freundin zu kümmern. Aber gerade jetzt hätte sie
unbedingt jemanden gebraucht, dem sie erzählen
konnte, was ihr Unglaubliches an diesem Tag
passiert war. Becky konnte es gar nicht glauben,
das Ganze fühlte sich wie in einem Traum an,
und eigentlich erwartete sie, jeden Moment aufzuwachen und zu realisieren, dass ihre Verlobung
mit Hunter, 39, den sie vor über einem Jahr auf
Tinder kennengelernt hatte, nichts weiter als ein
ausgeschmücktes Gespinst ihrer Fantasie war.

Perplex saß sie auf dem Sofa in ihrem Wohnzimmer und versuchte, zu realisieren, was sie im
Begriff war, zu tun. Sie wusste, dass sie sich auf
waffeldünnes Eis begab, wenn sie sich auf Hun-

ters Angebot einließ. Wenn sie nicht aufpasste, dann würde sie am Ende mit gebrochenem Herzen vor den Scherben ihres Liebeslebens stehen. Und das war etwas, was es unbedingt zu vermeiden galt. Sie hatte sich ja nicht von ungefähr dafür entschieden, Gefühle in ihrem Leben nicht mehr wirklich zuzulassen. Es hatte Vorfälle gegeben, die Becky so hatten werden lassen, wie sie jetzt war. Sie erinnerte sich zurück an das Mädchen, das sie auf der Highschool gewesen war, und ein zaghaftes Lächeln zierte ihre Lippen. Sie hatte tatsächlich die fixe Idee gehabt, ihren Ehemann bereits auf der Schule kennenzulernen. Auf dieselbe Uni zu gehen, sich eine Wohnung zu teilen und nach dem Abschluss zu heiraten. Ein völlig langweiliges, ja, fast spießiges Leben zu führen, vielleicht ein, zwei Kinder zu haben und in einem Haus auf Long Island zu leben. Dummerweise war Becky Zeit ihres Lebens dick gewesen. In gutem Glauben hatte ihre Mutter ihr schon seit frühester Kindheit erlaubt, alles zu essen, was sie gut fand, was darin begründet lag, dass Beckys Mutter in einer Zeit aufgewachsen war, in der das Essen nicht einfach so verfügbar gewesen war. Louise Sterling kam aus einer kinderreichen Familie und war in den Nachkriegsjahren geboren worden. Die Familie hatte kaum genug, um die sieben Kinder über die Runden zu bringen. Fleisch gab es – wenn überhaupt – nur sonntags und unter der Woche war Schmalhans meist Küchenmeister. Lebensmittel mussten eingeteilt und rationiert werden. Es war nicht drin, einfach an den Kühlschrank zu gehen und sich zu nehmen, worauf man gerade Lust hatte. So hatte Louise Sterling bereits als Jugendliche beschlossen, dass ihre Kinder es einmal besser haben würden als sie selbst. Und deshalb war es für sie auch nie ein Problem gewesen, der kleinen Becky süßen Saft zu geben und sie jeden Tag mit Süßigkeiten zu verwöhnen. Es war völlig in Ordnung, dass Becky zu jeder Tageszeit genau das aß, worauf sie gerade Lust hatte. Als sie zwölf war, richtete Louise ihr sogar eine kleine Snackschublade in ihrem Zimmer ein, sodass Becky rund um die Uhr Zugang zu Süßkram hatte. Und natürlich zahlte sie einen Preis dafür. Als Becky vierzehn war, wog sie bereits über achtzig Kilo und verbrachte ihre Wochenenden damit, fernzusehen und weiteren Süßkram in sich hineinzustopfen. Ihre Mutter sah nie einen Grund, sie vom Essen abzuhalten. Und für Louise war Becky eine wunderschöne junge Frau und „das bisschen Babyspeck" würde sie sich schon noch ablaufen.

Auf der Highschool war Becky ein beliebtes Mobbingopfer, denn ihre Mitschüler sahen „das bisschen Babyspeck" nicht so locker wie ihre Mutter. Becky wurde gepiesackt und ausgelacht, wie es nur ging, versuchte wieder und wieder, abzunehmen, und scheiterte jedes Mal aufs Neue, sodass sie nach jedem Diätversuch mit fünf Kilo mehr auf den Rippen dastand. Natürlich gelang es ihr auch nicht, sich mit Jungs zu verabreden, sodass sie versuchte, Dates übers Internet kennenzulernen, was ihr zunächst auch gelang. Doch jedes einzelne Date, das sie dann im wahren Leben traf, endete in einem Desaster. Nicht selten wurde Becky beschimpft, weil sie … nicht erwähnt hatte, dass sie nicht gerade die Schlankeste war. Sie schloss die Highschool ab und wechselte aufs College, machte diese widerwärtige Erfahrung mit Kyle Jennings, die sie liebend gerne aus ihrem Gedächtnis gestrichen hätte, und kam schließlich vom Regen in die Traufe, als sie Jon kennenlernte. Wenn Becky so darüber nachdachte, hatten all ihre Erfahrungen mit Männern dahin geführt, wo sie jetzt gelandet war. In einer Sackgasse, in der sie nicht fähig war, zu lieben, und sich ohnehin immer nur auf die Falschen einließ.

Lange Zeit hatte sie geglaubt, es läge an ihrer übermäßigen Körperfülle, dass sie keinen netten Typen abbekam. Wer würde sich schon mit einer unsportlichen Frau einlassen wollen, die fast zweimal so schwer war wie man selbst? Doch … das stimmte so nicht. Selbst als Rebecca nach der Trennung von Jon begonnen hatte, sich äußerlich zu verändern, veränderte sich ihre Beziehung zu Männern überhaupt nicht. Im Vergleich zu früher fiel es ihr jetzt zwar um ein vielfaches leichter, welche kennenzulernen, und sie traf hin und wieder auch erstklassig Gutaussehende. Doch trotzdem war keiner dazu bereit, eine Beziehung mit ihr einzugehen. Die Kerle waren eigentlich nur daran interessiert, sie ins Bett zu bekommen und sie danach möglichst schnell wieder aus ihrem Leben zu streichen. Sie erinnerte sich an einen Kerl namens Steve, den sie gedatet hatte, kurz nachdem sie ihre optische Wandlung vollzogen hatte. Steve war der Erste, von dem sie glaubte, eine Chance auf eine gemeinsame Zukunft zu haben. Er lebte in Connecticut, war Eventmanager und plante landesweite Events und Veranstaltungen. Sie hatte ihn über Tinder kennengelernt, und zwischen den beiden war von Anfang an eine Chemie da, die Becky vorher noch nie gespürt hatte. Sie hatte sein Profilbild gesehen und dieses „Wow" hatte sich eingestellt. Sie hatten sich miteinander unterhalten und waren von Anfang an auf einer Wellenlänge. Sie verbrachten halbe Nächte damit, zu chatten und später zu telefonieren, und zwischen den beiden schien eigentlich alles klar zu sein. Und so war es auch nicht weiter verwunderlich, als Steve Becky übers Wochenende zu sich einlud, damit sie beide sich persönlich kennenlernen konnten. Becky zweifelte überhaupt nicht an Steves ernsten Absichten. Wieder und wieder las sie die süßen, liebevollen Nachrichten, die er ihr geschrieben hatte, seine Gute-Nacht- und seine Guten-Morgen-WhatsApps. Sie war sich sicher, den Richtigen gefunden zu haben, und fuhr an einem grauen Samstag im März also nach Hartford, um den Mann ihrer Träume kennenzulernen.

Ein mulmiges Gefühl stellte sich bei Becky ein, als sie vor Steves Haus, einem hübschen Eckreihenhaus in einer netten Siedlung, stand und nicht so recht wusste, was sie mit sich anfangen sollte. Sollte sie wirklich zu einem fremden Mann ins Haus gehen und das Wochenende mit ihm verbringen, so, wie sie es geplant hatten? Steve hatte ihr gesagt, sie müsse unbedingt die Nacht über bei ihm verbringen, und er würde es keinesfalls hinnehmen, sie mitten in der Nacht in ein Hotel gehen zu lassen. Dennoch war es merkwürdig für Becky. Aber … Steve war doch längst kein Fremder mehr, oder? Sie wussten mehr voneinander als Paare, die sich zwei-, dreimal für ein paar Stunden getroffen hatten. Sie erinnerte sich noch, als wäre es gestern gewesen, wie die Tür aufging, Steve herauskam, sie in seine Arme schloss und sie, ohne ein Wort zu sagen, küsste. Drinnen hatte er Kerzen und leise Musik angemacht, eine Flasche Champagner geöffnet und ihre Hände die ganze Zeit über gehalten. Er sah sie an wie den heiligen Gral, berührte sie bei jeder Gelegenheit, und sie unterhielten sich zunächst eine Weile, bis sie sich schließlich näher kamen. Steve ließ nichts anbrennen. Er ging ziemlich auf Tuchfühlung mit Becky, und für einen kurzen Moment überlegte sie, ob sie vielleicht einen Rückzieher machen sollte. Mit einem Mann schon beim ersten Date schlafen? Das machten doch nur Schlampen, oder? Andererseits war das Steve, der Mann, mit dem sie darüber gesprochen hatte, Kinder zu bekommen. Der sie gefragt hatte, ob sie dazu bereit wäre, zu ihm nach Connecticut zu ziehen, weil er seine Freundin gerne immer bei sich hätte. Und der Mann, der ihr gesagt hatte, er hätte sie auch großartig gefunden, wenn sie nicht so viel abgenommen hätte, weil der Charakter ja derselbe geblieben war. Ja. Ihre Zweifel spülte sie sehr schnell über Bord, und sie ließ geschehen, was Steve anstrebte. Was dann passierte, damit hätte Becky nicht in ihren kühnsten Träumen gerechnet.

Steve hatte sich gerade erst aus Becky zurückgezogen, und sie hüllte sich in die Decke ein, die auf seiner Couch lag. Es war großartig gewesen, mit Steve zu schlafen. Auch sexuell schienen sie absolut auf einer Wellenlänge zu sein. Sie hörte Steve in der Küche rumoren, wie er Wasser aus dem Hahn laufen ließ. Klar, dass er durstig war, immerhin hatte er sich ziemlich verausgabt. Dann hörte sie ihn sprechen. Offenbar hatte er einen Anruf versäumt, während sie miteinander geschlafen hatten.

„Hey, Mom, was ist los?" Eine Pause. „Was? Das kann doch nicht dein Ernst sein. Bist du sicher?"

Ein mulmiges Gefühl braute sich in Becky zusammen, und noch bevor Steve mit seiner Unschuldsmiene wieder zurück ins Wohnzimmer kam, wusste sie, was jetzt folgte.

„Hör mal, Kleine, das hier war eben meine Mum. Sie ist völlig aus dem Häuschen, weil sie denkt, jemand würde um ihr Haus schleichen und bei ihr einbrechen wollen. Ich …"

„Schon okay." Becky wusste, wie man mit Körben umging, auch wenn dieser hier besonders derb war. Aber um nichts in der Welt würde sie sich jetzt auch noch die Blöße geben, mit Steve zu diskutieren.

„Ich kann versuchen, einen Kumpel von mir zu erreichen, und ihn bitten, bei ihr vorbeizusehen", sagte er halbherzig.

„Ach Quatsch, schon okay." Becky sammelte ihre Klamotten auf, die quer im Wohnzimmer verstreut waren, und schlüpfte in ihr Höschen und in ihren BH. „Kein Drama." Sie versuchte, gute Miene zum bösen Spiel zu machen, was ihr ziemlich gut gelang, wenngleich sie immer noch nicht glauben konnte, was ihr hier gerade passierte.

„Mir ist das höchst unangenehm", sagte Steve kleinlaut. Draußen hatte es zu schneien begonnen, und Becky wurde bei dem Gedanken, dass sie bei diesem Wetter und mitten in der Nacht einhundertzwanzig Meilen zurück nach Hause fahren sollte, etwas mulmig.

„Kein Problem, ich verstehe das", sagte sie locker, während sie in ihr Kleid schlüpfte und ihre Schuhe zusammensuchte. Steve hielt sie auf, bevor sie ging.

„Es tut mir wirklich leid, Becky. Danke für deinen Besuch." Steve sah aus wie ein geschlagener Hund, und wenn Rebecca nicht gewusst hätte, wie Kerle drauf waren, hätte sie ihm vielleicht sogar abkaufen können, dass seine Mutter völlig panisch in ihrem Haus hockte und sich vor potenziellen Einbrechern versteckte.

„Ja, es war nett", erwiderte Becky lächelnd, so, als hätten sie sich auf einen Kaffee getroffen und dann beschlossen, dass jeder wieder seiner Wege ging.

„Ich melde mich bei dir, ja?"

„Mach das. Mach's gut." Sie verließ Steves Haus und stieg in ihren Wagen. Worte konnten nicht beschreiben, wie schäbig sie sich fühlte. Ein Gefühl, das sich noch verstärkte, während sie den Highway zurück nach Manhattan fuhr und starkem Schneetreiben ausgeliefert war.

Auf halber Strecke fuhr sie vom Highway ab und checkte in einem Motel ein. Es wäre lebensgefährlich gewesen, weiterzufahren. Durch den Schneefall hatte sie kaum zwei Meter weit nach vorn gesehen und sie war hundemüde. Sie konnte nicht glauben, wie blöd sie gewesen war. Sie war tatsächlich fast einhundertfünfzig Meilen weit zu einem Kerl gefahren, der sie gevögelt und danach auf plumpste Art und Weise hinausbugsiert hatte. Wenn er wenigstens die Eier gehabt hätte, ihr zu sagen, dass sie nicht sein Typ war. Aber ... diese lachhafte Ausrede von wegen, seine Mutter fürchtete sich davor, dass Einbrecher bei ihr einsteigen konnten, war wirklich das Allerletzte. Wenn tatsächlich Einbrecher um ihr Haus schlichen, was konnte Steve, der vierzig Minuten von ihr entfernt war, da schon ausrichten? In vierzig Minuten war ein Haus dreimal überfallen worden. Und wenn das tatsächlich und ernsthaft Einbrecher sein sollten, dann wäre es doch sinnvoller, die Cops zu rufen, als ihren Sohn, oder etwa nicht? Natürlich hatte Becky von Steve nichts mehr gehört, obwohl der ihr bei ihrer Abfahrt hoch und heilig versprochen hatte, sich bei ihr zu melden.

Nach dem Desaster mit Steve hatte Becky einige Zeit gebraucht, um sich wieder zu fangen. Doch sie hatte festgestellt, dass es ihr fehlte, wie er sie hofierte, wie er sich um sie bemühte. Und wie er ihr das Gefühl gab, dass sie ihm wichtig war. Also aktivierte sie ihr Tinderkonto wieder und begab sich erneut auf die Suche nach ihrem Mr. Right. Sie lernte eine Menge Männer kennen, doch bei keinem sprang der Funke so richtig über, sodass sie bitter feststellen musste, dass es auch im Zeitalter von Onlinedating und Datingapps keinesfalls einfach war, den Richtigen zu finden. Oft schien es ihr so, als würde sie den Wald vor lauter Bäumen nicht sehen. Es gab so unglaublich viele Kerle, die alle auf ihre eigene Art reizvoll waren, und doch fand sie niemanden, der sie so vom Hocker haute, wie Steve es damals geschafft hatte. Der hatte sie in der Zwischenzeit auf Tinder mehrfach zu matchen versucht, doch sie hatte ihn immer wieder nach links weggewischt. Wenn er tatsächlich glaubte, Becky wäre so blöd, und würde sich ein zweites Mal auf ihn einlassen, wo er es noch nicht einmal der Mühe wert gefunden hatte, sie nach seiner seltsamen Lüge noch einmal anzurufen, war er schief gewickelt. Und dann … kam Pete. Pete mit seinen wunderschönen grünen Augen, mit seinem markanten Gesicht, das aussah, als wäre er gerade von einem internationalen Laufsteg herabgestiegen. Der vor Selbstbewusstsein nur so strotzte und auf Becky wirkte wie kein anderer. Pete, der der eigentliche Auslöser gewesen war, dass Becky sich zu einem bösen Mädchen entwickelt hatte. Becky hatte über sechs Monate damit zugebracht, nach ihrem Mr. Right zu suchen, sie hatte zahlreiche Dates gehabt, doch bei keinem hatte sie das Gefühl verspürt, einem Mann gegenüberzusitzen, mit dem sie den Rest ihres Lebens verbringen wollte. Bis sie Pete begegnete. Sie und Pete hatten bereits einmal kurz Kontakt gehabt, sich dann wieder aus den Augen verloren und sich am Ende doch erneut gefunden. Mit Pete war es so, als hätte man sie mit ihrer fehlenden Hälfte vervollständigt. Er war alles, was Becky sich jemals an einem Mann gewünscht hatte. Gutaussehend, groß, intelligent, smart … und er strotzte vor Selbstbewusstsein. Pete wusste um seine Wirkung auf Frauen und gerade das machte ihn zu einem Objekt der Begierde. Und diese immense Zuneigung, die Becky für ihn empfand, schien auch von seiner Seite aus erwidert zu werden. Er bemühte sich um sie, rief sie oft frühmorgens, bevor er ins Büro ging, an, nur um kurz ihre Stimme zu hören, und sie verbrachten fast eine ganze Woche damit, nur zu telefonieren. Obwohl Becky noch der saure Nachgeschmack von Steve im Magen lag, der sie wirklich übel abserviert hatte, so hatte sie bei Pete das Gefühl, dass er doch der Richtige für sie sein konnte. Sie fühlte sich körperlich mit jeder einzelnen Faser zu ihm hingezogen. Und er weckte in ihr den Drang, die Frau an seiner Seite zu werden, wie es vor ihm noch kein anderer Mann getan hatte. Etwas, was er ihr nicht selten sogar in Aussicht stellte. Becky war sich sehr bald sicher, dass Pete der richtige Mann für sie war, und so vereinbarten sie nach einer Woche ihr erstes Date. Und … es war perfekt. Becky hatte nicht gedacht, dass es überhaupt möglich war, sich zu jemandem so hingezogen zu fühlen, wie es bei Pete der Fall war, doch von dem Augenblick an, als sie sich sahen, bis zu dem Augenblick, als Pete sie am nächsten Morgen verließ, waren sie wie zwei Teile eines Ganzen, die endlich wieder zueinandergefunden hatten. Von Anfang an gab es zwischen ihnen beiden eine unglaubliche Vertrautheit, so, als würden sie sich schon Jahre kennen. Und Becky war sich endlich sicher, den richtigen Mann für sich gefunden zu haben.

Noch bevor sie und Pete sich an jenem Montagabend getroffen hatten, hatten sie vereinbart, das nächste Wochenende gemeinsam zu verbringen. Pete hatte sie sogar dazu überredet, sich von

Donnerstag bis Sonntag für ihn Zeit zu nehmen, weil er nicht mehr ohne sie sein wollte. Und Becky hatte sich für diesen Zeitraum freigenommen, um sich ganz auf ihren neuen Mr. Right konzentrieren zu können. Sie saß gerade im Büro und arbeitete an einer neuen Website, als eine WhatsApp-Nachricht von Pete eintrudelte. Ihr Herz machte einen Sprung. Sie hatten sich vor nicht einmal zwei Stunden getrennt und schon ließ Pete wieder von sich hören. Eindeutig ein Zeichen, dass sie beide zusammengehörten. Und wenn Pete wirklich so war, wie es im Moment den Anschein hatte, dann war er all die Enttäuschungen, die sie bisher hatte durchmachen müssen, Wert gewesen.

„Hey Süße, ich habe den Abend mit dir sehr genossen", stand in der Nachricht. Beckys Herz machte einen Satz. *„Und du bist auch eine tolle Frau. Aber ich weiß nicht, ob sich mehr mit dir ausgeht. Ich weiß echt nicht, was ich mit dir machen soll."*

Das, was jetzt passierte, kannte Becky nur zu gut. Es fühlte sich an, als würde ihr jemand mit voller Wucht gleichzeitig in den Magen und ins Gesicht schlagen. Der Tag, der so gut angefangen hatte, der voller Schmetterlinge und Leichtigkeit gewesen war, war mit einem Mal zerstört. Ihr war schlecht. Sie wollte sich übergeben und Tränen stiegen in ihre Augen. Sie hatte gewusst, dass es so kommen würde, würde Pete sie verarschen. Und sie hatte ihm sogar gesagt, dass sie Angst davor hatte, dass das zwischen ihnen nicht klappen würde, weil Pete ihr erzählt hatte, dass er bisher nur Models gedatet hatte. Von Anfang an hatte Rebecca befürchtet, dass sie nicht Petes Typ sein konnte. Sie hatte sich zwar optisch ordentlich verändert, aber ein Model war sie trotzdem keines. Sie war keine zierliche, kleine Prinzessin, die den Beschützerinstinkt bei einem Mann auslöste. Sie war eine toughe Frau. Pete hatte das alles als Blödsinn abgetan. Ihr versichert, sie wäre zu tausend Prozent sein Typ und es gäbe nichts, rein gar nichts, was ihn von ihr wegziehen konnte. Und jetzt war es so einfach? Jetzt wusste er eben nicht, was er mit ihr machen sollte? All die Zuneigung und Vertrautheit, die sich in den vergangenen Tagen und Stunden zwischen ihnen aufgebaut hatte, war mit einem Mal nichts mehr wert? Sie konnte es nicht glauben. Sie waren sich so nah gewesen, das zwischen ihnen war so unglaublich intensiv. Ihr wurde der Boden mit einer Wucht unter den Füßen weggerissen, wie sie es nicht erwartet hätte. Pete hatte ihr so sicher zu verstehen gegeben, dass er sie mochte, genau so, wie sie war. Dass er sich mehr mit ihr wünschte …

Es kostete Becky unsagbar viel Kraft, als sie Pete antwortete, dass das in Ordnung sei und dass es eben passieren konnte, dass es doch nicht funkte, nachdem man sich sah. Sie wünschte ihm noch alles Gute und erklärte ihm, dass ihr der Abend mit ihm auch sehr gut gefallen hatte. Dann löschte sie seine Nummer und seine Nachrichten und verbrachte die nächsten Tage damit, ihn zu vergessen. Ihm nachzuweinen und ihm nachzutrauern. Er war einfach aus ihrem Leben verschwunden, obwohl er zuvor schon ein so großer Teil davon geworden war. Danach hörte Becky nichts mehr von ihm, bis sie eines Tages aufwachte und eine WhatsApp-Nachricht von Pete auf ihrem Handy vorfand, in der er sich danach erkundigte, wie es ihr ging. Sie antwortete ihm kurz angebunden, dass bei ihr alles bestens sei, und Pete begann eine Konversation. Er erklärte ihr, er habe Zeit gebraucht, um sich darüber klar zu werden, was er wollte, er habe immer und immer wieder versucht, sie anzurufen, aber nicht den Mut dazu aufgebracht. Er habe begonnen, ihr Nachrichten zu schreiben, aber sie wieder gelöscht, weil er nicht wusste, was er ihr wie sagen sollte. Und dass sie ihm nicht aus dem Kopf ging und dass er sie um Verzeihung bat, so, wie er sie behandelt hatte. Beckys Herz raste, als Pete den Kontakt wieder aufnahm und so ehrlich mit ihr war. Sie telefonierten, texteten sich und es schien sich alles in Wohlgefallen aufzulösen. Es war doch völlig in Ordnung, wenn Pete sich seine Gedanken über sie beide machte, oder? Besser, er hatte diese eine Woche Auszeit gebraucht, um sich darüber klar zu werden, was er wollte, als dass er sich in etwas stürzte, was am Ende des Tages vielleicht ein Fehler gewesen wäre. Eigentlich zeichnete ihn sein Verhalten als integeren, ver-

lässlichen und reifen Mann aus, der sich seine
Gedanken machte. Und das war gut so. Ihr Kontakt blühte wieder genauso auf, wie er es beim
ersten Mal getan hatte, und Becky schwebte auf
Wolke sieben. Sie hatte Pete vermisst. Mit jeder
Faser ihres Körpers hatte sie ihn vermisst, und sie
war sich sicher, dass nur er der Richtige sein
konnte. Ein Mann, zu dem sie sich so hingezogen
fühlte, der sie so glücklich machte, allein durch
das, was er sagte, wie er mit ihr umging, musste
doch der Mann für sie sein. Sie machten Pläne,
Pete wollte sie unbedingt in absehbarer Zeit zu
seiner Großmutter nach Miami mitnehmen und
schwärmte ihr immer wieder vor, was für eine
tolle Zukunft sie beide erwartete. Und dann verabredeten sie sich erneut. Nur eine Woche nachdem Pete den Kontakt wieder hatte aufleben lassen, wollten sie ihr zweites Date über die Bühne
bringen. Sie wollten das Wochenende in einer
hübschen kleinen Pension in Vermont verbringen,
die Becky im Internet gefunden und in der sie
gleich ein Zimmer gebucht hatte. Pete fand die
Idee großartig und war von der Unterkunft mitten
auf einem Weinberg in absoluter Idylle ebenso
angetan wie sie selbst. Und Becky … konnte es
kaum erwarten. Sie ging shoppen, kaufte sich
schöne Unterwäsche für Pete und staffierte sich
klamottentechnisch dreimal komplett neu aus, um
für ihn perfekt zu sein. Noch nie in ihrem ganzen
Leben hatte sie etwas gefühlt, das dem, was sie
für Pete empfand, ähnlich kam. Sie glaubte, zum

ersten Mal in ihrem Leben wirklich richtig verliebt zu sein. Alles schien zu passen. Und Pete gab ihr immer wieder das Gefühl, dass auch sie die Richtige für ihn war, wenngleich Becky sich ziemlich zusammennehmen musste, um nicht zu überschwänglich auf ihn zu reagieren. Sie hatte sich fest vorgenommen, ihre Emotionen Pete gegenüber zumindest dieses Mal etwas mehr im Zaum zu halten. Schon ihre Großmutter hatte immer wieder gesagt: „Willst du gelten, mach dich selten." Und es schien zu klappen. Das zwischen ihr und Pete schien tatsächlich zu laufen. Bis zwei Tage vor dem geplanten Treffen. Hatten sie zunächst noch jeden Tag Kontakt gehabt, sich einen guten Morgen gewünscht, tagsüber kurz getextet und abends telefoniert, war Pete zwei Tage vor dem Date plötzlich nicht mehr greifbar. Von einer Sekunde zur nächsten. Becky beunruhigte das zunächst gar nicht. Die letzten Tage über hatte Pete so glaubwürdig und erwachsen gewirkt. Vielleicht wollte er seinerseits ebenfalls austesten, ob sie ihm schon wieder nachlief oder … was auch immer. Auf jeden Fall ließ Pete den ganzen Mittwoch und den ganzen Donnerstag nichts von sich hören, obwohl sie beide vereinbart hatten, dass sie einander am Freitagabend treffen würden, um gemeinsam nach Vermont zu fahren. Also wartete Becky ab und dachte sich nichts dabei, dass Pete sich nicht mehr so regelmäßig bei ihr meldete wie noch zuvor. Vielleicht war er einfach eingespannt, hatte viel zu tun oder was auch immer. Als er den ganzen Donnerstag über nichts von sich hatte hören lassen, beschlich Becky dann doch ein unruhiges Gefühl. Hätte er nicht zumindest kurz Hallo sagen können? Konnte jemand wirklich so eingespannt sein, dass er nicht einmal fünf Sekunden Zeit fand, um sich bei einem Menschen zu melden, der ihm – laut eigener Aussage – wichtig war? So lief das doch nicht, oder? Donnerstagabend schickte sie ihm dann eine Nachricht, ob alles bei ihm in Ordnung sei und ob der Trip nach Vermont noch passte. Petes Antwort kam umgehend: Er könne ihr erst am nächsten Tag wegen Vermont Bescheid geben, weil er die letzten beiden Tage von einem Magen-Darm-Virus niedergestreckt worden war und nicht wusste, ob er sich bis dahin fit genug fühlte. Es tue ihm leid. Und da war es wieder. Dieses Gefühl, als würde ihr jemand mit voller Wucht gleichzeitig in den Magen und ins Gesicht schlagen. Diesmal gepaart mit einer leisen Stimme im Hinterkopf, die immer wieder flüsterte: *„Ich habs dir doch gesagt, ich habs dir doch gesagt, ich habs dir doch gesagt."* Sie wusste nicht, ob Pete ihr die Wahrheit sagte oder ob er sie an der Nase herumführte, aber sie hätte sich selbst belogen, wenn sich nicht ganz tief in ihr drin der Gedanke manifestiert hätte, dass so etwas kommen musste. Sie schrieb Pete zurück, dass es ihr leidtue, dass er sich dieses Virus eingefangen hatte, dass sie ihm gute Besserung wünschte und sich freuen würde, wenn er ihr Bescheid geben würde, sobald er mehr wusste. Es war das letzte Mal, dass Becky von Pete hörte. Er antwortete nicht mehr auf ihre Nachricht und ließ auch sonst nichts mehr von sich hören. Im Nachhinein war Becky klar geworden, dass er vermutlich nur mit ihr gespielt hatte. Bestimmt hatte es an seinem Ego genagt, dass Becky das erste Mal, als er ihr einen Korb gegeben hatte, nicht wie eine anhängliche, weinerliche Prinzessin reagiert, sondern es einfach so hingenommen hatte. Das konnte er natürlich nicht auf sich sitzen lassen, also hatte er ihr ein neuerliches Treffen und ein Wiederaufleben ihrer „Beziehung" in Aussicht gestellt und sie war ihm voll auf den Leim gegangen. Sie war so naiv gewesen, dass sie wirklich geglaubt hatte, Pete und sie hätten eine gemeinsame Zukunft. Und sie war sogar so blöd gewesen, die Pension in Vermont sofort zu bezahlen, so sicher war sie sich gewesen, dass sie und Pete ihr Wochenende dort gemeinsam verbringen würden.

Und da wurde Becky etwas bewusst. Kerle waren eben so. Die meisten von ihnen sahen nur Sex in einer Frau, erst recht in einer, die man so leicht über eine Datingapp aufriss. Es war völlig egal, ob eine Frau groß, klein, dick, dünn, wunderschön oder nur durchschnittlich aussah. Es ging immer nur um das eine. Eigentlich war sie, Becky, die Dumme. Warum war sie überhaupt auch davon ausgegangen, dass Kerle tatsächlich so großes Interesse an ihr haben würden, wenn sie das, worum es ihnen wirklich ging, so einfach bekommen konnten. Außerdem … wenn sich Hunderte von Frauen anboten, warum sollte ein Kerl sich dann auf eine einzige konzentrieren? Und gerade all diese Datingapps implizierten ja, dass es immer irgendwo einen oder eine Bessere gab, oder? Warum also sollte man sich auf einen festen Partner einlassen, wenn es irgendwo vielleicht sogar einen gab, der … einen Tick attraktiver war, der etwas mehr Humor hatte, der anziehender war – wenn auch nur ein Fünkchen. Immerhin ging man mit einer Tinderbekanntschaft ja nicht gleich den Bund fürs Leben ein, nur, weil man sich einmal traf und miteinander Sex hatte. Diese Internetdates hatten doch alle etwas gemeinsam: Sie hatten Supermarktcharakter. Jeder war austauschbar, und safe war sowieso niemand, weil immer irgendwo jemand auftauchen konnte, der dem Datepartner noch besser gefiel.

Nach der Sache mit Pete igelte Becky sich erst einmal ein und überlegte, was sie mit dem Rest ihres Lebens anstellen sollte. Mittlerweile war sie achtundzwanzig, und sie hatte es, bis auf Jon, noch nicht geschafft, eine feste Beziehung mit einem Mann zu führen. Es war völlig einerlei, ob sie übergewichtig und aus der Form oder topfit und sportlich war, die Kerle waren so oder so nicht an ihr interessiert. Während um sie herum alle ihren Partner fürs Leben fanden, sich verlobten, ja, sogar heirateten und Kinder bekamen, stand Becky allein da. Sicher, sie lernte viele Kerle kennen. Aber … es ging immer nur um das eine. In der Zeit nach Pete las Becky eine Menge Blogs und Erfahrungsberichte über Frauen, die Erfahrungen mit Datingapps und Onlinedating gemacht hatten, und sie alle waren sich in einem Punkt einig: die wenigsten Männer suchten die wahre Liebe auf solchen Plattformen, auch wenn sie zunächst steif und fest behaupteten, es wäre so. Im Prinzip waren Datingapps ein Rückschritt in der Evolution. Der Jagdtrieb bei Kerlen wurde wieder entfacht und bei manchen so extrem, dass eine Art Datingsucht entstand. Es ging nicht darum, dass derjenige auf der Suche nach der großen Liebe war oder die Frau fürs Leben treffen wollte. Es ging auch nicht darum, ob eine Frau wunderschön oder eher Durchschnitt war. Bei den meisten zählte am Ende des Tages nur, wie viele Kerben man in seinen Bettpfosten schnitzen konnte, egal, ob es sich um eine besonders gutaussehende, eine durchschnittliche Frau oder eine eher weniger ansehnliche handelte. Becky las von Frauen, die das, was sie mit Steve und Pete interhalb eines Jahres erlebt hatte, fast jede Woche einmal erlebten. Von Frauen, die sich damit arrangiert hatten, jede Woche einen anderen Kerl interessant zu finden, ihn kennenzulernen, sich vielleicht – oder auch nicht – ein bisschen in ihn zu verlieben, am Wochenende mit ihm zu schlafen und ihn dann nie wiederzusehen. Eine behauptete sogar, dass diese Art der „Beziehung" optimal sei. Man wäre praktisch fast immer „frisch verliebt" und eine Art Alltag würde sich niemals einschleichen. Sie fand einen Blog von einem Typen, der ganz offen darüber schrieb, wie er Frauen kennenlernte, um den Finger wickelte und dann abservierte. Und sie erkannte darin Verhaltensformen von Männern, die ihr schon sehr oft über den Weg gelaufen waren. Zunächst bekam man volle Aufmerksamkeit, streute Komplimente, war präsent. Man verbrachte online Zeit miteinander, stieg vielleicht aufs Telefon um und telefonierte die halbe Nacht lang. Dann wurde – jedes Mal aufs Neue – verwundert festgestellt, dass man „noch nie so lange mit jemandem telefoniert" hatte, um der Frau zu vermitteln, wie besonders sie war. Man ging praktisch online fast schon eine Beziehung mit jemandem ein, den man gar nicht kannte. Man legte sein Tinderprofil still, obwohl man nebenher ohnehin noch fünf andere besaß, ging mit einer Erwartungshaltung an die ganze Sache heran, versicherte der Frau immer und immer wieder, dass nichts mehr passieren konnte, was diese Beziehung störte, weil sie es ohnehin schon geschafft hatte, dass man sich in sie verliebt hatte, ohne sie jemals leibhaftig vor sich zu sehen. Bei ganz schweren Fällen half ein zaghaft gestreutes „Ich hab dich lieb" und spätestens dann wurde jede weich wie Butter. Und natürlich war es völlig in Ordnung, beim ersten Date miteinander zu schlafen. Denn streng genommen war es ja gar nicht das erste Date. Das erste Date waren die vielen Male, in denen man miteinander telefoniert und sich von Grund auf kennengelernt und sich in den anderen verliebt hatte. Der Blogtyp meinte, er würde den Frauen niemals Druck wegen Sex machen. Sein absoluter Abschleppspruch war: „Wenn es heute nicht passiert, dann passiert es in den nächsten Wochen. Denn … wir beide sehen uns bestimmt wieder." Der Typ meinte, nach diesem Spruch flögen die Höschen ihm nur so zu. Was für eine Frau konnte denn schon standhaft bleiben, wenn ein Mann ihr praktisch sagte, dass er absolut keinen Sex beim ersten Date erwartete, weil er schon an die vielen Folgedates dachte, die er mit der Frau noch haben würde. Er erwähnte, dass seine Mission erfüllt war, sobald er zum ersten Mal gekommen war. Es gab dann – oder auch nicht – vielleicht noch eine gemeinsame Nacht und ein zaghaftes Guten-Morgen-Küsschen, bei besonders begabten Damen eine kurze Nummer am Morgen und schließlich ein Auf-Nimmerwiedersehen. Denn immerhin wartete an der nächsten Ecke schon die nächste Traumfrau, der man erzählen konnte, dass man sein Leben lang auf sie gewartet hatte, man sich verliebt hatte und nicht erwartete, dass es Sex beim ersten Date gab.

Becky hatte sich in diesem Blog wiedergefunden. Sie war diese Miss X, der man all die Komplimente machte, der man sagte, wie toll sie war und dass man sich in sie verliebt hatte. Pete hatte ebenfalls erwähnt, dass er nicht davon ausging, dass sie beim ersten Date Sex hatten, weil sie so viele Folgedates haben würden, an denen sie miteinander schlafen würden. Becky war diese prototypische Miss X. Leicht zu haben für jemanden, der wusste, auf welche Knöpfe er drücken musste. Ihr wurde klar, dass der Traum einer liebevollen, festen Beziehung weiter und weiter davondriftete, jetzt vielleicht weiter entfernt war als je zuvor. Es gab eben keine Männer mehr, die auf der Suche nach etwas Festem waren. Scheinbar reichte es den meisten, Kurzzeitbekanntschaften zu haben und die Frauen im Wochentakt auszuwechseln. Nein. Becky ging nicht mehr davon aus, ihr Liebesglück irgendwo da draußen zu finden. Und sie würde kein Opfer mehr sein. Noch einmal ging sie zu dem Beitrag der Frau zurück, die ganz offen dazu stand, die Kerle genauso auszunutzen, wie sie es umgekehrt bei den Frauen taten, und sie freundete sich mit dem Gedanken an. Es machte absolut Sinn, sich die positiven Seiten solcher Bekanntschaften herauszupicken und die Notbremse so lange zu ziehen, solange man selbst noch dazu in der Lage war. Wenn es tatsächlich sie war, die eine Bekanntschaft zum richtigen Zeitpunkt beendete, dann würde sie niemals mehr verletzt werden.

In diesem ruhigen Moment beschloss Rebecca, ein Bad Girl zu werden, das den Spieß einfach umdrehte und die Männer ab sofort an der Nase herumführte.

sechs

Pünktlich um sechs stand eine schwarze Limousine vor Beckys Haus und ein Fahrer klingelte an ihrer Tür. Nachdem sie etwas in Erinnerungen geschwelgt und noch zweimal vergeblich versucht hatte, Hallie zu erreichen, hatte sie ein paar Sachen zusammengepackt und realisiert, dass sie gerade wirklich drauf und dran war, sich als die Fake-Verlobte ihres Chefs auszugeben, der obendrein noch ihr fiesestes Onlinedate überhaupt gewesen war, das sie jemals gehabt hatte. Doch hinter der harten Schale, die sie mit den Jahren aufgebaut hatte, steckte ein grundehrlicher, netter Mensch. Ein Mensch, der nicht zulassen konnte, dass unzählige Personen ihre Jobs verloren – erst recht nicht, wo sie selbst die Möglichkeit hatte, zumindest ihren Teil dazu beizutragen, dass das nicht passierte.

Ein etwas unbehagliches Gefühl breitete sich in ihr aus, als der Fahrer direkt gegenüber dem Central Park in eine Tiefgarage abbog und die Limousine auf einer Etage parkte, die extra für Hunter Kennedy reserviert war. Der Wagen befand sich in bester Gesellschaft von Porsches und

Ferraris, Lamborghinis, Maybachs, Rolls-Royces und weiteren Luxuslimousinen, wie Becky sie noch nicht live erlebt hatte. Kurz zweifelte sie daran, ob man sie wirklich als die Frau an Hunters Seite wahrnehmen würde. Ein Mann wie er bewegte sich doch in völlig anderen Kreisen als sie, oder? Selbst Pete damals hatte sich nur mit Models umgeben, und der war lange nicht so erfolgreich und gut aussehend wie Hunter gewesen. Ja, sie war zwar eine attraktive Frau, aber Hunter war der Typ Mann, der sich mit „attraktiv" nicht zufriedengab. Er datete Models, Schauspielerinnen, Frauen, die einem den Atem raubten. Aber nicht eine Cybernanny, die ganz nett anzusehen war, oder? Sie zweifelte an der Glaubwürdigkeit dieser Geschichte, die sie und Hunter sich gemeinsam ausgedacht hatten.

„Bitte folgen Sie mir, Miss Sterling, Mr. Kennedy erwartet Sie bereits." Der Fahrer riss Becky aus ihren Gedanken. Sie stieg aus und ging dem Mann, der ihr Gepäck bereits aus dem Wagen geholt hatte, nach. Der Fahrer ging auf einen Lift zu und aktivierte ihn mit seinem Fingerabdruck. Ein privater Aufzug also. Klar. Hunter Kennedy würde sich seinen Lift doch nicht mit dem Pöbel teilen. Je höher der Lift aufwärts fuhr, desto schneller klopfte Beckys Herz. Und dann … kam er plötzlich zum Stehen und die Türen öffneten sich. Becky musste sich zusammennehmen, um nicht laut in „Wows" und „Aaahs" und „Ooooohs" auszubrechen. Sie wusste, dass Appartements am Central Park – schon aufgrund ihrer Lage und ihres Preises – etwas Besonderes waren, doch das, was sie jetzt zu sehen bekam, übertraf all ihre Erwartungen. Sie befand sich in einem weitläufigen Eingangsbereich in einem Appartement, das einen Rundumblick auf die Stadt bot, die gerade im Abendrot versank. Ihr Herz setzte einen Schlag aus. So etwas Wunderschönes hatte sie noch nie gesehen. Etwas weiter hinten konnte sie einen Wohnbereich ausmachen, der so großzügig war, dass ihr Haus locker hineingepasst hätte. An den Wänden hingen ausgewählte Stücke moderner Kunst, gerade so, dass es nicht zu voll, aber auch nicht zu leer aussah. Zwei weiße Sofas standen in L-Form in der Mitte des Wohnbereiches und boten einen großartigen Blick auf die Stadt. Weiter hinten gab es einen großzügigen Essbereich mit einem runden Tisch und gemütlichen Stühlen, von denen man ebenfalls einen erstklassigen Ausblick hinunter auf Manhattan hatte.

„Becky, da bist du ja." Rebecca wurde aus ihren Gedanken gerissen, als jemand sie an der Schulter berührte. Hunter. Er sah großartig aus, und in diesem Moment realisierte Becky, dass er nur ein Handtuch um die Hüften trug. Sie wusste nicht, ob das Berechnung war oder einfach ein Zufall, doch ihr entgingen seine Designermuskeln und die Anziehungskraft nicht, die er wieder auf sie ausübte. Weiter hinten nahm Becky jetzt eine Frau wahr, die in einem knallengen, roten Minikleid aus einem weiteren Zimmer kam. Sie hatte Stilettos in der Hand und kam auf Hunter zu. Beckys Magengenged zog sich zusammen und am liebsten wäre sie wieder zurück nach Hause gefahren. Dieser Mistkerl hatte hier eine Tussi gevögelt, während sie der Welt in ein paar Stunden weismachen wollten, dass sie verlobt waren? „Ich bin dann soweit, Andrew", sagte sie Frau. „Und es war toll mit dir."

„Mit dir auch, Lisa. Ich ruf dich an, ja?"

„Oh ja, vielleicht können wir am Samstag ins Kino gehen? Oder was Essen?"

„Das schaffen wir bestimmt."

Die Frau sah Becky kurz an und Becky er kannte sich selbst in ihr. Früher war sie genauso naiv gewesen, wie dieses Mädchen von vielleicht fünfundzwanzig Jahren. Sie fand es noch nicht einmal merkwürdig, dass Becky hier mitten im Raum stand. Bestimmt sagte sie sich, dass sie Hunters Schwester war. Denn, wäre sie seine Freundin oder gar seine Frau gewesen, hätte sie ihm doch bestimmt eine Szene gemacht. „Meine Nummer liegt auf deinem Kopfkissen", sagte das Mädchen, schlängelte sich an Becky und Harold vorbei und verschwand dann im Lift.

„Harold, Sie können gehen, ich kümmere mich selbst um Miss Sterlings Belange." Er zwinkerte Becky zu, während der Fahrer sich verabschiedete. „Ich habe schon alles für dich vorbereiten lassen. Das Appartement hier ist eines von den kleineren Immobilien, die ich besitze, es hat leider nur drei Schlafzimmer, aber wir sind ja nur zu zweit. Ich habe dir jenes zurechtmachen lassen, das links am Ende des Flurs liegt. Du hast natürlich dein eigenes Badezimmer und sämtliche Annehmlichkeiten, die du dir vorstellen kannst. Wir haben ein eigenes Indoor-Schwimmbad und oben auf dem Dach gibt es exklusiv für mich einen Outdoorpool und einen kleinen Wellnessbereich. Du erreichst das alles über den Lift. Wir müssen nachher noch deine Fingerabdrücke einspeichern, damit du zu allen Bereichen hier Zugang hast. Wenn du Hunger bekommen solltest – überall im Haus gibt es Bedienpads, mit denen du mit der Küche verbunden wirst. Du sagst denen, was du willst, und sie machen es für dich."

„Was bist du eigentlich für ein Arschloch", sagte Becky, als sie sich vergewissert hatte, dass sie und Hunter allein im Appartement waren. Hunter drehte sich um und sah sie herausfordernd an.

„Wie bitte?"

„Du willst der Welt morgen erzählen, dass wir verlobt sind, und dann vögelst du irgendeine Kuh, die du an der Straßenecke aufgerissen hast?"

„Tinder", grinste Hunter völlig entspannt.

„Was?"

„Ich habe sie nicht an einer Straßenecke aufgerissen, sondern über Tinder. Während wir bei Duke für dich shoppen waren. Als du ein Outfit nach dem anderen angezogen hast, habe ich mich nach jemandem umgesehen, der sein Outfit für mich auszieht, wo liegt das Problem?"

„Das Problem?", fragte Becky und folgte ihm durch das Wohnzimmer.

„Wenn diese Sache funktionieren soll, dann musst du deinen besitzergreifende Art und deine Eifersucht aber ganz schön unter Kontrolle bekommen", sagte Hunter altklug.

„Meine besitzergreifende Art und meine Eifersucht? Ich bin nicht ..."

„Ich bin in keinem Augenblick eine echte Beziehung mit dir eingegangen, Rebecca, merk dir das", sagte Hunter, „du hast also kein Recht darauf, in irgendeiner Art und Weise eifersüchtig oder besitzergreifend zu reagieren, ist das klar."

Rebecca war über seine harsche Art fast überrascht. Sie wollte ihm an den Kopf werfen, dass er sie gebeten hatte, seine Verlobte zu spielen und dass es ein ziemlich schlechtes Bild auf ihre „Verlobung" werfen würde, wenn er mit jeder x-beliebigen Schnepfe in die Kiste sprang. Dann fielen ihr die Jobs wieder ein, die auf der Kippe standen und für die sie jetzt mitverantwortlich war.

„Schon gut", sagte sie, „vögel dich meinetwegen durch die halbe Welt."

„Schön, dass du so einsichtig bist", grinste Hunter. „Wo waren wir? Ach ja, ich wollte dir zeigen, wie du die Küche kontaktierst."

„Die Küche? Aber ..." Becky sah auf die großräumige, offene Küche, die sich die gesamte Länge im Wohn- und Essbereich zog.

„Ich meine nicht diese kleine Küche. Die ist dazu da, um Champagner und Wein zu lagern und sich vielleicht irgendwann mal ein Sandwich zu machen. Es gibt ein Housekeeping hier, zu dem auch ein Sternekoch gehört. Das Team ist rund um die Uhr verfügbar, du wirst also nie Hunger leiden müssen."

Eine kräftige Mexikanerin in Dienstbotenuniform erschien neben Hunter. „Mr. Kennedy, das Zimmer für Ihren Gast ist nun fertig", sagte sie mit wenig Akzent.

„Danke, Rosa", sagte Hunter. „Rosa, das ist Rebecca Sterling, meine Verlobte." Becky merkte, dass die Haushälterin große Augen bekam, als Hunter sie seine Verlobte nannte. Sie musste doch zweifellos auch mitbekommen haben, dass er sich vor wenigen Minuten noch mit einer anderen Frau in den Laken gewälzt hatte. Dann entspannte sie sich und schüttelte ihr lächelnd die Hand. „Freut mich, Sie kennenzulernen, Miss Rebecca", sagte sie. „Darf ich Ihr Gepäck in Ihr Zimmer bringen?"

„Gute Idee, machen Sie das, Rosa", antwortete Hunter für Becky. Dann führte er sie ins Wohnzimmer und bot ihr an, sich zu setzen.

„Du stellst mich als deine Verlobte vor, aber ich schlafe von dir getrennt, während du andere Frauen in deinem Bett vögelst", sagte Becky nüchtern. „Wird das deiner Haushälterin nicht

102

merkwürdig vorkommen?"

Hunter lächelte wissend. „Rosa arbeitet seit sechzehn Jahren für mich. Sie weiß, wie der Hase läuft. Außerdem wird sie bezahlt, dass sie ihre Arbeit tut, und nicht, dass Dinge ihr seltsam vorkommen. Und genau das schätze ich so an ihr."

Becky rollte mit den Augen. Sie wollte gar nicht wissen, was dem Dienstmädchen alles schon zu Ohren und unter die Augen gekommen war. Und sie wollte Hunter am liebsten eine reinhauen. Sie hatte immer fast allergisch darauf reagiert, wenn ein Mann Sex mit einer anderen erwähnt hatte, so tough sie auch war. Doch Hunter zog sie durch seine offene, und selbstbewusste Art irgendwie sogar noch an.

„Wir müssen dann noch unsere Geschichte festlegen", sagte Hunter und holte sie aus seinen Gedanken.

„Unsere Geschichte?"

„Ja. Wir müssen eine wasserdichte Kennenlerngeschichte konstruieren. Die wir beide zu jeder Tageszeit völlig gleich erzählen. Auch nur die kleinste Ungereimtheit könnte uns in große Schwierigkeiten bringen."

„Wie lange soll dieses Spielchen überhaupt gehen?", fragte Becky.

Hunter sah sie an. Verdammt, war dieser Mann gutaussehend. Doch er hatte sich für Becky ohnehin schon disqualifiziert. Sie hielt nichts von zu reichen Kerlen, weil sie möglichst vermeiden wollte, sich irgendwann einmal vorhalten lassen zu müssen, sie wäre nur des Geldes wegen mit dem Kerl zusammen.

„Solange es eben dauert", sagte Hunter kryptisch. „Aber sei dir sicher, Rebecca, ich werde mein Möglichstes tun, um dir deinen Aufenthalt hier so angenehm zu machen, wie es nur geht."

„Klar, indem du x-beliebige Tinderellas vögelst, wann immer es sich eben ergibt", lag ihr auf der Zunge. Sie hütete sich aber, diesen Gedanken auszusprechen. Hunter rückte ein Stück zu ihr auf und ihr Herz begann zu rasen. Ihr Herz begann nie zu rasen, was für ein Mist war das hier also?

„Damit hätten wir den Zeitpunkt ja präzise festgelegt", sagte Rebecca und rückte ein Stück von Hunter ab. Sie durfte keinesfalls schon am ersten Abend weich werden. Sie musste Widerstand leisten – so lange, wie es eben möglich war. Außerdem hatte der Mistkerl erst vor wenigen Minuten mit einer anderen geschlafen. Widerwärtiger Arsch.

„Hast du etwas Besseres vor, als ein paar Wochen an der Seite eines Milliardärs das Leben zu genießen?", fragte Hunter selbstsicher.

„Ich … könnte jemanden kennengelernt haben, den ich möglicherweise treffen will. Was dann?" Sie dachte an die zahlreichen Matches, die sich seit einigen Tagen in ihrem Tinder-Account befanden. Zweifelsohne würden sich einige von ihr bestimmt verabschieden, wenn sie nicht mehr antwortete oder Verabredungen absagte.

„Tja, darauf wirst du in Zukunft wohl verzichten müssen, Liebste", sagte Hunter. „Dir ist doch wohl klar, dass die Frau an meiner Seite keine anderen Kerle datet." Ja, das leuchtete Becky ein. Allerdings waren da schon ein, zwei Tinder-Romeos, die sie gerne getroffen hätte. Bei der Schnelllebigkeit der App war ihr aber klar, dass diese Typen in ein paar Wochen längst weitergezogen waren und sich anderweitig orientiert hatten.

„Das ist mir schon klar", sagte Becky. Sie würde wohl oder übel in den sauren Apfel beißen müssen. Aber immerhin standen die Jobs von so vielen Menschen auf dem Spiel. Da war es ein Leichtes, ein paar Dates dafür zu opfern.

„Ich möchte, dass du die perfekte Lady an meiner Seite bist. Immer erstklassig zurechtgemacht, liebevoll und sympathisch. Und natürlich treu. Du bist die Jackie O. der Neuzeit. Die perfekte Verlobte."

„Ich nehme an, dass die Sache mit Treu-sein sich nicht auf dich ausdehnt?", konnte Becky es sich nicht verkneifen. Hunter sah sie an. „Baby, ich brauche viele Frauen. Ein Kerl wie ich gibt sich nie nur mit einer zufrieden. Es wäre doch unglaublich schade, wenn das alles hier", er deutete an seinem eigenen Körper nach unten, „nur an eine einzige Frau verschwendet werden würde, findest du nicht?"

„Schon gut", sagte Becky.

„Aber keine Sorge, ich werde diskret sein und die Öffentlichkeit von meinen Bekanntschaften fernhalten. Für die Welt bin ich dein treusorgender Verlobter, für den nur du existierst."

„Wie schön", sagte Becky genervt. „Und, was ist nun mit unserer Geschichte?"

„Also. Ich habe mir schon eine Story zurechtgelegt, die wir unserem Umfeld präsentieren können. Lass uns sagen, wir hätten uns im Büro getroffen."

„Im Büro?" Becky sah Hunter an. Bis vor wenigen Stunden hatte sie noch nicht einmal gewusst, dass Hunter Kennedy der Sohn ihres Chefs war.

„Ja. Das ist am einfachsten, am glaubwürdigsten und am unspektakulärsten. Niemand stellt infrage, dass wir uns im Büro kennengelernt haben. Du arbeitest dort und ich übernehme den Laden demnächst. Lass uns also sagen, wir haben uns am Kopierer getroffen … oder in der Kaffeeküche."

„Weil du deine Dokumente selbst kopierst und dir ja auch immer deinen Kaffee selber holst." Becky grinste.

„Da hast du recht."

„Wie wärs, wenn wir erzählen, wir hätten uns im Lift getroffen", sagte Becky. Sie ahnte gar nicht, wie nahe sie der Wahrheit in dem Moment war.

Ausgezeichnete Idee. Wir sind mehrfach miteinander im Lift gefahren, und weil ich so verzaubert von dir war, habe ich dich zum Essen eingeladen. Und da … hat es dann ziemlich schnell gefunkt."

Becky überlegte. Die Story konnte man ihnen tatsächlich abnehmen. Und vermutlich lief es bei „normalen" Menschen auch so. Man lernte sich zufällig irgendwo kennen, kam ins Gespräch, verabredete sich und … verliebte sich.

„Okay."

„Wo war unser erstes Date?"

„Auf der Aussichtsplattform des Empire State Buildings", trug Becky dick auf. Ihr kam der Film „Schlaflos in Seattle" in den Sinn. „Und dann haben wir zu ‚When I fall in Love' langsam getanzt." Den letzten Satz hatte sie eigentlich scherzhaft gemeint, doch Hunter war vollauf begeistert.

„Großartig. Das ist genau mein Stil."

„Das ist der Stil von Tom Hanks und Meg Ryan." Becky grinste.

„Was?"

„Das ist aus dem Film ‚Schlaflos in Seattle'." „Nie gesehen."

„Dachte ich mir."

„Wann ist das alles passiert?"

„Was?"

„Das mit uns."

Becky sah Hunter an. „Ich … Keine Ahnung. Vor … drei Monaten?" Becky fragte sich, warum sie nun plötzlich diejenige geworden war, die ihre Geschichte konstruierte.

„Perfekt. Das ist nicht gerade erst gestern gewesen und in unserem Alter schon in Ordnung, wenn man gedenkt, Nägel mit Köpfen zu machen."

„Ich denke nicht, dass drei Monate ausreichen, um Nägel mit Köpfen zu machen", sagte Becky skeptisch.

„Hast du irgendwelche Erfahrungswerte?"

„Was?"

„Ich meine, warst du schon einmal verheiratet oder verlobt? Ich würde meiner Familie nämlich möglichst gerne eine Frau ohne Altlasten präsentieren."

„Sehe ich so aus, als wäre ich schon einmal verheiratet oder verlobt gewesen?", fragte Becky.

„Glaub mir, ich habe in meinem Leben so einige Fehler gemacht. Den, mich fix zu binden, jedoch nicht."

Hunter sah sie amüsiert einige Augenblicke lang an. „Du bist eine Frau nach meinem Geschmack, Rebecca Sterling", sagte er dann. „Ich denke, wir beide werden diese Story schon schaukeln."

Nachdem Rebecca und Hunter ihre Geschichte gemeinsam ausgetüftelt und festgelegt hatten, machten sie sich für das Abendessen bei Hunters Eltern zurecht. Becky war begeistert von dem großen Schlafzimmer, das Hunter für sie vorbereitet hatte. Und freute sich wie eine Schneekönigin über den Whirlpool, der sich in ihrem Bade-

zimmer befand. Außerdem hatte sie einen großen
Fernseher mit Netflixanschluss und einen giganti-
schen Ausblick hinunter auf die Stadt. Es kam ihr
immer noch ziemlich seltsam und unwirklich vor,
was sie hier gerade tat, und sie hoffte inständig,
dass Hallie bald ihre Mailbox abhörte und sich
bei ihr meldete. Sie brauchte dringend den Rat
ihrer besten Freundin. Doch für den Moment
fühlte es sich in jedem Fall richtig an, was sie
gerade im Begriff war zu tun.

Für das Abendessen hatte sich Becky für ein
weißes Etuikleid entschieden, das ihr der Schneider heute fast auf den Leib geschneidert hatte. Es
war wirklich wie für sie gemacht, umspielte ihre
schlanke Figur und hob sich perfekt von der zart
gebräunten Haut ab. Sie legte leichtes Make-up
und einen Hauch Chanel No. 5 auf, außerdem
noch die Ohrringe und die goldene Kette, die sie
von ihrer Großmutter kurz vor deren Tod bekommen hatte, und trat dann hinaus ins Wohnzimmer, wo Hunter mit einem Glas Scotch stand
und auf die Stadt hinunterblickte. Mit dem
Schmuck ihrer Großmutter fühlte sie sich etwas
sicherer, etwas unabhängiger, als wenn sie nur die
Dinge genommen hätte, die Hunter ihr an diesem
Tag gekauft hatte. Sie hatte noch nie so teure
Klamotten gesehen – geschweige denn, sie getra-
gen – wie jene, die Hunter an diesem Tag für sie
gekauft hatte. Alles in allem fühlte sie sich etwas
unwohl. Normalerweise ließ sie sich noch nicht

einmal zum Essen einladen, heute hatte ihr jemand Klamotten, Schuhe und Schmuck im Wert eines Mittelklassewagens gekauft.

Hunter drehte sich um, als sie ins Zimmer kam, und in seinen Augen stand aufrichtige Begeisterung.

„Wow, Rebecca, du siehst … einfach großartig aus", sagte er. Er kam einige Schritte auf sie zu, wie um sie zu küssen, doch dann hielt er mittendrin inne.

„Übertreib nicht so, sonst werde ich am Ende noch eingebildet." Becky lachte. Sie hatte bemerkt, dass sie und Hunter einen guten Draht zueinander hatten. Auch wenn es darum ging, außerhalb des Bettes zusammenzuspielen.

„Du hast jedes Recht dazu, eingebildet zu sein", sagte er und sah sie noch einmal von oben bis unten an. „Wow. Ich bin echt beeindruckt."

„Du kannst dich aber auch sehen lassen", sagte Becky. In dem anthrazitfarbenen Maßanzug, den Hunter trug, sah er wirklich erstklassig aus. Sie mochte seinen Stil. Im Laufe der Jahre hatte sie festgestellt, dass es nicht viele Männer gab, die sich angemessen zu kleiden wussten. Hunter Kennedy war aber definitiv einer von ihnen.

„Dann lass sie uns alle umhauen … Liebling", sagte Hunter, kam Becky ganz nahe und führte sie Richtung Ausgang. Auf jemanden, der sie und ihre Geschichte nicht gekannt hätte, hätten sie gewirkt wie ein richtiges Liebespaar.

sieben

Becky hatte etwas Bauchkribbeln, als der Wagen vor einem Wohngebäude in der 5th Avenue anhielt. Bislang war sie hier nur zum Shoppen – beziehungsweise genauer gesagt zum Schaufensterbummeln – durchgekommen. Sie verdiente in ihrem Job zwar relativ gut, aber die Läden in der 5th waren dennoch nicht ihre Kragenweite. Der Fahrer öffnete ihr und Hunter die Tür, dann stiegen sie aus und betraten das Gebäude. Im Inneren fühlte Becky sich wie in einer Bank. Die Eingangshalle war opulent mit luxuriösen Möbeln und Kunstgegenständen eingerichtet, sie vernahm leise Musik. Marmorsäulen reckten sich bis unter die Decke und in der Mitte gab es einen Springbrunnen.

„Wow", entfuhr es ihr. Sie biss sich auf die Lippen. Als „Verlobte" von Hunter sollte sie sich wohl eher etwas zusammennehmen und zumindest so tun, als würden sie derartige Wohngebäude nicht so maßlos beeindrucken.

„Es ist ganz schön großkotzig, findest du nicht?" Hunter lachte. Sie gingen nach links, wo sich eine Reihe von Liften befand, vor denen jeweils ein Liftboy stand und auf Fahrgäste wartete.

Becky konnte sich nicht erinnern, jemals mit einem Liftboy Lift gefahren zu sein.

„Mr. Kennedy, schön, Sie wieder begrüßen zu dürfen“, sagte der junge Bursche in seiner leicht überzogenen Uniform. Offenbar dürfte er diesen Job schon etwas länger machen, sodass er Hunter kannte.

„Freut mich auch. Bitte nach oben ins Penthouse, meine Eltern erwarten uns bereits.“ Der Liftboy ließ Becky und Hunter einsteigen. Dann drückte er den Knopf für das Penthouse.

„Nach oben“, sagte er, als der Lift sich in Bewegung setzte.

Becky hielt den Atem an, als sie ausstiegen und sich in einer ähnlich großen Eingangshalle befanden wie vorhin unten. Überall standen antike Möbel und Blumenarrangements, an den Wänden hingen Gemälde von namhaften Künstlern, und Becky war sich sicher, dass es sich dabei um keine Kunstdrucke handelte. Es sah fast aus wie in einer Galerie, und für Becky war es schwer zu glauben, dass hier überhaupt Menschen lebten.

„Mr. Kennedy, Ihre Eltern erwarten Sie und Ihre bezaubernde Begleitung bereits im Esszimmer.“ Ein Butler kam auf sie beide zu. Er winkte ein Hausmädchen herbei.

„Hallo, James“, sagte Hunter flapsig. Es wirkte merkwürdig, wie locker er mit dem Mann umging. James, der Butler, ging vor und führte die beiden durch die Eingangshalle hin zu einer Doppeltür, die er öffnete.

„Master Hunter und seine Begleitung sind hier", meldete er die beiden an. Dann traten sie ein. Der Raum wurde mit leiser, klassischer Musik beschallt und an einer edlen Bar stand ein weiterer Hausangestellter, der Charles Kennedy gerade einen Drink reichte. Die zierliche, rothaarige Frau an seiner Seite – bestimmt Hunters Mutter – hatte bereits einen. Etwas abseits stand Shelly Cunningham, die persönliche Assistentin von Charles Kennedy. Becky hatte sie schon des Öfteren im Büro gesehen, ging aber nicht davon aus, dass Shelly wusste, wer Becky war.

„Mum, Dad. Hier sind wir." Hunter ging auf seine Mutter zu und umarmte sie – etwas kühl, zugegeben. Wenn Becky daran dachte, wie herzlich sie mit ihrer Mutter umging, herrschte hier drin Eiszeit.

„Hunter. Wie schön, dass ihr es einrichten konntet", sagte seine Mutter. Dann schüttelte Hunter seinem Vater geschäftsmäßig die Hand.

„Mum, Dad. Ich möchte euch jemanden vorstellen. Rebecca Sterling, meine Freundin. Und bald schon meine Verlobte." Hunter holte Becky an der Hand zu sich, und sie spürte, wie ein Stromschlag sie durchzuckte. Hunter hatte eine unglaubliche Wirkung auf sie.

Hunters Mutter kam auf Becky zu und drückte sie an sich.

„Es freut mich sehr, dich kennenzulernen, Rebecca", sagte sie, während Becky feststellte, dass sie Tränen in den Augen hatte. „Ich hätte nicht mehr erwartet, dass Hunter uns noch einmal eine Frau vorstellt. Er … meinte bislang immer, er wäre kein Typ für feste Beziehungen."

„Das habe ich auch lange Zeit von mir behauptet", sagte Becky.

„Du bist ein wunderschönes Kind. Kein Wunder, dass Hunter sich so Hals über Kopf in dich verliebt hat. Als ich heute erfahren habe, dass ihr kurz davorsteht, euch zu verloben, bin ich fast aus allen Wolken gefallen."

„Ging mir ähnlich." Becky lächelte. Hunters Mutter fand sie nett.

„Dad. Das ist Rebecca Sterling", sagte Hunter nun und stellte sie seinem Vater vor. Charles Kennedy sah sie an, während er ihre Hand schüttelte.

„Es freut mich, dich kennenzulernen, Rebecca. Wie meine Frau schon sagte, wir waren beide sehr überrascht, als Hunter uns eröffnet hat, dass ihr beide euch verloben wollt." Er sah sie eindringlicher an. Bestimmt hatte er sie erkannt. Sie war schon hin und wieder in einem Meeting gewesen, dem auch er beigewohnt hatte.

„Ich habe den Eindruck, als würde ich dich kennen", sagte er jetzt.

„Das ist gut möglich, Dad. Becky ist eine deiner Mitarbeiterinnen. Sie leitet gemeinsam mit Hallie Harris die Abteilung für Webseitenüber-

114

wachung – eines der neuen Ressorts", klärte Hunter auf. Sein Vater kniff die Augen zusammen und sah Becky noch einmal an.

„Du hast erst kürzlich bei einem Meeting Mark Talbot die Stirn geboten, der meinte, wir sollten unsere Cybercrimeabteilung auslagern, stimmts?"

Becky erinnerte sich. Mark Talbot, dieser hinterhältige Schleimscheißer, hatte tatsächlich versucht, dem Vorstand einzureden, ihre Abteilung dichtzumachen und die Webseitenüberwachung auszulagern. Dass damit ein enormer Anteil an Mehrkosten verbunden war, hatte Rebecca eindeutig dargelegt.

„Das ist richtig."

„Ihr habt euch also im Büro kennengelernt?"

„Genau. Becky ist mir mehrmals im Lift aufgefallen und eines Tages sind wir uns im Kopierraum über den Weg gelaufen", sagte Hunter. Er konnte wirklich erstklassig lügen, aber das hatte Becky ja schon im vergangenen Jahr bemerkt. Hätte sie nicht gewusst, dass alles, was er hier verzapfte, wenige Stunden zuvor zusammengereimt worden war, hätte sie ihm seine Story aufrichtig abgekauft. Charles sah Hunter an.

„Du weißt, dass wir eine ‚Keine internen Beziehungen'-Politik in der Firma pflegen, richtig?", sagte er.

„Das weiß ich, Dad. Aber um ehrlich zu sein, schert sich die wahre Liebe sehr wenig darum, was für eine Politik du in der Firma pflegst." Er grinste schief. Sein Vater sah ihn zunächst an, dann zeichnete sich auch auf seinen Lippen ein Lächeln ab.

„Wenn du die Frau deines Lebens in der Firma gefunden hast, will ich dieser Bindung natürlich nicht im Weg stehen. Ich freue mich sehr für euch beide", sagte Charles. Dann nahmen sie am Esszimmertisch Platz und das Essen wurde serviert.

Der Abend verlief sehr unkompliziert und angenehm. Obwohl Rebecca zunächst gedacht hatte, sie würde sich schwer damit tun, Hunters Verlobte zu geben und mit seinen Eltern zu interagieren, fühlte es sich an, als wären sie seit Jahren ein Paar und schon Tausende Male bei seinen Eltern zu Besuch gewesen. Charles und Karen Kennedy fragten Rebecca nach ihrer Herkunft, nach ihrer Ausbildung und ihrer Familie. Karen wollte unbedingt demnächst mit Beckys Mutter essen gehen, die von der „Verlobung" ihrer Tochter noch nicht einmal wusste.

Als das Essen beendet war, nahm die Gesellschaft im Wohnzimmer, das bei den Kennedys „Salon" genannt wurde, einen weiteren Drink ein. Was Charles Kennedys Assistentin immer noch hier suchte, hatte sich Becky nicht erschlossen. Während sie gegessen hatten, hatte auch Shelly ein Dinner eingenommen. Ganz allein an einem Tisch in der Ecke hatte sie gewirkt wie ein stiller

Beobachter. Und auch jetzt war sie mit im Raum – und irgendwie doch nicht. Es schien Becky unpassend, dass Shelly auch hier war – und von niemandem so richtig wahrgenommen wurde.

„Hunter, Rebecca, wir haben uns etwas für euch überlegt", sagte Charles plötzlich. Er stellte seinen Cognac auf dem kleinen Tisch vor dem Sofa ab und stand – ebenso wie seine Frau – auf. Fragend sah Becky die beiden an.

„Nachdem wir uns jetzt ein Bild von dir, Rebecca, machen konnten und eines von euch beiden als Paar, können wir verstehen, dass ihr euch verloben wollt. Ihr seid wie füreinander geschaffen und wir begrüßen die Verbindung zwischen euch beiden sehr. Aus diesem Grunde fänden wir es angebracht, wenn ihr euch heute und hier verlobt. Shelly, kommen Sie, machen Sie Fotos und schreiben Sie alles für eine Pressemitteilung mit." Becky fiel aus allen Wolken. Das hier konnte doch nicht wirklich geschehen, oder? Es war eine Sache, dass nur sie und Hunter wussten, dass sie „verlobt" waren – und vielleicht noch seine Eltern. Aber … eine Pressemitteilung? Pressemitteilungen der Firma wurden üblicherweise weltweit versandt und von den Medien nur zu gerne aufgenommen. Panisch sah sie zu Hunter, der jedoch ruhig wirkte.

„Das ist eine großartige Idee, Dad", sagte er. „Eigentlich wollte ich Becky den Antrag nächste Woche machen, ein Überraschungsmoment abwarten, aber einen richtig offiziellen, romantischen Antrag kann ich ihr ja immer noch machen."

„Gute Einstellung, mein Sohn", sagte Charles und klopfte Hunter auf die Schulter. Seine Mutter lächelte und trat einen Schritt vor. Sie reichte ihm ein kleines Samtkästchen, das er vorsichtig öffnete. „Der Verlobungsring deiner Urgroßmutter. Seit Generationen befindet er sich schon im Familienbesitz und jede Kennedy hat ihn bei ihrer Verlobung angesteckt bekommen. Möge er euch genauso viel Glück bringen wie uns. Auf dass ihr ihn einmal eurem Sohn oder eurer Tochter überreichen könnt."

Becky fiel aus allen Wolken. Das hier konnte nicht passieren. Das hier durfte nicht passieren. Sie war jemand, der feste Bindungen auf jeden Fall mied. Sie hatte ein Konto bei Tinder und aktuell 298 offene Matches. Sie wollte nicht die Verlobte von jemandem sein. Erst recht nicht von jemandem, den sie nicht kannte. Was passierte dann als Nächstes? Würde ein Geistlicher aus einem Nebenraum kommen und sie gleich trauen? Ihr Herz raste. Sie sah Hunter an, intonierte mit den Lippen ein „Nein", doch Hunter schien genauso von allen guten Geistern verlassen wie seine Eltern und Shelly, die auch keine Anstalten machte, dem Treiben hier Einhalt zu gebieten. Er stand auf und nahm den Ring entgegen. Dann wandte er sich Becky zu und ging auf die Knie. Ihr Herz raste, und eigentlich rechnete sie damit, dass es jeden Moment zu schlagen aufhörte. Das hier war bestimmt ein Traum.

„Rebecca Christine Sterling, seit dem ersten Moment, als wir uns begegnet sind, wusste ich, dass du etwas Besonderes bist. Wir beide sind wie zwei Teile eines Ganzen, und seit ich dich kenne, möchte ich keinen Tag mehr ohne dich sein. Darum frage ich dich hier und heute, ob du mir die Ehre erweist, meine Frau zu werden." Er sah sie an. Charles und Karen Kennedy sahen sie erwartungsvoll an, und Shelly Cunningham, die bereits eintausend Fotos geschossen haben musste, blickte ebenfalls erwartungsvoll drein. Sie musste Nein sagen. Unbedingt. Sie musste … Nein sagen. Jetzt hatte sie noch die Gelegenheit dazu, das Ganze hier in Wohlgefallen aufzulösen. Gut, Hunter würde zwar stinksauer sein, aber sie musste Nein sagen. Nein war die einzig richtige Antwort, die sie geben konnte. Sie konnte sich hier und heute nicht mit einem völlig fremden Mann verloben. Der vor ihr kniete. Und der schönste Mensch war, der ihr jemals begegnet war. Dessen Ausstrahlung sie magisch anzog und der im Bett Sachen draufhatte, die sie von niemandem erwartet hatte.

„Ich … Ja, natürlich will ich deine Frau werden", sagte sie, während in ihrem Kopf alle Alarmglocken zu schrillen begannen. Die nächsten Momente liefen ab wie in einem wirren Film, so unreal waren sie. Hunter steckte ihr den Verlobungsring seiner Urgroßmutter an den Finger, stand auf und küsste sie. Shelly Cunningham holte alles aus ihrer Kamera heraus. Und während Hunter seine Lippen auf die ihren presste, realisierte Becky, dass sie sich soeben verlobt hatte.

acht

„Was zur Hölle ist in dich gefahren? Wie kommst du dazu, dich vor deinen Eltern mit mir zu verloben?" Rebecca war außer sich, als sie neben Hunter auf dem Bürgersteig zu der Limousine entlanglief. Den ganzen Abend über hatte sie gute Miene zum bösen Spiel machen müssen. Hunter vor seinen Eltern auflaufen lassen war nicht ihr Plan. Jetzt aber war es an ihm, den Karren aus dem Dreck zu holen.

„Ich weiß gar nicht, was du hast. Das war Teil der Abmachung", sagte Hunter gelassen und öffnete Becky, ganz gentlemanlike, die Tür der Limousine.

„Es war Teil der Abmachung, dass ich deine Freundin spiele, nicht aber, dass wir gleich einen Hochzeitstermin festlegen."
Hunter fuhr die Trennscheibe der Limousine hoch, damit der Fahrer nichts von ihrem Gespräch mitbekam.

„Herrgott, Rebecca, das ist doch alles kein Drama. Das ist eine gefakte Verlobung. Wenn die Sache mit der Firma über die Bühne gegangen ist, dann lösen wir sie wieder auf und Ende. Bist du davon ausgegangen, dass das alles innerhalb von ein paar Stunden erledigt ist? Sorry, so läuft das nicht, Schätzchen."

Rebecca sah ihn entgeistert an.

„Und spar dir diesen Hundeblick", sagte er jetzt. „Mir kannst du nicht erzählen, dass du eines dieser Mädchen bist, dem die Ehe heilig ist. Immerhin hast du mich gevögelt und dich dann aus dem Staub gemacht."

„Ich wusste ja, dass das immer noch an deinem Selbstbewusstsein nagt", sagte Becky. Innerlich musste sie grinsen. Dass sie diejenige gewesen war, die als Erste abgehauen war, musste ihm tatsächlich zugesetzt haben. „Aber hör mal, das ist nicht nur eine dämliche Fake-Verlobung. Dein Vater gibt morgen eine Pressemeldung raus. Deine Mutter will mit meiner Mutter essen gehen. Das ist … eine große, offizielle Sache."

„Mein Gott, dann ist es eben eine offizielle Sache. Und wenn schon. Es könnte uns beiden Schlimmeres passieren, meinst du nicht?"

„Ich werde meiner Mutter morgen erklären müssen, warum sie aus den Nachrichten erfährt, dass ich mich verlobt habe. Und nicht nur ihr. Auch meinen Freundinnen und allen, die mich sonst so kennen. Und dann noch … mit dir."

Hunter sah sie an. „Mit mir? Was soll das jetzt heißen?"

„Ich meine … ich …"

„Als ob ich so ein übler Fang wäre." Er beugte sich zu Becky. „Soweit ich mich erinnere, hatten wir beide verdammt viel Spaß letztes Wochenende."

Zerknirscht sah Rebecca ihn an.

„Und vergiss nicht, wie viele Jobs du damit rettest. Ich hätte nicht gedacht, dass mein Dad so schnell darauf einsteigt. Und … meine Mum hat uns ihren Verlobungsring gegeben. Das Ganze wird klappen, glaub mir."

„Mir ist trotzdem nicht ganz wohl bei der Sache."

„Was hältst du davon, wenn ich dich großzügig für deine Mitarbeit entlohne? Was willst du haben? Ein größeres Haus irgendwo auf Long Island? Ein Appartement in der City? Einen Ferrari? Eine Ferienwohnung in Paris? Alles zusammen? Das ist kein Problem. Und ganz ehrlich, Rebecca, das hast du dir auch absolut verdient."

„Hunter, ich will gar nichts. Ich sagte, ich helfe dir, weil ich möchte, dass die Menschen in der Firma ihre Jobs behalten können. Nicht, weil ich in einem Ferrari durch die Gegend fahren will."

„Ich meinte ja nur. Es wäre fair, wenn du etwas für deine Mühen bekommst."

„Schon in Ordnung. Ich muss jetzt erst einmal darüber nachdenken, wie ich meiner Mutter verklickere, wieso ich verlobt bin, sie meinen Verlobten bisher aber noch nicht kennengelernt hat."

„Machs jetzt." Hunter hielt ihr sein Handy hin.

„Was?"

„Du könntest ihr erzählen, dass du seit einiger Zeit einen gutaussehenden, charismatischen, heißen, intelligenten und gebildeten Typen datest, der dir soeben einen Antrag gemacht hat. Das macht ihr Mädels doch üblicherweise, oder? Völlig aus dem Häuschen eure Mütter anrufen, wenn man euch fragt, ob ihr einen heiraten wollt."

„Ich habe das noch nie gemacht. Üblicherweise bekomme ich keine Heiratsanträge beim zweiten Date", sagte Becky und holte ihr Handy aus ihrer Handtasche.

„Das liegt vermutlich daran, dass du grundsätzlich keine zweiten Dates hast, Schätzchen", sagte Hunter grinsend. Becky wusste gar nicht, wie sie ihrer Mutter glaubhaft vermitteln sollte, dass sie verlobt war. Immerhin hatte sie sich bisher immer vehement gegen feste Beziehungen gesträubt und im Brustton der Überzeugung davon gesprochen, dass sie niemals heiraten würde. Andererseits blieb ihr gar nichts anderes übrig, als ihre Mutter jetzt anzurufen. Zunächst einmal würde dic Info, dass Hunter Kennedy sich verlobt hatte, morgen die Wirtschaftsteile sämtlicher Zeitungen und Nachrichtenkanäle füllen. Dass ihre Mutter das nicht mitbekam, war schier unmöglich. Und dann … würde Karen Kennedy Beckys Mutter bestimmt bereits am nächsten Morgen anrufen, um ein Kennenlernessen zu vereinbaren. Zaghaft wählte Becky die Nummer ihrer Mutter und wartete. Ein mulmiges Gefühl hatte sich in ihr ausgebreitet.

„Rebecca? Es ist fast elf Uhr. Ist alles in Ordnung? Bist du ausgeraubt oder überfallen worden?" Seit Becky nach New York gezogen war, ging ihre Mutter ständig davon aus, dass sie ausgeraubt oder überfallen wurde. Immerhin war New York der Ansicht von Louise Sterling nach das gefährlichste Pflaster der Welt und die Überlebenschancen eines New Yorker Einwohners lagen in etwa bei vierzig Prozent, sollte er es wagen, sich nach Einbruch der Dunkelheit nach draußen zu bewegen.

„Bei mir ist alles okay, Mum, keine Sorge. Niemand hat mich überfallen oder ausgeraubt." Sie bemerkte, wie Hunter grinste, als er ihr zuhörte.

„Das ist schön zu hören. Ich war heute am Grab deiner Großmutter und habe die Blumen dort gegossen. Mir kommt es fast so vor, als wäre ich die Einzige, die sich um das Grab kümmert", begann Louise. „Obwohl sie auch die Mutter deines Onkels war. Übrigens habe ich Mrs. Lewiston getroffen, du weißt schon, die Mutter von Kate aus deiner Grundschulklasse. Sie fragte, wie es dir immer so geht, und ich sagte …"

„Mum, ich muss dir etwas sagen", unterbrach Becky. Sie kam sich fast so vor, als habe sie etwas ausgefressen, und es fühlte sich so an wie zu der Zeit, als sie ein Kind war und etwas angestellt hatte, was es nun zu beichten galt.

„Was ist denn passiert? Hast du etwas ausgefressen?", fragte Louise in Alarmbereitschaft. Becky musste lächeln. Offenbar hatte ihre Mutter dieselben Gedankengänge wie sie selbst.

„Nein. Ich habe nichts ausgefressen, Mum. Ich … ich habe mich heute Abend verlobt." Eine Gänsehaut kroch über Beckys Körper, als sie das zum ersten Mal aussprach. Sie hatte nicht geahnt, was für eine Empfindung es in ihr auslösen würde, diesen Umstand einfach nur auszusprechen. Louise war eine Weile still.

„Du … du hast dich verlobt?"

„Ja. Er ist ein ganz toller Mann, sein Name ist Hunter, er … ist im Vorstand der Firma, für die ich arbeite. Ich wollte es dir selbst sagen, da es morgen vermutlich in der Zeitung steht."

„In der Zeitung? Ist er denn berühmt?", fragte Louise.

„Ein bisschen." Becky lächelte.

„Oh, Rebecca, das ist eine wundervolle Nachricht. Und eine solche Überraschung. Ich … Das muss ich gleich deinem Vater erzählen …" Becky hörte, wie ihre Mutter ihren Vater rief, dann war sie wieder am Telefon. „Ist … Kann ich mit meinem zukünftigen Schwiegersohn sprechen? Ist er da?"

„Mum, ich …" Sie sah Hunter an. „Sie will mit dir sprechen", flüsterte sie ihm zu. Ohne ein Wort zu sagen, nahm Hunter ihr das Handy aus der Hand.

„Hallo, hier spricht Hunter Kennedy", sagte er lächelnd, dann wartete er. Vermutlich quatschte ihre Mutter ihn zu. Becky sah ihn von der Seite an, wie er lächelte, ab und zu nickte und einfach fantastisch aussah.

„Mein Großvater war ein Cousin der Kennedys, also keine direkte Verwandtschaft", sagte er lächelnd. Dann: „Ob ich genauso gut aussehe, müssen Sie Becky fragen." Er sah Rebecca an und zwinkerte ihr zu. „Ja, meine Mutter möchte Sie … Verzeihung, dich ohnehin bald kennenlernen. Becky hat ihr deine Nummer gegeben, du kannst dich also schon mal drauf einstellen, dass sie dich morgen anruft."

Becky wurde langsam ungeduldig. Eigentlich wollte sie ihrer Mutter „nur" mitteilen, dass sie verlobt war. Jetzt telefonierte die schon eine ganze Weile mit Hunter, der offenbar Gefallen daran fand, sich mit seiner neuen Schwiegermutter auszutauschen. „Ich halte das für eine sehr gute Idee. Weißt du was, ich werde meine Sekretärin anweisen, Tickets für euch hinterlegen zu lassen, dann kommt ihr First Class nach New York und wir lernen uns alle kennen."

Rebecca sah ihn mit großen Augen an. „Nein, nein, nein, nein, nein, nein, nein, nein", murmelte sie, schüttelte den Kopf und machte eine „Kopf ab"-Geste mit der Hand. Das hier trieb eindeutig viel zu weite Kreise, und Rebecca wusste bereits jetzt, dass sie sich in etwas hineinmanövriert hatte, aus dem sie nicht mehr so leicht herauskam.

„Ich gebe meiner Sekretärin deine Telefonnummer, und sie wird sich morgen mit dir in Verbindung setzen, um alles abzuklären, ja? Super. Willst du Becky noch einmal sprechen?" Er reichte ihr das Handy und Becky blitzte ihn böse an. Am liebsten wäre sie ihm in diesem Moment an die Gurgel gegangen.

„Er ist großartig", sagte ihre Mutter, als Rebecca sich das Telefon ans Ohr hielt. Dein Vater hat ihn gerade im Internet gesucht, er sieht wundervoll aus. Unsere Enkelkinder werden die schönsten der Welt werden.

„Mum, ich …", begann Becky, doch sie wusste nicht, was sie sagen sollte. Ihre Mutter war völlig aus dem Häuschen.

„Hunter hat uns nach New York eingeladen. Ich meine, ich habe ja eigentlich Respekt vor Flugreisen, aber wenn ich meinen Schwiegersohn schon mal kennenlernen kann, dann werde ich mich wohl dazu überwinden. Er will uns First-Class-Tickets bezahlen und auch für unsere Unterkunft aufkommen. Ist das nicht großartig? Ist er nicht großartig?"

„Ja, er ist großartig", sagte Becky und registrierte, wie Hunter sie siegessicher anlächelte. Im Prinzip war er auch großartig, und wenn das hier echt wäre und kein riesengroßes Märchen, in das mittlerweile sogar ihre Familie mit hineingezogen worden war, dann wäre er wirklich ganz großartig in seiner Großartigkeit.

***

Becky kam gerade aus der Dusche, als ihr Handy klingelte. Sie fand es unglaublich gemütlich in Hunters Appartement. Als das Handy einen Anruf von Hallie vermeldete, nahm sie unvermittelt ab.

„Hey", sagte sie. „Na, wie sind die Flitterwochen?"

„Die sind großartig, Chris hat ein romantisches Dinner für uns am Strand organisiert. Nur wir beide und ein erstklassiges Essen. Es war so romantisch. Ich komme mir selbst schon total idiotisch vor, weil ich mich so auf diesen Scheiß einlassen kann." Sie lachte.

„Freut mich zu hören, dass dein Ehemann auch nach der Hochzeit noch toll ist", sagte Becky.

„Ja, das ist er. Aber hey, du hast mehrmals versucht, mich anzurufen. Ist bei dir denn alles in Ordnung? Ich hab mir schon etwas Sorgen gemacht."

Becky machte eine kurze Pause. Sie hatte keine Ahnung, wie sie ihrer besten Freundin nun erklären sollte, was in den letzten vierundzwanzig Stunden alles bei ihr passiert war.

„Becky? Ist alles okay?" Hallie klang besorgt.

„Ja. Es ist alles bestens. Ich wollte dich nur vorwarnen. Es könnte gut möglich sein, dass du morgen in den Zeitungen oder auf Nachrichtenkanälen von meiner Verlobung hörst."

Eine Weile war es am anderen Ende der Leitung still. „Kannst du das noch mal wiederholen?

Da war ein Knick in der Leitung, ich habe verstanden, dass du dich verlobt hast."

„Ich … Das war kein Knick in der Leitung, ich … habe mich auch verlobt", sagte Becky und sah dabei auf den Brillantring, der an ihrem linken Ringfinger steckte. Sie wusste im Moment noch nicht, ob sie Hallie von dem Deal mit Hunter erzählen sollte.

„Was? Herrgott, Becky, wie kommst du denn jetzt auf diese Idee? Warum hast du dich verlobt? Und was noch wichtiger ist: mit wem denn?"

„Mit Hunter Kennedy."

„Hunter … Kennedy? Wer soll das denn sein? Wieder eines deiner Tinder…" Die Leitung war für einige Augenblicke still. „Nein. O nein, Becky, sag mir nicht, dass dieser Hunter der Typ ist, der …"

„O doch. Genau der ist er", sagte Becky reuevoll.

„Warum hast du dich mit ihm verlobt?", wollte Hallie wissen. Sie wirkte völlig überfordert, was Becky zu gut verstehen konnte.

„Das Ganze ist doch nur Fake. Er braucht meine Hilfe und es geht uns alle was an. Mehr kann und darf ich dazu noch nicht sagen, aber es ist nicht echt, hörst du? Das ist nur vorübergehend und es ist nicht echt. Ich erzähle dir mehr, wenn ihr wieder da seid. Ich wollte dich auch eigentlich nur vorwarnen. Es könnte befremdlich sein, wenn du die Verlobungsanzeige morgen siehst."

„Worauf du einen lassen kannst", sagte Hallie. „Sobald ich zurück bin, musst du mir eine ganze Menge Fragen beantworten, ja?"

„Das war doch klar", sagte Becky.

„Ich fass es nicht. Du bist verlobt."

„Ich bin fake-verlobt."

„Ich bin verheiratet, du bist verlobt. Was kommt als Nächstes? Der Papst spannt Liam Hemsworth Miley Cyrus aus?"

Becky grinste. „Die Sterne stehen gut dafür", sagte sie, dann verabschiedete sie sich von ihrer besten Freundin.

Sie war gerade dabei, ins Bett zu gehen, als es an ihrer Tür klopfte und Hunter hereinkam. „Ich wollte mich nur versichern, dass bei dir alles in Ordnung ist", sagte er. Er trug immer noch seinen Maßanzug und sah einfach perfekt aus. In Becky kamen die Gedanken an die gemeinsame Nacht mit ihm wieder hoch, und sie fragte sich, ob es ihr gelingen würde, ihn noch einmal zu verführen. Warum sollte sie nicht ein paar Vorteile aus dem Arrangement mit ihm ziehen. Wenn sie schon hier wohnte. Und seine „Verlobte" war. Dann verwarf sie den Gedanken. Sie hatte sich fest vorgenommen, sich in nichts, was Hunter betraf, hineinzusteigern, und eine weitere Nacht mit ihm würde diesem Vorsatz nicht gerade förderlich gegenüberstehen.

„Ja, alles bestens. Es ist toll hier. Ich denke, ich werde die Zeit hier so halbwegs rumbiegen können." Sie grinste.

„Schön zu hören. Wenn irgendwas fehlt, dann sag einem der Hausmädchen oder dem Concierge Bescheid, ja? Oder mir."

„Geht klar."

„Becky?"

„Ja?"

„Ich wollte dir noch einmal Danke sagen, dass du das hier für mich tust. Es … es bedeutet wirklich eine Menge für mich."

„Keine Ursache. Mir liegen die Jobs der Mitarbeiter ziemlich am Herzen", sagte Becky und sah Hunter an.

„Du bist eine von den Guten, Becky, weißt du das?", sagte Hunter, dann zwinkerte er ihr noch einmal zu und schloss die Tür hinter sich.

Kurze Zeit später hörte Becky, wie die Türen des Lifts sich öffneten.

„Hallo. Freut mich, dass du es doch noch geschafft hast", sagte Hunter. Becky horchte auf. Wer stattete ihm denn um diese Zeit noch einen Besuch ab? Konnte es sein, dass er noch irgendein dienstliches Meeting hatte? Vielleicht war er deshalb noch immer nicht umgezogen.

„Hunter, 39, schön dich endlich live zu treffen", sagte eine verführerische Frauenstimme und Beckys Herz rutschte in die Hose. Noch ein Tinderdate? Zwei an einem Tag, und das, obwohl sie ihren Eltern vor zwei Stunden weis gemacht hatten, sich zu verloben? Das konnte doch nicht die Möglichkeit sein. Becky kletterte aus ihrem Bett und öffnete leise die Tür einen Spalt. Sie blickte auf den Eingangsbereich des Appartements und konnte weiter hinter eine groß gewachsene, schlanke Frau sehen. Sie trug eine eng sitzende Lederhose und einen Stoffblazer, darunter … augenscheinlich rein gar nichts. Hunter kam mit einer Flasche Champagner auf sie zu, zog sie an sich und küsste sie.

Becky schloss die Tür hinter sich und lehnte sich an sie. Ihr war heiß und sie wollte nichts wie raus aus diesem Appartement. Was für ein Arsch Hunter doch war. Sie hatte von sich selbst immer angenommen, nicht gerade zimperlich mit ihren Dates umgegangen zu sein, und, zugegeben, manchmal hatte sie deswegen ein schlechtes Gewissen gehabt. Männer einfach so auszunutzen, ihnen erfundene Wahrheiten zu präsentieren und sie nach einer Nacht einfach fallen zu lassen, würde ihr wohl nicht gerade viele Karmapunkte einbringen. Doch … das, was Hunter sich leistete, nur, weil er Geld hatte und gut aussah, war noch einmal eine Nummer heftiger, als alles, was sie bislang abgezogen hatte. Sie verspürte den Drang, sich an ihm zu rächen und wollte im ersten Impuls ihr Tinderkonto aktivieren. Was Hunter konnte, konnte sie doch auch, oder? Doch dann fiel ihr wieder ein, warum sie jetzt eigentlich hier war und nicht in ihrem gemütlichen Häuschen in Queens. Es ging gar nicht darum, sich an Hunter zu rächen oder ihm etwas heimzuzahlen. Es ging darum, Jobs zu bewahren und Menschen nicht in ihr Unglück stürzen zu lassen. Ob das Ganze gut ging, stand noch in den Sternen. Doch Becky hatte sich geschworen, ihr Möglichstes zu tun und ihren Beitrag dazu zu leisten. Sie schloss die Tinder-App wieder, bevor sie überhaupt noch richtig geladen war und setzte sich ihre Kopfhörer auf. Sie hatte keine Lust, auch nur ein Fünkchen dessen zu hören, was sich im restlichen Appartement abspielte. Bald fiel sie in einen tiefen Schlaf.

neun

Becky hatte schon geahnt, dass der Medien-
hype um die Verlobung zwischen Hunter und ihr
enorm werden würde. Dass der Vortag jedoch
den Abschluss ihres „normalen" Lebens bilden
sollte, damit hätte sie nicht gerechnet. Als sie am
nächsten Morgen aufwachte, war die Verlobung
in aller Munde. Hunter saß bereits fertig angezogen in einem dunkelgrauen Anzug und wie ein
Model aussehend am Küchentisch, trank eine
Tasse Kaffee und sah sich die Nachrichten an.

„Guten Morgen. Hast du gut geschlafen?",
fragte er, als er Becky entdeckte, die in aller
Herrgottsfrühe tatsächlich darauf vergessen hatte,
sich anzuziehen, und jetzt in ihrem Nachthemd –
einem Liebestöterdings mit einer überdimensionalen Ente vorn drauf – vor Hunter stand. Sie
fragte sich, ob Hunter sie tatsächlich für so dämlich hielt und glaubte, sie habe nichts von seiner
nächtlichen Besucherin mitbekommen. Oder ob
es für ihn normal war, Frauen zu empfangen,
während seine „Verlobte" im Nebenzimmer
schlief. Sie grübelte darüber nach, wie sich die
„Verlobung" wohl auf seine Dates generell aus-
wirken würde. Doch vermutlich würde kaum et-

was passieren. Die meisten Frauen, die Hunter datete, wussten wohl kaum von seinem wirtschaftlichen Background. Er hatte auch ihr damals niemals erwähnt, dass er der Sohn der Kennedy Corporation war. Weder, als sie sich über Tinder kennengelernt hatten, noch als sie die Nacht gemeinsam im Astoria verbracht hatten. Und wozu sollte er das auch tun? Sein Job und sein Elternhaus waren für das, was er von den Frauen wollte, absolut unerheblich. Und je weniger sie von ihm wussten, desto besser.

„Wie ein Stein", sagte sie und gähnte. Über Nacht war ihr Groll über den Damenbesuch verraucht. Sie hatte sie wieder und wieder klar gemacht, dass sie beide hier eine geschäftliche Vereinbarung pflegten. Das hier war ein Deal zwischen ihnen beiden, nicht mehr und nicht weniger. Und wenn Hunter meinte, er müsse Nacht für Nacht von Neuem eine Orgie feiern, dann sollte er doch. „Du scheinst allerdings ein Frühaufsteher zu sein." Sie setzte sich zu ihm an den Tisch. Als sie ihre gemeinsame Nacht im Hotel verbracht hatten, hatte er geschlafen wie ein Baby. Erst jetzt bemerkte sie, dass es ihr überhaupt nicht merkwürdig vorkam, hier in ihrem Entchennachthemd vor ihm zu sitzen. Obwohl Hunter augenscheinlich der größte Mistsack der Geschichte war, gab es eine gewisse Grundchemie zwischen den beiden.

„Ich schlafe nie lange. Und auch nicht sehr tief und fest. Bei dir wundert es mich allerdings, dass du kein früher Vogel bist." Hunter zwinkerte ihr zu. „Ich dachte, Frauen wie du stehen mit dem Morgengrauen auf." Becky wusste, worauf er hinauswollte. Das war wieder einmal eine Spitze gewesen, weil sie ihn nach ihrem One-Night-Stand abserviert hatte. Die Sache musste ihn tatsächlich ordentlich in seinem Stolz gekränkt haben, weil er so gar nicht darüber hinwegkam.

„Ach komm, du wirst es überleben, dass eine Frau in deinem Repertoire sich nicht wie eine Klette an dich gehängt hat. Wie hast du die Kleine von letzter Nacht eigentlich abserviert? Ein wichtiges Geschäftsmeeting? Oder die Verlobte, die im Nebenzimmer schläft?" Sie konnte es sich nicht verkneifen. Hunters Blick verdüsterte sich augenblicklich. Er legte die Zeitung weg und sah sie bedrohlich an.

„Ich sagte dir doch schon, dass dich meine Bekanntschaften nichts angehen, hörst du? Wenn du glaubst, nur weil dieser Deal zwischen uns läuft, hättest du Exklusivrechte auf mich, muss ich dich enttäuschen. Das hier ist rein geschäftlich. Und ich vögle, wen immer und wann immer ich will, verstanden."

Becky sah ihn fast schockiert an. „Schon gut, schon gut", sagte sie kleinlaut. Sie musste sich zusammennehmen. Wenn der Deal platzte und die Firma tatsächlich verkauft wurde, nur, weil sie ihre Klappe nicht halten konnte, wäre das ein Drama. Sie konnte nicht verantworten, dass so viele Menschen ihre Jobs verloren – ihretwegen.

Ihr Blick fiel auf den Fernseher, wo ein Nachrichtensprecher gerade davon erzählte, dass der Sohn des Industriellen Charles Kennedy, Hunter Kennedy, der eigentlich eher für Eskapaden und Ausschweifungen bekannt war, Frauen wechselte wie andere die Unterwäsche, und von dem man nicht erwartet hätte, dass er eine Frau dauerhaft um sich haben möchte, sich mit Rebecca Sterling, einer Mitarbeiterin des Konzerns, verlobt hatte. Im Hintergrund wurden die Bilder eingespielt, die Shelly keine zwölf Stunden zuvor gemacht hatte.

„Wow, die Presse hat ja eine hohe Meinung von dir", sagte Becky, als der Nachrichtensprecher Hunters ausschweifenden Lebensstil, seine Beziehungen zu verheirateten Frauen genauso wie zu leichten Mädchen thematisierte und anklingen ließ, dass er wohl auch schon einmal Probleme mit Drogen gehabt hatte.

„Weißt du, Rebecca, wenn du in einem Umfeld aufwächst, wie ich es tue, dann lebst du anders als andere. Für dich klingt das, was der Kerl sagt, vielleicht heftig. Für mich ist es das normale Leben. Glaub mir, es gibt noch ganz andere Kaliber als mich."

Becky zog eine Augenbraue hoch.

„Es ist aber auf alle Fälle auch eine Art Imagepflege, die mir durch unsere ‚Verlobung' zuteilwird", sagte Hunter. „Zwei Fliegen mit einer Klappe. Möchtest du Frühstück?"

„Ich frühstücke nicht", sagte Becky. „Also schon, aber nicht an Wochentagen. Ich mag es, am Wochenende ausgiebig zu frühstücken und mir Zeit lassen zu können. Wochentags ist es mir fast zu stressig, einen Kaffee und ein Brötchen runterzuwürgen, während ich auf dem Weg ins Büro bin."

„Fein. Ein kleines, nettes Detail am Rande, das ich nun über meine Verlobte weiß." Er sah sie an, und eine Gänsehaut kroch ihren Körper hinauf, als er das Wort „Verlobte" aussprach. Wieso musste es gerade Hunter sein, der so auf sie wirkte. All die Jahre über, in denen sie wahllos Kerle gedatet hatte, ohne sich über die Zukunft Gedanken zu machen, hätte sie sich gewünscht, dass einer von ihnen in ihr das auslöste, was Hunter auslöste. Doch er war absolute tabu und keine Option. Sie würde seine Verlobte spielen, solange es eben nötig war und dann dort weitermachen, wo sie vor ein paar Stunde aufgehört hatte. Es klang wirklich irre. Vor nicht einmal vierundzwanzig Stunden war sie noch Becky gewesen, die Single-Cybernanny aus Queens, die gern mal einen Kerl über Tinder datete. Und jetzt war sie Rebecca Sterling, die Verlobte von Hunter Kennedy, auf die die Augen der ganzen Welt gerichtet waren.

„Übrigens musst du mir noch viel mehr über dich erzählen. Es wirkt unrealistisch, wenn ich kaum Dinge über dich weiß. Sag mir, was dich glücklich macht. Sag mir, was dir ein Lächeln auf die Lippen zaubert. Damit ich von Zeit zu Zeit der aufmerksame Verlobte sein kann, der seiner Traumfrau eine Freude macht."

Rebecca sah ihn an. Er nahm diese ganze Sache wirklich ziemlich ernst. Und schaffte es sogar jetzt, wie ein Arschloch zu klingen.

„Na ja … ich bin eigentlich sehr einfach gestrickt", sagte Rebecca. Sie hatte sich schon lange keine Gedanken mehr darüber gemacht, womit ein Mann sie hätte glücklich machen können. „Ich finde alte Liebesfilme toll. Ich mag zum Beispiel Pretty Woman, Dirty Dancing. Oder Schlaflos in Seattle, daher auch der Einwurf gestern mit unserem ersten Date am Empire State Building. Ich mag Jahrmärkte, ganz besonders Achterbahnen. Ich mag … keine Ahnung, Salsatanzen. Ich mag Fernsehabende an einem verregneten Samstagabend. Mit Popcorn, einer Pizza und eingehüllt in eine Decke. Diese einfachen Dinge, die einen trotzdem so unendlich glücklich machen können." Noch während sie sprach, wurde ihr bewusst, dass die alte Rebecca in ihr an die Oberfläche drängte. Die, die so intensiv nach einem Mann gesucht hatte, mit dem sie hatte glücklich werden können. Hunter sah sie an.

„Du bist schon bemerkenswert, weißt du das?", sagte er.

„Warum?"

„Weil du nur Dinge aufgezählt hast, die kein Geld kosten. Ich habe im Laufe der Jahre genügend Frauen kennengelernt und mich oft danach erkundigt, womit ich sie glücklich machen könnte. Die meisten stehen auf materielle Dinge. Taschen, Schuhe, Autos, Reisen. Und du willst mir erzählen, dass dich eine alte DVD und eine Pizza glücklich machen?"

„Tja, ich bin eben nicht so luxuriös wie deine restlichen Prinzessinnen." Becky zwinkerte Hunter zu. „Und ich werd mich dann mal anziehen und mich auf den Weg ins Büro machen." Sie stand auf. Hunter erhob sich ebenfalls. „Immerhin habe ich feste Dienstzeiten." Sie zwinkerte ihm zu, wollte sich von ihm abwenden, doch er packte sie am Arm und zog sie zu sich. Etwas grob fast.

„Du kannst später mit mir ins Büro fahren. Danach." Er zog sie an sich, und sie spürte eine gigantische Erektion in seiner Hose, die sich an ihre Hüfte presste. Ihr wurde heiß bei dem Gedanken an die Dinge, die sie Samstag gemacht hatten. Sie wusste, dass es ein Fehler war, noch einmal mit ihm zu schlafen, doch gleichzeitig wusste sie auch, dass sie ihm ohnehin nicht würde widerstehen können. Und wieso … sollte sie von dieser Sache nicht auch etwas haben im Gegenzug dafür, dass sie versuchte, die Jobs von so vielen Menschen zu retten? Im nächsten Moment spürte sie, wie Hunter ihr Nachthemd nach oben schob und seine Hände sich ihren Weg zu ihrem Po hinauf bahnten.

***

„Dieses Arrangement hat durchaus seine reizvollen Seiten", sagte Hunter zufrieden, als er sich aus Becky zurückzog und aufstand.

„Kann man wohl sagen", stimmte Becky ihm zu. Der Sex mit Hunter war großartig gewesen. Grob, hart, hemmungslos. Sie liebte diese Art von Sex und konnte mit Typen, die ihr Liebesgeständnisse ins Ohr flüsterten, während sie sich langsam in ihr bewegten, überhaupt nichts anfangen. Becky war der Typ Frau, der auch eine kleine Ohrfeige während des Aktes zu schätzen wusste. Sie war eben … ein richtig böses Mädchen.

„Lass uns noch mal duschen und dann geht's ab ins Büro, ja? Ich denke, dort wird es heute hoch hergehen."

„Klingt gut", sagte Becky. Sie konnte sich gut vorstellen, dass die Verlobung zwischen ihr und Hunter DAS Gesprächsthema schlechthin werden würde. Und dann war da noch die Sache mit ihren Eltern, die Hunter am Vortag einfach so nach New York eingeladen hatte.

Nachdem sie geduscht und sich angezogen hatte, warf sie zum ersten Mal an diesem Tag einen Blick auf ihr Handy. Es überschlug sich fast vor WhatsApp-Nachrichten, SMS und entgangenen Anrufen. Natürlich hatte ihre Mutter an diesem Morgen – es war noch vor neun – bereits siebenmal versucht, sie zu erreichen. Hallie hatte angerufen und einen Screenshot vom Wallstreet Journal geschickt, in dem die Verlobung natürlich auch thematisiert wurde. Außerdem waren zahlreiche Tindernachrichten von Kerlen eingetrudelt, mit denen sie ein Match hatte und die sie aufgrund ihrer Bilder erkannt hatten.

„Du bist ein Fake, gibs doch zu. Die Frau, zu der die Bilder gehören, heißt Rebecca Sterling und hat sich gestern mit einem Unternehmer verlobt, du hässliche Ente", lautete eine davon. Becky löste das Match auf. Einer weniger, dachte sie bei sich. Einer warf ihr vor, eine Goldgräberin zu sein und über Tinder nur versucht zu haben, an reiche Kerle heranzukommen, und wieder ein anderer bot sich an, ihr trotz ihrer Verlobung mit Hunter ein paar schöne Stunden zu bereiten. Sie hatte Nachrichten von Freunden, Bekannten und Kollegen erhalten, die alle gar nicht glauben konnten, was sie an diesem Morgen in den Nachrichten gesehen hatten. Sie wurde gefragt, warum sie die Beziehung so lang geheim gehalten hatte und wie lange sie denn schon mit Hunter liiert war. Außerdem hatte sie via Mail einige Anfragen von Klatschmagazinen erhalten, die unbedingt ein Interview mit der Frau machen wollten, die sich „einen der begehrtesten Junggesellen des Landes" geangelt hatte. Erst jetzt wurde Rebecca annähernd bewusst, dass das, worauf sie sich da eingelassen hatte, weit mehr war als nur ein kleiner Gefallen. Sie stand mit einem Mal in der Öffentlichkeit, man würde sie mit Argusaugen betrachten und … wenn sie ganz ehrlich mit sich war, dann fürchtete sie, dass ihre Vergangenheit

ihr jetzt leicht auf den Kopf fallen konnte. Großer Gott … wenn nur einer der Typen, die sie an der Nase herumgeführt hatte, sie erkannte und ausplauderte, was Sache war… Wenn dieser eine Typ eine Art Schneeballeffekt auslöste und herauskam, dass sie eigentlich nur wahllos herumvögelte und mit ihrer wilden Datesucht nur die Kondomindustrie förderte. Sollte herauskommen, was Becky hinter verschlossener Tür tat, dann würde die Verlobung bestimmt platzen, Fake oder nicht. Aber Fakt war, dass die Kennedys bestimmt niemanden in ihren Reihen duldeten, der ein derart ausschweifendes Leben führte wie Rebecca. Sie schüttelte kurz den Kopf. Es würde schon alles gut gehen. Jetzt war ohnehin nicht der richtige Zeitpunkt, um sich Sorgen zu machen.

Sie hatte sich angezogen und trat aus ihrem Schlafzimmer genau in dem Moment, als Hunter gerade dabei war, an ihre Tür zu klopfen.

„Bereit für deinen ersten Auftritt als zukünftige Mrs. Kennedy?", fragte er schmunzelnd. Die düstere Seite, die er ihr gezeigt hatte, als sie ihn wegen seiner Frauenbekanntschaft von letzter Nacht angesprochen hatte, war wie weggeblasen. Becky wurde heiß. Einerseits weil er sie „zukünftige Mrs. Kennedy" nannte und andererseits deswegen, was sie noch vor einer halben Stunde getan hatten. Sie musste sich wirklich zusammennehmen, um diesem Mann nicht heillos zu verfallen. Etwas, was zum einen völlig gegen ihre Prin-

144

zipien gewesen wäre und sie zum anderen keineswegs glücklich gemacht hätte. Hunter Kennedy war kein Mann für immer. Er war ein Mann, der Herzen reihenweise brach.

Hunters Fahrer brachte die beiden ins Büro. Beckys Herz klopfte, als sie vor dem Bürogebäude ausstiegen und Hunter wie selbstverständlich ihre Hand nahm. Einmal mehr wurde Rebecca bewusst, dass Hunter seine Rolle wirklich sehr gut spielte. Hatte er noch, während sie im Auto gewesen waren, das Wallstreet Journal gelesen, auf seinem iPad herumgetippt und mit seinem Handy WhatsApp-Nachrichten verschickt – sie wollte gar nicht wissen, wem er da geschrieben hatte –, schien es so, als habe er einen Schalter umgelegt, sobald er aus dem Wagen stieg. Vom flatterhaften Schürzenjäger zum liebevollen Verlobten.

Hand in Hand betraten sie das Gebäude, und Becky spürte förmlich, wie sämtliche Blicke auf sie beide gerichtet waren. Sie wollte sich gar nicht ausmalen, was jetzt in den Köpfen der – zumeist weiblichen – Mitarbeiter vorging. Bestimmt hielt man sie für eine berechnende, dämliche Schnalle, die sich völlig absichtlich an den Juniorchef rangeschmissen hatte, um ein Leben in Saus und Braus führen zu können. Becky spürte die Blicke förmlich, die auf ihr lasteten und sich fast in sie einbrannten. Sie straffte ihre Schultern und genoss das Gefühl von Hunters Hand in ihrer, die sie sanft drückte.

„Hunter, ich habe es heute Morgen aus den Nachrichten erfahren", sagte Greg Stoneman, einer der Investmentbanker des Unternehmens. Becky hatte Greg, einen steif wirkenden, groß gewachsenen Mann, schon oft gesehen, allerdings hatte er noch nie Notiz von ihr genommen. Jetzt wirkte er sympathisch und nett. „Warum habt ihr zwei Turteltauben die Sache denn so lange geheim gehalten?"

„Ich wollte Rebecca erst einmal für mich allein haben", sagte Hunter, und Becky war wieder einmal überrascht, wie glaubwürdig er wirkte. Niemand würde jemals auch nur annehmen, dass dieser liebevolle Mann an ihrer Seite nur Show war. „Die Verlobung gestern war eigentlich ein sehr spontaner Akt. Wir haben mit meinen Eltern zu Abend gegessen und ich fühlte mich irgendwie … angekommen mit Becky an meiner Seite. Da dachte ich, es wäre der richtige Zeitpunkt, um ihr die Frage aller Fragen zu stellen."

„Und keinen Tag zu früh, wie es mir scheint", sagte Greg. „Mir ist zu Ohren gekommen, dass dein Vater sich Gedanken um seine Nachfolge macht. Wenn du jetzt sesshaft wirst, ist es doch genau der richtige Zeitpunkt, um die Firma zu übergeben, nicht wahr?"

„Greg, meine Verlobung mit Rebecca hat rein gar nichts mit der Firma zu tun", sagte Hunter souverän. „Das zwischen uns ist Liebe, und das ist auch

146

der Grund, warum wir uns verlobt hatten." Sie verabschiedeten sich von Greg, und Becky fragte Hunter, ob er denke, dass Greg etwas ahne.

„Ach Quatsch. In einer Firma dieser Größe gibt es ständig Mutmaßungen und Gerüchte. Vermutlich ist er nur angepisst, weil er eine alte Gewitterziege zu Hause hat, die ihn seit Jahren nicht mehr ranlässt und eifersüchtig ist, weil du nicht jeden Morgen neben ihm aufwachst."

„Neben dir wache ich allerdings auch nicht auf", dachte Becky bei sich, ließ seine Aussage aber unkommentiert. Ihn jetzt mit einer spitzen Bemerkung gegen sich aufzubringen, wäre denkbar ungünstig gewesen.

„Mr. Kennedy, Ihr Vater erwartet Sie und Miss Sterling bereits. Ich soll Sie hochschicken, sobald Sie das Gebäude betreten", sagte Myrna, eine der Empfangsdamen. Becky hatte schon mehrmals mit Myrna, einer Anfang fünfzigjährigen, lustigen Frau, Mittag gegessen, doch die tat jetzt, als wäre Becky so etwas wie der heilige Gral. Noch nie hatte sie sie „Miss Sterling" genannt, viel eher „Hey, Kleine".

„Fein. Dann sagen Sie meinem alten Herrn, dass wir gleich bei ihm sind", sagte Hunter und zwinkerte Myrna zu, die bei seinem Anblick fast dahinschmolz.

„Ja, Mr. Kennedy", sagte sie und warf ihm einen schmachtenden Blick zu. Als Becky und Hunter von Myrnas Empfangspult quer durch die Eingangshalle auf die Lifte zuliefen, fielen Becky all die Blicke erst richtig auf. Die meisten wurden ihnen von Sekretärinnen, Assistentinnen, Praktikantinnen und Schreibkräften zugeworfen, die Hunter einmal mehr anschmachteten und Becky mit ihren Blicken töteten. Fast als hätte Hunter diese Blicke ebenfalls bemerkt, legte er einen Arm auf Beckys Rücken und zog sie an sich. Dann küsste er sie sanft auf die Schläfe. Er spielte seine Rolle wirklich gut, das musste man ihm lassen.

„Rebecca, Liebes, na, wie fühlt man sich an seinem ersten Tag als zukünftige Mrs. Kennedy?", fragte Charles, als Becky und Hunter sein Büro im obersten Stockwerk des Wolkenkratzers betraten.

„Ich … muss mich wirklich noch etwas einfinden", sagte Becky wahrheitsgemäß. In den letzten vierundzwanzig Stunden war ihr Leben derart durcheinandergewirbelt worden, wie sie es sich niemals hätte träumen lassen. Vor einem Tag noch war sie die Frau gewesen, die morgens nach dem Aufstehen mit drei Handys zwanzig verschiedenen Typen unwahre Nachrichten geschickt hatte. Jetzt war sie mit einem Milliardär verlobt und ihr Gesicht war landesweit in den Nachrichten zu sehen.

„Du hast alle Zeit der Welt. Karen wird sich heute noch mit deinen Eltern in Verbindung setzen, damit wir uns alle kennenlernen können", sagte Charles. „Wir sind schon sehr gespannt, sie zu treffen."

„Ich habe gestern Abend bereits mit Beckys Mutter telefoniert und ihr zugesagt, dass wir sie auf Firmenkosten nach New York holen. Ich werde im Anschluss an unser Gespräch hier gleich meine Sekretärin damit beauftragen", sagte Hunter.

„Gute Idee, Sohn, aber das soll Shelly übernehmen. Der Jet ist die nächsten Tage über frei, das heißt, deine Eltern müssen nicht mit irgendeinem Passagierflugzeug durch die Gegend gondeln", sagte Charles an Becky gewandt. Becky konnte sich schwer vorstellen, wie ihre Eltern, die ganz einfach Leute aus Wisconsin waren, in einem Privatjet flogen.

„Das macht ihnen aber bestimmt nichts aus", versuchte Becky abzuwinken. Ganz im Gegenteil, sie konnte sich gut vorstellen, dass es ihren Eltern sogar unangenehm war, in einem Privatjet zu reisen.

„Die Personen, die die Frau in die Welt gesetzt haben, die meinen Sohn zur Sesshaftigkeit bringt, haben es verdient, im Privatjet zu reisen." Charles schmunzelte. Er wirkte unglaublich locker und gelöst. Und … seinem Sohn sehr zugetan. „Ich veranlasse gleich alles, dann können wir deine Eltern morgen Mittag bei uns begrüßen. Habt ihr euch schon Gedanken darüber gemacht, wo sie nächtigen werden?"

„Ähm …", begann Becky und wollte gerade vorschlagen, sie in einem Hilton in der Nähe unterzubringen, weil ihre Mutter da eine Honors-Karte besaß. In einem Hilton zu übernachten, war für Louise und Stan Sterling das Höchste, was Luxus zu bieten hatte. Doch Becky hatte die Vermutung, dass dieses Höchstmaß an Luxus in den nächsten Tagen deutlich übersteigert wurde.

„Ich denke, damit wir uns alle kennenlernen können, sollten wir das Anwesen auf den Hamptons beziehen, meinst du nicht, Dad?", schlug Hunter vor. Ein Anwesen auf den Hamptons. Natürlich. Becky sog die Luft ein. Sie hatte absolut keine Idee davon gehabt, wie reich Hunter und seine Familie waren und in was für Sphären sie verkehren würde, nachdem sie sich auf den Deal mit ihm eingelassen hatte.

„Das ist eine großartige Idee. Sollte es etwas im Büro zu erledigen geben, können wir von dort aus rasch in die Stadt fahren", stimmte Charles zu. „Dann soll Shelly im Haus Bescheid geben, dass wir morgen anreisen und dass man drei Schlafzimmer vorbereitet."

„Klingt gut, Dad", sagte Hunter. „Dann sehen wir uns morgen in den Hamptons?"

Charles wandte sich an Becky, ohne auf Hunter einzugehen. „Rebecca, nachdem du jetzt Teil unserer Familie bist und meinen Sohn demnächst heiratest, habe ich beschlossen, dich zur Juniorpartnerin der Firma zu machen."

Rebeccas Herz blieb stehen.

„Was? Wie bitte?" Nie im Leben hatte sie erwartet, dass man sie zur Juniorpartnerin beförderte. Das wollte sie auch gar nicht. Vor allem, weil sie diese Beförderung bestimmt wieder verlieren würde, sobald die „Verlobung" gelöst wurde.

„Ich bin der Meinung, die Firma soll in Familienhand bleiben, und jeder, der für die Firma arbeitet, hat es auch verdient, dafür gewürdigt zu werden. Ich möchte dir den Vorsitz über das neue Cyberressort übertragen. Wir haben schon länger darüber diskutiert, jemanden in den Vorstand zu holen, der diesen Bereich übernimmt. Da trifft es sich gut, dass du und Hunter heiratet. In dem Flügel, in dem Hunters Büro liegt, wird im Moment gerade auch ein Büro für dich vorbereitet, und die Personalabteilung ist bereits beauftragt, eine Assistentin für dich zu rekrutieren. Sobald es geeignete Kandidatinnen gibt, wird man sie dir vorstellen. Solltest du bereits im Vorfeld Wünsche an die Persönlichkeit oder die Ausbildung haben, besprichst du das am besten mit der zuständigen Projektleiterin."

„Ich … ich weiß gar nicht, was ich sagen soll, Charles. Vielen Dank. Aber das wäre bestimmt nicht nötig gewesen. Ich mag meinen Job als Cybernanny hier." Becky war überrascht, wie schnell hier alles vonstatten ging. Sie erinnerte sich, dass es ewig gedauert hatte, bis endlich der kaputte Drucker in ihrem und Hallies Büro ausgetauscht worden war. Zuerst hatten Phil von der IT hundertmal vergeblich daran herumgeschraubt und dann hatte sich die Einkaufsabteilung absichtlich eine halbe Ewigkeit damit Zeit gelassen, um Angebot für einen neuen Drucker einzuholen. Vielleicht, um zu prüfen, ob die beiden wirklich einen neuen benötigten, oder sich nur den Luxus eines neuen Druckers gönnen wollten. Dass es innerhalb von ein paar Stunden möglich war, ein neues Büro einzurichten und Assistentinnen zu rekrutieren, war erstaunlich.

„Sehr gute Idee, Dad", stimmte Hunter seinem Vater zu. „Ich wollte dir ohnehin schon vorschlagen, Becky in den Vorstand zu holen. Sie hat großartige Ideen und einen tollen Draht zur Belegschaft. Mit ihr können wir uns bestimmt in die richtige Richtung entwickeln."

„Das können wir nicht nur auf Firmenebene, mein Junge", sagte Charles und lächelte seinen Sohn wohlwollend an.

***

Etwa eine Stunde später saß Becky in dem Büro, das sie sich mit Hallie teilte, und versuchte zu fassen, was gerade passierte, als ihr Telefon klingelte. Es war ihre Mutter, die an diesem Morgen bereits zum x-ten Mal versuchte, sie zu erreichen. Eigentlich hatte Becky keine große Lust, mit Louise zu sprechen, doch jetzt, wo Hunter bei einem Meeting war, fand sie vielleicht Gelegenheit dazu, ihr reinen Wein einzuschenken. Sie musste ihrer Mutter die Wahrheit sagen, bevor sie und ihr Vater nach New York kamen und die Kennedys kennenlernten. Auch noch ihre eigene Familie in dieses Lügenkonstrukt miteinzubeziehen, lag ihr überhaupt nicht.

„Hallo, Mum", sagte sie, als sie das Gespräch annahm.

„Er ist einfach wunderbar, findest du nicht?"

„Was?" Becky wusste genau, dass ihre Mutter Hunter meinte, doch sie brauchte noch ein paar Augenblicke, um sich auf das Gespräch einzulassen.

„Na, dein Verlobter. Hunter Kennedy. Ich bin völlig von den Socken, Liebes. Ich habe ja schon gewusst, dass du einen guten Geschmack hast und nicht jeden nimmst, aber ich muss zugeben, mit einem wie Hunter hätte ich nicht gerechnet. Er ist großartig. Einen Besseren hätte ich mir für dich nicht wünschen können."

„Ja, er ist toll", sagte Becky und versuchte, euphorisch zu klingen. Ihr fiel es nicht so leicht wie Hunter, dieses Lügenmärchen vom Stapel zu lassen. Erst recht nicht ihrer Mutter gegenüber.

„Ich habe gestern schon alle informiert, dass du jetzt verlobt bist und uns bald eine Hochzeit ins Haus steht", sagte Louise voller Tatendrang. „Und vor allem, wen du bald heiraten wirst. Du kannst dir gar nicht vorstellen, wie die alle aus der Wäsche geguckt haben. Hunter sagte, er sei weitschichtig mit den richtigen Kennedys verwandt. Also … mit John und Robert. Hättest du dir das jemals träumen lassen? Dass du einen richtigen Kennedy heiratest?"

„Mum, du solltest das alles nicht so in der Weltgeschichte herumposaunen, weil …", begann Becky, doch Louise unterbrach sie.

„Ich bin so glücklich, Rebecca. Du hast keine Ahnung, wie glücklich ich bin. Ich war oft verzagt, weil du immer alleine bist und keinen Partner hast. Ich habe mich oft gefragt, ob ich bei deiner Erziehung etwas falsch gemacht habe, ob ich dir falsche Werte vermittelt habe, weil du offenbar nicht fähig bist zu lieben. Ich habe häufig mit deinem Dad darüber geredet, dass ich mir Sorgen mache, wenn mit uns beiden einmal etwas sein sollte. Dann bist du ganz alleine auf dieser Welt. Aber jetzt, wo du Hunter hast … Ihr werdet bestimmt sehr, sehr glücklich werden, das weiß ich. Und mich hast du ebenfalls sehr glücklich gemacht."

Becky atmete tief durch. Sie konnte ihrer Mutter nicht davon erzählen, dass diese Verlobung eine einzige Lüge war. Louise wäre schwer enttäuscht von ihrer Tochter. Vielleicht war es zumindest vorübergehend das Beste, auch ihre Familie in dem Glauben zu lassen, sie und Hunter wären wirklich verlobt. Eine Verlobung bedeutete ja noch nicht, dass sie für den Rest ihres Lebens zusammenbleiben mussten. Am Ende hatte es dann eben doch nicht gepasst, zwischen den bei-

154

den. Eine Verlobung konnte man lösen. Und Beckys Mutter hatte den Beweis, dass ihre Tochter doch fähig sei, zu lieben, und sie keine Fehler in deren Erziehung gemacht hatte.

„Ja, er ist wirklich großartig, nicht?", sagte Becky und spürte, wie in ihr der Widerstand nachließ, sich auf Hunter einzulassen.

zehn

Am nächsten Tag ging es hoch her. Hunter
und Becky verlegten ihre Residenz zunächst von
dem Appartement in der City auf das Anwesen
der Kennedys in die Hamptons. Das Hunter an
diesem Abend relativ spät nach Hause gekommen
war, ließ vermuten, dass er einmal mehr ein Date
gehabt hatte. Er schien unersättlich zu sein.
Becky selbst war ja schon kein Kind von Trau-
rigkeit gewesen, doch so exzessiv, wie Hunter,
hatte sie das Dating nie betrieben. Es schmerzte
sie, hautnah mitzubekommen, dass Hunter so
viele andere Frauen traf, wo sie doch „parat" war,
doch sie hielt es für besser, diese Tatsache uner-
wähnt zu lassen. Wer weiß, was passierte, wenn
sie regelmäßig Sex miteinander hatten. Am Ende
verliebte sie sich noch in ihn, und dann war sie
wirklich die Blöde. Nach so langer Zeit Gefühle
zu entwickeln – und dann auch noch für einen
Mann wie Hunter – war eine denkbar dumme
Idee.

Doch jetzt konzentrierte sich Becky erst einmal auf ihren Aufenthalt auf den Hamptons. Dort
besaß die Familie ein prachtvolles Herrenhaus

direkt am Strand. Das Haus hätte einem Palast gleichkommen können mit seinen mehreren Flügeln, dem parkähnlichen Garten und der Entourage an Angestellten, die darin herumwuselten. Es erinnerte Becky irgendwie an das Haus aus der Serie „Revenge", die sie und Hallie – eigentlich eher wegen der schnuckeligen, Männlichen Hauptdarsteller – förmlich verschlungen hatten. Für Becky war es ein völlig neues Lebensgefühl, so hofiert zu werden. Dem Hauspersonal wurde sie umgehend als die zukünftige Mrs. Kennedy vorgestellt, und nachdem sie und Hunter ein großartiges Zimmer im Westflügel bezogen hatten, von dem aus man direkt aufs Meer sehen konnte, machten sie einen Spaziergang am Strand entlang.

„Wie geht es dir mit der Situation bis jetzt?", erkundigte sich Hunter. Sie hasste ihn für diese liebevolle, aufmerksame Seite, die er bisweilen zeigte und fragte sich, was ihn zu dem hatte werden lassen, was er jetzt war. Bei ihr waren die herben Enttäuschungen der Auslöser gewesen, doch ein Mann wie Hunter Kennedy – mit seinem Aussehen und seinem Background – konnte niemals von einer Frau enttäuscht worden sein.

„Es ist … viel Neues für mich dabei, aber ich denke, im Großen und Ganzen ist es in Ordnung. Was mir jedoch allerdings etwas Sorge bereitet, ist, dass wir so viele Menschen um uns herum anlügen."
Hunter blieb stehen und drehte Becky zu sich,

indem er sie sanft an den Oberarmen packte. „Es tut mir leid, dass ich dir das abverlange, Rebecca. Aber du weißt ja, was auf dem Spiel steht. Ich darf nicht zulassen, dass die Firma in fremde Hände gelangt und so viele Menschen ihre Jobs verlieren. Und … es kommt ja niemand wirklich zu Schaden."

„Ja, da hast du recht", stimmte Becky zu und rief sich all die Angestellten von Kennedy Corp. ins Gedächtnis, die gar keine Ahnung hatten, dass ihre Anstellung sich auf waffeldünnem Eis befand. Dafür lohnte es sich, nicht ganz ehrlich zu sein.

„Du kannst dir ja immer noch vorsagen, dass wir wirklich verlobt sind und dass es am Ende eben doch nicht geklappt hat", schlug Hunter vor. Bei Becky löste diese Aussage einen bitteren Beigeschmack aus. Er ging so leichtfertig mit ihrem Arrangement um. Oder nahm sie die ganze Sache einfach zu ernst? Hatte sie sich am Ende selbst etwas vorgemacht und war sie vielleicht doch nicht so tough, wie sie bisher immer geglaubt hatte? Immerhin ging ihr diese Sache mit der Verlobung ganz schön an die Nieren.

„Hey, Becky." Hunters Hände glitten abermals an ihre Oberarme. „Du machst gerade etwas ganz Großartiges für sehr viele Menschen. Du hast dir rein gar nichts vorzuwerfen, ja? Lass dich einfach auf die Sache ein, okay? Genieße sie, solange sie dauert. Ich meine, die Scheinverlobte von Hunter Kennedy zu sein, hat so manchen Vorteil, weißt du?"

Becky sah ihn an. Es fiel ihr unglaublich schwer, die Sache so leichtfertig hinzunehmen, wie er es offenbar tat. „Okay", sagte sie dennoch. Es war seltsam. Sie hatte von sich selbst eigentlich angenommen, dass es ihr nicht schwerfallen würde, sich auf so ein Arrangement einzulassen. Immerhin hielt sie ohnehin nichts von festen Bindungen und hatte bisher von sich selbst angenommen, dass sie tiefere Gefühle für einen Mann gut ausblenden konnte. Doch die Zeit jetzt mit Hunter … es war lange her, dass sie so etwas wie eine richtige Beziehung gehabt hatte, auch wenn das hier zwischen ihnen beiden nichts Echtes war, und mit der Zeit hatte sie immer von sich selbst geglaubt, sie würde so etwas nicht brauchen. Sie beschloss, sich wieder etwas mehr auf Tinder und den anderen Datingapps umzusehen. Nur, weil sie eine Scheinverlobung mit Hunter eingegangen war, bedeutete das ja nicht, dass sie im Zölibat leben musste. Sie war sich sicher, dass sie auf andere Gedanken kam, wenn sie mit Kerlen flirtete und sich ablenkte, Hunter tat ja auch nichts anderes. In ein paar Tagen würde das erste Strohfeuer, das ihre „Verlobung" ausgelöst hatte, bestimmt abgebrannt sein. Dann würde sie ihr Profil aktivieren, die Fotos, auf denen man ihr Gesicht erkennen konnte, entfernen und wieder auf die Jagd gehen.

Als Becky und Hunter von ihrem Strandspaziergang zurückkamen, hörten sie Stimmen von der rückwärtigen Veranda.

„Ich bin ganz überwältigt, ich kann es immer noch nicht glauben", sagte eine Stimme, die ihr nur zu vertraut vorkam. Ihre Mutter. Völlig aus dem Häuschen und vermutlich kurz vor einem Freudenkollaps. „Wisst ihr, ich hatte bislang immer angenommen, etwas bei Beckys Erziehung falsch gemacht zu haben, weil sie so gar nicht sesshaft werden wollte. Immer war sie nur allein. Sie hatte zwar früher einmal eine längere Beziehung, aber die ist Jahre her. Ich …"

„Mum, kannst du aufhören, mich hier als beziehungsunfähige Ziege hinzustellen?", fragte Becky, als sie an Hunters Seite auf die Veranda trat. Ihre Eltern saßen gemeinsam mit den Kennedys an der Sitzgruppe, tranken Champagner und stärkten sich mit lecker ausschenden Kanapees.

„Rebecca, du siehst wunderbar aus." Louise sprang auf, nachdem sie Hunter und Becky für einige Augenblicke angesehen hatte, und drückte ihre Tochter an sich, ehe sie von ihr abließ und einen weiteren Blick auf Hunter warf. Sie sah ihn an, als wäre er das achte Weltwunder.

„Hunter. Es freut mich so, dich endlich kennenzulernen. Was für ein gutaussehender Mann du doch bist."

„Danke, mich freut es auch sehr", sagte Hunter und drückte Beckys Mutter zur Begrüßung. „Jetzt

weiß ich endlich, woher Becky ihr gutes Aussehen hat." Danach reichte er ihrem Vater die
Hand.

„Stanley Sterling", stellte der sich vor.

„Es freut mich, dich kennenzulernen", sagte
Hunter. „Und … auch wenn es schon etwas zu
spät ist, möchte ich dich doch noch einmal in
aller Form um die Hand deiner Tochter bitten."
Wow. Der Kerl wusste wirklich, wie man Eindruck schindete.

„Ich verspreche, ihr immer ein guter Ehemann
zu sein und ihr die Welt zu Füßen zu legen. Rebecca ist einfach großartig und ich möchte sie
nicht mehr in meinem Leben missen müssen."
„Na dann, willkommen in der Familie, Junge",
sagte Stan und klopfte Hunter freundschaftlich
auf die Schulter.

Den Rest des Nachmittages verbrachte die
Familie damit, sich kennenzulernen. Es wurden
alte Geschichten aus Beckys und Hunters Kindheit erzählt, und Charles Kennedy erzählte davon,
wie sein Urgroßvater vor vielen Jahren eher zufällig eine kleine Ölquelle auf seinem Land entdeckt und so den Grundstein für die Kennedy
Corporation gelegt hatte, ohne es zu wissen. Eigentlich sollte damals auf dem Farmland ein neuer Brunnen gegraben werden, um das Tränken der
Tiere einfacher zu machen und das Wasser nicht
immer so weit transportieren zu müssen. Doch
anstelle von Wasser fand man schwarzes Gold.

Louise fand diese Ölgeschichte ganz besonders toll und outete sich als Fan von Dallas. Sie meinte, die Kennedys könnten gut und gerne eine Neuauflage der Ewings sein, und fragte scherzhaft, ob es irgendwo auch einen J.R. gab. Außerdem gab sie die Geschichte zum Besten, wie sie als hochschwangere Frau schwer verliebt in Patrick Duffy gewesen war und Becky ihm zu Ehren fast Roberta – also „Bobby" genannt hätte.

Für das Abendessen hatte Karen Kennedy einen Sternekoch aus Boston einfliegen lassen, der die Familie mit kulinarischen Köstlichkeiten verwöhnte.

„Hunter, wie hast du es eigentlich geschafft, Rebecca dazu zu bringen, sich mit dir zu verloben?", fragte Louise, als die Familie um den festlich gedeckten Abendbrottisch auf der Veranda herumsaß. „Sie war immer der festen Meinung, sich auf keine Beziehung einzulassen. So viele Männer haben sich an ihr die Zähne ausgebissen. Sie hat klar gesagt, dass sie nichts von der Ehe hält, weil es ihr eine zu feste Bindung wäre. Stan und ich sind fast aus allen Wolken gefallen, als wir erfahren haben, dass unsere Tochter nicht nur mit einem Mann zusammen ist, sondern sich auch noch verlobt hat." Hausangestellte servierten ein fulminantes Menü, leise Musik kam aus Deckenlautsprechern und die Sonne strahlte warm vom Himmel herab. Hunter sah auf. Die gesamte Runde beäugte ihn gespannt, und auch Becky war neugierig, was er jetzt wohl zum Besten gab. Sie hatten zwar grob angeschnitten, wie sie sich kennengelernt hatten, doch so ins Detail waren sie nicht gegangen. Ein Fehler. Er legte seine Gabel und sein Messer weg und tupfte sich den Mund mit seiner Serviette ab, wie um die anderen auf die Folter zu spannen. „Nun", begann Hunter, „es war auch gar nicht so einfach, sie rumzubekommen." Er zwinkerte Becky zu und nahm ihre Hand in seine. Er war der beste Schauspieler, den Becky jemals gesehen hatte. „Natürlich hat es nicht funktioniert, sie einfach nur zum Essen einzuladen", sagte Hunter. „Das hat sie schlicht abgelehnt und mir aufgetischt, sie würde sicher nichts mit jemandem aus dem Büro anfangen – schon gar nicht mit ihrem Boss. Also habe ich sie über ein Jahr lang umworben und immer wieder gebeten, mir zumindest ein einziges Date zuzugestehen."

„Ein ganzes Jahr lang?" Louise sah gebannt von Hunter zu Becky und wieder zurück zu Hunter.

„Ein ganzes Jahr lang", bestätigte der. „Sie hat dann endlich eingewilligt, mit mir nach Coney Island zu fahren, wo sie mich dazu überredet hat, mit einer Achterbahn zu fahren, bei der mir kotzübel geworden ist. Ich glaube ja heute noch, dass sie das nur deswegen getan hat, um mir eins auszuwischen. Nachdem ich nicht lockergelassen hatte, hat sie wohl gemeint, wenn sie mich mit dieser Mörderachterbahn fahren lässt, habe ich endgültig genug von ihr. Ich habe vorher einen auf großen Macker gemacht, aber schon beim ersten Looping wollte ich weinen wie ein Baby. Und weil ich so tapfer war – und am Ende des Tages vielleicht doch nicht sooooo ein übler Kerl bin –, hat Becky in ein zweites Date eingewilligt. Mir war klar, dass ich bei ihr schwere Geschütze auffahren musste, und ich erinnerte mich daran, dass sie mir gesagt hatte, ‚Pretty Woman‘ sei einer ihrer Lieblingsfilme. Also habe ich einen Teil vom Central Park für uns gemietet und den Film auf einer großen Leinwand abspielen lassen. Nur für uns beide und die Sterne über uns.“ Karen und Louise seufzten im selben Moment, und selbst Becky war versucht, Hunter einen schmachtenden Blick zuzuwerfen. Warum waren Männer wie er nicht echt? Er wusste, welchen Knopf er bei Frauen drücken musste, so viel stand fest. Und … noch etwas bescherte ihr etwas Bauchkribbeln. Er erinnerte sich an alles, was sie ihm über sich erzählt hatte. Gut, das hatte sich zwar erst an diesem Vormittag beim Frühstück getan, aber trotzdem – er hatte keine Kleinigkeit davon vergessen. Dass sie Achterbahnen liebte und es keine gab, die tollkühn genug für sie war. Dass „Pretty Woman“ ihr Lieblingsfilm war und sie ihn bestimmt schon zweihundertmal gesehen hatte. Und gerade als sie sich an die dritte Sache erinnerte, die sie ihm über sich erzählt hatte, fuhr er fort. „Rumgekriegt hab ich sie dann, glaube ich, aber beim Salsatanzen. Becky sagte mir, sie liebt Salsatanzen, und ich habe ihr gesagt, dass ich zwei linke Füße habe. Also meinte sie, aus uns würde ohnehin nichts werden, weil nur ein Tänzer für sie infrage käme. Darum habe ich Tanzstunden genommen. Irgendwann, als ich meine Füße schon gar nicht mehr gespürt und mich mit dem Gedanken angefreundet habe, dass ich sie vermutlich auch nie mehr wieder spüren werde, hatte ich dann doch ein paar Schritte drauf. Und ich habe Becky eines Abends ohne Vorankündigung von zu Hause abgeholt und bin mit ihr in diese kleine, brasilianische Bar gegangen, wo sie sensationelle Cocktails mixen und man tanzen kann. Ich schätze, bei meinen Moves konnte sie dann doch nicht mehr widerstehen. Nicht wahr, Schatz?" Er sah sie an und ihr Herz setzte einen Schlag aus. Dieser Mann, den Hunter da beschrieben hatte, der sich so viel Mühe gab, um das Herz einer Frau zu erobern, war perfekt. Selbst eine harte Nuss wie Becky hätte sich in so einen Kerl vom Fleck weg verliebt. „Ja, absolut", sagte Becky und räusperte sich. „Wer hätte einem Mann schon widerstehen können, der für einen tanzen lernt?"

„O Hunter, ich wusste gar nicht, dass du so galant sein kannst", sagte seine Mutter.

„Das bin ich auch nur bei einer ganz besonderen Frau", antwortete Hunter, beugte sich zu Becky hinüber und küsste sie sanft. „Ich liebe sie einfach. Und es ist mir eine Freude, ihr jeden Wunsch von den Augen abzulesen und ihr die

Sterne vom Himmel zu holen. Darum habe ich sie gestern Abend auf dem Empire State Building noch einmal in aller Form gefragt, ob sie meine Frau werden will." Becky hielt die Luft an. Er hatte sich auch dieses Detail gemerkt. Gleichzeitig kam ihr in den Sinn, dass Hunter am vergangenen Abend mit einer Sexbekanntschaft in einem Hotelzimmer herumgemacht hatte. Sie wischte den Gedanken beiseite.

„Schlaflos in Seattle, stimmts?", fragte Louise und Hunter nickte.

„Schlaflos in Seattle?", fragte Charles.

„Es ist neben Pretty Woman einer meiner Lieblingsfilme", sagte Becky, „und die Szene, wie Sam und Annie sich am Ende des Filmes oben auf dem Empire State Building gegenüberstehen, ist, glaube ich, eine der romantischsten der gesamten Filmgeschichte. Ich hatte Hunter erzählt, dass mich diese Szene sehr berührt hat. Und … er hat mir mein eigenes ‚Schlaflos in Seattle' geschaffen."

„Junge, du taugst ja wirklich zum Romantiker", sagte sein Vater lachend und prostete ihm mit seinem Champagner zu.

„Bei der richtigen Frau ist das ganz einfach", sagte Hunter und hob ebenfalls sein Glas.

Es war ein großartiger Abend. „Hunter ist toll", sagte Louise später, als Karen ihr und Becky die Rosen zeigte, die sie in einem Teil des Gartens züchtete.

„Ja, das ist er", sagte Becky. Die ganze Zeit über war Hunter ihr nicht von der Seite gewichen. Er war überhaupt nicht mehr der Mann, mit dem sie auf Hallies Hochzeit geschlafen hatte. Dieser egoistische, von sich selbst eingenommene Typ, der sich nur für Oberflächlichkeiten interessierte. Und auch nicht der, mit dem sie vor einem Jahr auf Tinder immer wieder mal Kontakt gehabt hatte. Es war für Becky fast unglaublich, dass hinter der harten Fassade ein so sanfter, liebevoller Mensch steckte. Niemals hätte sie das erwartet und sie fragte sich einmal mehr, was Hunter hatte so werden lassen, wie er jetzt war. Andererseits war das alles doch auch nur ein Spiel. Nichts von all dem, was Hunter an diesem Tag gesagt hatte, war wirklich passiert, und nichts von dem, was er ihr als seine Gefühle vormachte, war echt. Er konnte sich praktisch so weit aus dem Fenster lehnen, wie er wollte, denn das, was er sagte, entsprach ja ohnehin nicht der Wahrheit.

„Ich hatte mir tatsächlich schon Sorgen gemacht, Becky, dass du alleine bleibst. Aber jetzt, wo du Hunter hast … Er ist ein so großartiger Mann. Ihr passt wirklich gut zusammen."

„Ja, das finde ich auch", sagte Karen. „Vor allem, so liebevoll wie mit dir kenne ich Hunter gar nicht. Er hat sich sehr verändert, seit …" Sie machte eine Pause, so als hätte sie etwas sagen wollen, es sich in letzter Sekunde aber doch noch anders überlegt. „… seit einiger Zeit", vollendete sie ihre Aussage dann.

„Danke, Mum. Danke, Karen." Beckys Handy vibrierte und vermeldete eine neue Nachricht von Tinder. Sie hatte sich dazu hinreißen lassen, ihr Profil doch sofort wieder zu aktivieren, nachdem sie und Hunter von ihrem Spaziergang zurückgekommen waren. Sie hatte ihre Fotos ausgetauscht und nur noch eines online gestellt, das sie im Bikini am Strand von Malibu zeigte und auf dem man ihr Gesicht nicht detailliert erkennen konnte. Sie und Hallie hatten vor eineinhalb Jahren dort Urlaub gemacht, um abzuchecken, wie die Kerle an der Westküste so drauf waren. Das Bild zeigte Wirkung. Sie hatte ihren Decknamen von Jessica auf Carrie geswitcht – in Anlehnung auf die Hauptdarstellerin aus „Sex and the City" – und stellte erfreut fest, dass sie bereits eine ansehnliche Menge Matchvorschläge generieren konnte. Später am Abend würde sie sich die alle durchsehen. Vielleicht brauchte sie einfach wieder einmal ein paar nette Stunden mit einem Typen, den sie nicht schon kannte, um diese seltsame Stimmung, die von ihr Besitz ergriffen hatte, loszuwerden. Aufgrund der Tatsache, dass sie sich die kommenden Tage ein Zimmer mit Hunter teilen musste, war sie etwas angespannt. Es war lange her, dass sie morgens neben einem Mann aufgewacht war, und es fühlte sich seltsam an. Andererseits dachte sie an den guten Sex, den sie und Hunter miteinander hatten. Wenn es sich schon merkwürdig anfühlen musste, neben ihm einzuschlafen und wieder aufzuwachen, so war sie sich sicher, dass sie beide doch die eine oder andere heiße Nummer miteinander erleben würden.

***

Es war kurz nach elf, als die Familie beschloss, zu Bett zu gehen. Beckys Eltern hatten einen langen Tag hinter sich und waren froh, ihn nun endlich beenden zu können. Für den nächsten Tag hatten Hunters Eltern vereinbart, Beckys Eltern sämtliche Wahrzeichen von Manhattan zu zeigen, und der Trip sollte zeitig morgens losgehen.

„Deine Eltern sind toll, Becky", sagte Hunter, als Rebecca aus dem Badezimmer kam. Es war wirklich extrem seltsam, nur mit einem Handtuch um den Körper gewickelt vor einem der mächtigsten Männer des Landes zu stehen, aber auch das gehörte dazu, wenn man seiner Familie eine gefakte Verlobung vorspielte. Hunter saß noch an dem kleinen Schreibtisch, der sich in ihrer Suite befand, und arbeitete.

„Ja, das sind sie. Wenn hin und wieder auch etwas anstrengend." Sie lächelte. „Woran arbeitest du da?"

„Das ist ein Vertrag über die Fusion einer japanischen Firma", sagte Hunter. Sein Blick war auf den Bildschirm gerichtet. „Die haben bei Okegawa eine Ölquelle gefunden, die wir in den Konzern implementieren möchten. Ich hasse es, mich durch diese ganzen Klauseln, Vereinbarungen und Fußnoten zu arbeiten. Herrgott noch mal, können solche Verträge nicht für jedermann leicht verständlich sein?"

Becky lachte. „Nein. Das ist so Vorschrift. Die müssen von vornherein unglaublich kompliziert und schwer verständlich sein, um die Leser und die, die damit arbeiten, zu verwirren."

Hunter sah sie an. Ein merkwürdiges Gefühl machte sich in ihm breit. Etwas … Warmes, Herzliches. Etwas, was in seinem Leben seit langer Zeit keinen Platz mehr hatte. Er klappte sein Notebook zu und stand auf. Sah Becky gierig an und riss mit einer harten Bewegung das Handtuch von ihrem Körper, das er achtlos zu Boden fallen ließ. Er betrachtete sie. Absichtlich etwas zu lange, um ihr möglicherweise ein unangenehmes Gefühl zu vermitteln. Mit den Jahren hatte er herausgefunden, dass Frauen so ihre Probleme damit hatten, wenn ein Mann sie lange genug prüfend ansah. Doch Becky schien das nicht zu stören. Sie sah großartig aus. Ihr Körper war makellos, ihre Brüste von perfekter Größe und fest, ihr Bauch flach und sportlich und ihre Hüften einladend. Er spürte, wie sich etwas in seinem Schritt regte, spürte dieses Verlangen in sich aufkommen.

Dann zog er Becky zu sich heran. Küsste sie. Rau, fest, wild. Leidenschaftlich, aber gefühllos. Er drängte sie in Richtung Bett und gab ihr einen Stoß, um sie darauf zu werfen. Sie wusste, wie dieses Spiel zu spielen war, als sie ihm einen lasziven Blick zuwarf, kein Problem damit hatte, splitternackt vor ihm zu liegen und ihm dabei zuzusehen, wie er sich langsam sein Hemd aufknöpfte und sich seiner Hose entledigte. Er sah sie an. Lust durchströmte seinen gesamten Körper. So, wie sie dalag, hatte es fast den Anschein, als würde sie sich ihm darbieten. Sein Blick glitt noch einmal über ihren Körper. Die zarte, makellose Haut, ihre wunderbaren Rundungen. Ihre Lippen. Und ihr Blick, den er nur sehr schwer zu deuten vermochte. Er wollte sie unbedingt. Spürte, wie sein Penis zu pochen anfing und sich mit Becky vereinen wollte. Er kam über sie. Mit seinen Knien spreizte er – fast schon etwas grob – ihre Beine. Ihr Blick unter ihm war fordernd, lüstern. Die harte Tour schien ihr nichts auszumachen, ganz im Gegenteil. Er suchte ihre Mitte, fand sie und hielt ihren Blick. Dann packte er mit der rechten Hand ihr Haar, zog es fest nach hinten, sodass ihr Kopf seiner Hand folgen musste. Er hielt inne, verstärkte seinen Griff etwas und wartete ihre Reaktion ab. Sie sah ihn an. Hielt seinem Blick stand. Und dann … zeichnete sich ein Lächeln auf ihren Lippen ab.

elf

Rebecca erwachte in der Morgendämmerung, als die Schlafzimmertür sich öffnete und Hunter in einem Morgenmantel hereinschlüpfte. Der Sex, den sie am Vorabend gehabt hatten, stellte alles bisher Dagewesene in den Schatten. Hunter hatte sie genommen, benutzt und ihr das gegeben, wonach sie sich immer schon gesehnt hatte. Nachdem sie miteinander geschlafen hatten, war er unter die Dusche gestiegen und hatte sich wieder angezogen. Er hatte ihr eröffnet, dass er nicht vorhatte, in den kommenden Tagen das Bett oder auch nur das Zimmer mit ihr zu teilen. Er würde in eincm der Gästezimmer schlafen, die sich in dem Flügel befanden, und zusehen, dass er jeden Tag im Morgengrauen zurück in ihr Schlafzimmer huschte, um zumindest den Schein zu wahren. Für diesen Abend, so erklärte er ihr, hatte er sich vorgenommen, die Bars am Hafen abzuklappern und zu sehen, ob er die eine oder andere Frau abschleppen konnte. Rebecca fiel aus allen Wolken, als Hunter ihr von seinem Plan erzählte. Insgeheim war sie davon ausgegangen, dass sie zumindest für die paar Nächte, so lange, wie ihr Aufenthalt hier dauerte, das Bett teilten – eine Vorstellung, die ihr ausnehmend gut gefiel. Doch als sie schließlich allein in der Stille der Dunkelheit lag, nachdem Hunter sich für die Nacht verabschiedet hatte, war sie doch etwas geknickt. Vor allem, dass sie ihm körperlich nicht reichte, erschreckte sie. Sie hatten Sex auf einem Level gehabt, auf dem viele Frauen bereits ausgestiegen waren, der Becky jedoch sehr stark reizte. Und jetzt wollte Hunter wirklich noch versuchen, eine andere aufzureißen? Sie wünschte ihm noch einen schönen Abend und behielt sich ihre Meinung, wie verletzend er ihr gegenüber war, für sich, fiel aber dennoch erst viel später in einen unruhigen Schlaf.

„Morgen", sagte Becky, als er die Tür hinter sich geschlossen hatte. Sie hatte die halbe Nacht damit verbracht, durch Tinder zu gondeln, doch sie hatte sich selbst eingestehen müssen, dass es keinen Mann gab, der Hunter auch nur annähernd das Wasser reichen konnte. So musste es Hallie damals mit Chris gegangen sein. Sie erinnerte sich daran, wie Hallie kein Typ mehr recht sein konnte. Weil sie ihr Herz insgeheim längst an Chris verloren hatte. Vermutlich würde es ziemlich schwer werden, wieder jemanden zu finden, der sie etwas reizte, wenn sie diese Sache hier hinter sich gebracht hatten. Mittlerweile war ihr klar geworden, dass es ein Fehler gewesen war, sich auf Hunter einzulassen. Schon die Tatsache, dass er im vergangenen Jahr so derart mit ihr gespielt hatte, hätte ihr zu denken geben müssen.

Sie hätte die Notbremse ziehen müssen, solange dies noch möglich gewesen war. Hallie hatte ihr, kurz nachdem Chris ihr den Antrag gemacht hatte, einmal erzählt, dass sie bei ihm einfach gefühlt hatte, dass sie beide zusammengehörten. Dass völlig außer Frage gestanden hatte, dass er der Mann für sie war, auch wenn ihre Sterne anfangs noch so ungünstig gestanden hatten. Hallie hatte gesagt, dass Chris in ihr etwas ausgelöst hatte, was kein anderer jemals geschafft hatte. Und genau dasselbe dachte Becky jetzt von Hunter. Mit dem Unterschied, dass Chris immer darauf aus gewesen war, Hallie an sich zu binden. Hunter hatte daran offensichtlich kein Interesse. Während Chris wirklich alles dafür getan hatte, Hallies Herz zu erobern, schaffte Hunter es noch nicht einmal, eine Nacht mit ihr im selben Bett zu verbringen.

„Guten Morgen. Du bist schon wach? Hast du gut geschlafen?"

„Klar, alles bestens." Becky hatte in der Nacht beschlossen, sämtliche Kräfte, die sich in ihr befanden, dagegen aufzuwenden, um nicht neuerlich weich zu werden. Das hier zwischen ihnen war eine Geschäftsbeziehung. Genau als solche würde sie sie sehen müssen. Sie hatte beschlossen, ihr Leben so weiterzuführen, wie sie es vor letzter Woche getan hatte. Was ebenso das Flirten mit anderen Kerlen bedeutete – und das Daten derselben. Vermutlich war sie nur deshalb so „anhänglich" geworden, weil sie seit Hunter kei-

174

nen Kontakt mehr zu ihren Tinderkerlen gehabt hatte. Ein Umstand, den sie baldmöglichst ändern musste.

„Schön. Wenn du noch etwas weiterschlafen möchtest, dann tu das. Ich werde mich in der Zwischenzeit still verhalten."

Becky hätte ihm am liebsten eine geklatscht. Vor kaum zwölf Stunden hatten sie den heißesten Sex unter der Sonne gehabt, und jetzt tat Hunter so, als wären sie zwei völlig Fremde, die zuvor nichts miteinander zu schaffen gehabt hatten. „Kein Drama. Ich bin wach", sagte Becky kurz angebunden. Im Zimmer war es noch dunkel, doch die Morgendämmerung hatte bereits eingesetzt.

„Ich liebe es, wieder einmal hier zu sein", sagte Hunter plötzlich. Im Halbdunkel sah Becky, wie er sich streckte. „Das Haus hier hat so viel zu bieten."

„Du hast recht. Es ist großartig", sagte Becky. Sie versuchte, auszublenden, dass Hunter am Vorabend vermutlich einmal mehr irgendeine wildfremde Frau gevögelt hatte. Nachdem er mit ihr geschlafen hatte. „Ich danke dir, dass du mir und meiner Familie ermöglichst, hier zu sein."

Plötzlich setzte Hunter sich kerzengerade auf. „Ich habe eine Idee. Wenn wir beide schon wach sind, dann habe ich jetzt etwas für dich." Er stand auf, und für einen Moment glaubte Becky, er würde das, was sie gestern Abend getrieben hatten, wiederholen wollen. Nicht, dass es sie gestört hätte. Doch er ging auf die Zimmertür zu.

„Ich komme gleich wieder. Warte hier", sagte er aufgekratzt.

„Wo sollte ich sonst auch hingehen – im Pyjama", fragte Becky und bemerkte, wie sich Bauchkribbeln in ihr ausbreitete, das sie sich umgehend auftrug, zu unterbinden.

Das Gefühl, das sich in Hunter ausgebreitet hatte, als er an diesem Morgen zu Becky ins Zimmer gekommen war, hatte er lange nicht mehr gekannt. Er hatte längst geglaubt, dass es in ihm erloschen sei und so war es ihm auch all die Tage nicht schwer gefallen, Rebecca als das zu sehen, was sie eigentlich auch war. Mittel zum Zweck. Gutaussehendes Mittel zum Zweck, zugegeben, aber dennoch nicht mehr und nicht weniger als eine Frau, wie er sie zu tausenden haben konnte. Sie würde ihm helfen, an die Firma zu kommen und dann würde er sie aus seinem Leben eliminieren. Und es so weiterführen, wie er es seit langer Zeit schon führte. Zunächst vielleicht unfreiwillig, doch mittlerweile hatte er die Vorzüge dieser Art von Leben längst zu schätzen gelernt. Ja, er war ein Arsch und ja, er brach Herzen reihenweise. Aber er war sich sicher, dass die Art von Schmerz, die er verursachte, nicht annähernd so groß war, wie jener, den er … er schüttelte den Kopf. Daran wollte er jetzt nicht denken. Wenn sich da etwas Bauchkribbeln in seinem

176

Bauch bemerkbar machte, dann sollte es so sein. In ein paar Wochen war Rebecca aus seinem Leben verschwunden und er machte da weiter, wo er vor einigen Tagen aufgehört hatte. Lieben … das würde er in diesem Leben bestimmt nicht mehr. Und ganz sicher nicht Rebecca Sterling.

Kaum zwanzig Minuten später steckte Hunter neuerlich seinen Kopf in Beckys Zimmer.

„Los, komm, ich muss dir etwas zeigen", sagte er und öffnete die Tür ein Stückchen weiter. Becky kletterte aus dem Bett. Natürlich hatte sie die Zeit, in der Hunter – wo auch immer – gewesen war, dazu genutzt, um sich im Bad frisch zu machen, ihr Haar zu kämmen, ihr Gesicht zu waschen und sich die Zähne zu putzen. Wie idiotisch sie sich doch verhielt. Hunter hatte nicht das geringste Interesse an ihr – zumindest nicht, wenn es über den Deal mit der Verlobung hinausging. Gleich danach hätte sie sich dafür ohrfeigen können. Eigentlich sollte es ihr egal sein, in welchem Zustand Hunter sie sah. Sie wollte doch ohnehin nichts von ihm.

Der Flur lag noch im Dunkeln, als Rebecca aus ihrem Zimmer trat. Hunter grinste breit, und fast augenblicklich wollte sie ihren Vorsatz, ihn so gut wie möglich zu ignorieren, fallen lassen.

„Los, komm, es wird dir gefallen", sagte er und führte sie den Flur entlang. Rebecca verstand nicht, wie es Hunter möglich war, zwei Gesichter zu leben. Einmal jenes kalte, abweisende, das ihr wieder und wieder zu verstehen geben schien, nichts wert zu sein, und dann diese liebevolle Seite, in die man sich vom Fleck weg verlieben konnte.

„Was … wohin gehen wir denn?", fragte Becky, doch Hunter antwortete nur: „Überraschung", und zwinkerte ihr zu. Rechts, am Ende des Ganges, befand sich eine schmale Tür, die leicht zu übersehen war. Ein Teil davon war von den schweren Vorhängen verdeckt, die ein raumhohes Fenster bekleideten. Hunter schob den Vorhang zur Seite und drückte an eine Stelle der Tür, die sich daraufhin mit einem sanften Ruck leicht öffnete. Er schob sie weiter auf und verschwand dahinter.

„Los, komm." Er hielt ihr die Hand hin. Becky wollte sie nicht ergreifen, doch sie würde nicht drum herumkommen. Sie legte ihre Hand in die seine und er zog sie durch die Tür.

„Wo sind wir hier, machen wir uns auf den Weg in die Bathöhle? Biegen Robin und der Joker gleich um die Ecke?", fragte Becky. Sie befanden sich in einem ziemlich spartanisch wirkenden Treppenhaus, das so gar nicht zum Rest des Anwesens passte. Becky war klar, dass es sich dabei um eine Art Versorgungtrakt handeln musste, wie ihn Anwesen von diesem Ausmaß oft hatten. Vor ihnen führte eine schmale Metalltreppe nach oben auf den Dachstuhl.

„Ich zeige dir jetzt einen der schönsten Plätze der Welt", sagte Hunter. „Bitte, nach dir." Er bedeutete ihr, die Treppe hochzusteigen. Zaghaft sah sie nach oben, dann stellte sie den linken Fuß auf die erste Sprosse und kletterte hinauf.

Der Dachboden des Kennedy-Anwesens hatte nichts mit üblichen Dachböden zu tun. Hier oben war es vermutlich luxuriöser als in so mancher Wohnung in der City. Das Anwesen hatte einen bemerkenswerten Dachstuhl, der einige Meter über Rebecca aufragte, sowie in die Bedachung eingelassene, große Fenster. Hier oben hätte man bedenkenlos wohnen können, kam ihr in den Sinn.

„Wow", sagte Rebecca, fragte sich jedoch, warum Hunter ihr diesen Dachboden zeigte. Natürlich war er anders als andere Dachböden. Aber … auch nicht so einzigartig, als dass man in aller Herrgottsfrühe hier heraufstieg und ihn besichtigte.

„Komm", sagte Hunter und nahm sie bei der Hand. Er zog sie nach links und führte sie um eine Ecke, und dann wusste Rebecca, was er gemeint hatte, als er vom „Schönsten Platz der Welt" gesprochen hatte. Hier oben gab es ein großes Erkerfenster, das fast wie eine Glaskuppel wirkte. Das Fenster zeigte hinaus auf den Ozean, wo die Sonne sich gerade darangemacht hatte, aufzugehen. Ein überdimensionaler Papasansessel stand in dem Fenster, ausstaffiert mit Kissen und

Decken. Auf einem kleinen Beistelltisch warteten frisch gepresster Orangensaft, eine Flasche Champagner und Lachsbrötchen.

„Was ist das hier denn?", fragte Becky. Sie war gerührt. Hatte Hunter dieses Frühstück für sie gemacht? Und … zu welchem Zweck? Er machte es ihr in jedem Fall nicht sehr einfach, ihm zu widerstehen.

„Das hier ist der schönste Ort der Welt", sagte Hunter. „Immer, wenn wir hier waren, meistens in den Sommerferien, als ich noch ein kleiner Junge war, habe ich mich in aller Frühe hier her-aufgeschlichen und der Sonne dabei zugesehen, wie sie aufgeht. Dabei war es mir egal, ob ich noch todmüde war oder nicht, dieser Platz hier war mir heilig. Ich habe ihn eines Tages beim spielen entdeckt, der Stuhl steht schon eine ganze Ewigkeit hier und ich weiß bis heute nicht, wer ihn hierhergestellt hat. Aber ich vermute, es muss meine Großmutter gewesen sein. Mein Großvater sagte, sie wäre ein Freigeist gewesen und hätte jede Ecke an diesem Haus geliebt. Sie hatte zahl-reiche Plätze, die nur sie kannte, an die sie sich zurückzog, wenn sie für sich sein wollte. Ich den-ke, das hier ist einer dieser Plätze. Ich habe jede freie Minute hier oben verbracht. Aber … um diese Uhrzeit jetzt ist es am schönsten."

Becky sah hinaus auf den Ozean, der ruhig und still dalag, und beobachtete, wie seine Aus-läufer an den Strand rollten. Die Sonne hatte gerade dazu angesetzt, über den Horizont zu klettern.

„Wow, es ist wirklich wunderschön", sagte sie.

„Setz dich." Hunter deutete auf den Stuhl und Becky nahm Platz. Er setzte sich neben sie und breitete die Decke über die beiden aus. Es fühlte sich gut an, ihm so nah zu sein. Zu spüren, wie die Wärme der Decke und die, die von seinem Körper ausging, sich vereinten. Dann goss er etwas Champagner in die beiden Gläser und reichte ihr eines.

„Puh, so frühmorgens schon Alkohol", sagte Becky und sah das Glas skeptisch an, nippte dann aber doch daran.

„Hey, wir sind frisch verlobt. Wir dürfen das", sagte Hunter, trank ebenfalls von seinem Champagner und hatte seinen Blick starr geradeaus gerichtet. Ihm so nah zu sein, fühlte sich für Rebecca merkwürdig an. Sie versteifte sich einen Moment und wusste nicht, was sie sagen sollte. Warum hatte Hunter das hier für sie arrangiert?

„Weil ich mich bei dir bedanken wollte und weil du es in jedem Fall wert bist", sagte er, als hätte er ihre Gedanken gelesen.

„Wie bitte?"

„Du hast dich doch gerade eben gefragt, warum ich das hier gemacht habe, oder? Ich habe es an deinem Blick bemerkt, und wie du fragend deine Nase gerümpft hast." Er grinste.

„Um ehrlich zu sein ... ja." Sie war beeindruckt

davon, wie er sie wahrnahm. Wie ihm jede noch
so kleine Geste von ihr auffiel.

„Weil ich dir danken möchte dafür, dass du das
für mich tust. Es ist nicht selbstverständlich. Ich
weiß das sehr zu schätzen."

„Ich tue es vielmehr für all die Menschen im Büro", gab Becky zu.

   „Das weiß ich. Es ehrt dich trotzdem. Und es
ist eine große Sache. Ich kenne nicht viele, die
sich dazu bereit erklären würden."

„Na, hör mal, so ein Ding ist das nun auch wieder
nicht", sagte Becky. „Immerhin muss ich dir keine Niere spenden oder so." Sie lachte, dann stie-
ßen sie mit ihren Gläsern an und sahen der Sonne
beim Aufgehen zu. „Ich fand es übrigens beeindruckend, dass du dich an all die Kleinigkeiten
erinnert hast, die ich dir über mich erzählt hatte.
Und dass du sie gestern so erstklassig in Szene
gesetzt hast, als du davon erzählt hast, wie du
mich rumgekriegt hast." Das „rumgekriegt" setzte
Becky in Gänsefüßchen.

„Hey, hast du echt was anderes erwartet? Du bist
eine aufregende Frau, Rebecca. Wenn du einem
Mann etwas erzählst, dann ist doch klar, dass er
sich das merkt. Außerdem fand ich es süß."

   „Du fandest es süß?"

   „Ja. Ich sagte doch schon, die meisten Frauen,
die ich kennenlerne, erzählen mir von Dingen, die
man kaufen kann, wenn ich sie fragte, wie man
sie glücklich machen kann. Eine Rolex, ein Por-
sche, ein Paar Louboutins oder etwas von Cartier.

Du bist anders. So etwas bleibt einem im Gedächtnis, weißt du?"

„Und außerdem hast du es prima für deine Geschichte nutzen können."

„Außerdem, stimmt." Hunter lächelte ihr zu.

„Weißt du, was ich echt schade finde?", fragte Becky.

„Was?"

„Dass ich nicht auf die Idee gekommen bin, dich all diese Dates mit mir haben zu lassen, bevor ich mich auf deinen Deal eingelassen habe." Sie lächelte, nahm einen Schluck Champagner und richtete ihren Blick dann wieder auf die aufgehende Sonne, während sie es genoss, in seinen Armen zu liegen.

Rebecca erwachte, als die Sonne in ihr Gesicht schien und es angenehm wärmte. Sie schlug die Augen auf und war im ersten Moment orientierungslos. Gleichzeitig fühlte sie sich absolut wohl und geborgen. Sie lag in dichter Umarmung mit Hunter auf dem Papasanstuhl auf dem Dachboden des Anwesens in den Hamptons. Hunter hatte sie zu sich in die Arme gezogen, wo ihr Kopf nun an seiner Brust ruhte und sie sein Herz ruhig im Takt klopfen hörte. Seine Hände lagen sanft einer auf ihrem linken Oberarm, der andere auf ihrer Hüfte. Sie mussten eingeschlafen sein, nachdem sie in der Morgendämmerung hier heraufgekommen waren. Zunächst hatten sie sich noch etwas unterhalten. Hunter hatte ihr erzählt, dass er als Kind oft hier hochgekommen war und dass er das Haus in den Hamptons mit seinen Lieblingserinnerungen verband. Sie hatten Champagner getrunken, sich etwas tiefer in die Decke geschmiegt und mussten irgendwann doch eingeschlafen sein. In jenem Moment, als Becky aufwachte, regte auch Hunter sich.

„Sind wir eingeschlafen?", murmelte er schlaftrunken.

„Sieht ganz so aus."

„Und dabei wollte ich dir so gern den Sonnenaufgang zeigen", sagte er und drückte Becky an sich, die mit seinem Verhalten überhaupt nichts anfangen konnte. Bislang waren sie sich nur beim Sex derart nah gekommen – und danach hatte Hunter sofort wieder Abstand zu ihr gesucht. Sie richtete sich auf und streckte sich erst einmal durch. Dann sah sie Hunter an, der sie angrinste. Er sah irgendwie völlig anders aus als sonst. Immer noch göttlich gut, doch die Härte, die sonst in seinem Blick war, schien … etwas abgesplittert zu sein.

„Was ist?", fragte Becky.

„Ich habe gerade festgestellt, dass du die erste Frau bist, die ich mit hier heraufgenommen habe", sagte er.

***

Nachdem Becky und Hunter aufgewacht waren, gingen sie hinunter, um erst zu duschen und dann zu frühstücken. Die Eltern der beiden hatten sich gleich nach dem Frühstück zu einem Trip nach Manhattan aufgemacht. Louise und Stan waren schon gespannt darauf, die Firma der Kennedys kennenzulernen und Louis fragte Karen fast ausschließlich nach deren Verbindung zu „diesen" Kennedys aus. Danach wollten sie etwas Sightseeing betreiben und in der City zu Abend essen. Hunter hatte sch ebenfalls entschuldigt. Er habe „in der Stadt zu tun", hatte er Becky erklärt und ihr war klar gewesen, dass er wohl wieder eine Frau traf, denn als sie ihn mit seine Sekretärin hatte telefonieren hören, hatte sie mitbekommen, wie er ihr auftrug, ein Zimmer im Four Seasons an der 54 Straße zu reservieren, und dass er an diesem Tag nicht ins Büro kommen würde. Es traf Becky fast wie ein Stich ins Herz. Sie konnte nicht fassen, wie Hunter auf einer Seite so liebevoll und nett zu ihr war, und sie auf der anderen behandelte, als wäre sie ein Stück Abfall. Doch sie fing sich erstaunlich rasch. Vermutlich lernte sie tatsächlich, damit umzugehen und eine gewisse Distanz zwischen sich und Hunter zu bringen. Ja, es tat ein bisschen weh dass sie diesen großartigen Mann nicht für sich haben konnte und er sich in zwei Stunden mit irgendeiner namenlosen Bekanntschaft zwischen den Laken wälzen würde, aber … in gewisser Weise war es in Ordnung.

Becky fand es schade, dass sie ganz allein in der Villa zurückbleiben würde, doch sie beschloss, einen Spaziergang zu machen und dann

die große Bibliothek zu inspizieren, die das Anwesen zu bieten hatte. Auf einem Anwesen wie
dem der Kennedys würde ihr bestimmt nicht
langweilig werden und sie konnte sich ja einre-
den, dass Hunter zu einem Geschäftstermin unterwegs war, anstatt zu einer Frau. Wenn sie es
auch etwas seltsam fand, hier ganz allein zu bleiben und sich wie zu Hause zu fühlen.

„Ich sehe zu, dass es nicht allzu spät wird,
ja?", sagte Hunter, als er sich von Becky verabschiedete. Spätestens, wenn seine neue Flamme
ihn um Runde zwei und drei bat, würde er keine
Eile mehr haben, zurück in die Hamptons zu
kommen.

„Mach dir keinen Stress. Und du bist sicher,
dass ich nicht mitkommen soll?", fragte Becky
und untermauerte so seine Annahme, sie hatte
nicht mitbekommen, dass er wieder eine Frau
traf.

„Nein. Du tust schon genug für die Firma.
Diese paar freien Tage hast du dir redlich verdient. Soll ich dir meine Kreditkarte hierlassen?
In der Stadt gibt es ein paar exklusive Läden,
wenn du dir etwas Nettes kaufen möchtest."
„Keinesfalls", lehnte Becky vehement ab. Hunter
sah sie amüsiert an. „Was?", fragte sie.

„Du bist die erste Frau, die es ablehnt, mit
meiner Kreditkarte shoppen zu gehen", sagte
Hunter.

„Ich kann mir schon vorstellen, was das für
Frauen sind, die du für gewöhnlich kennenlernst."

Sie schmunzelte. Dann küsste er sie kurz auf die Wange und verließ das Haus.

Die Sonne strahlte bereits warm und angenehm vom Himmel, als Hunter das Haus verließ. Genau in dem Moment vibrierte sein Handy und vermeldete eine neue Nachricht von „Silver", seiner neuen Flamme. Sie hatte ihm einige sehr eindeutige und scharfe Fotos geschickt und ihn online bereits richtig heiß gemacht. Er hatte eigentlich nicht vorgehabt, heute für eine schnelle Nummer in die City zu fahren, doch bei diesen Fotos konnte kein Kerl, der bei Verstand war, widerstehen.

„Ich warte in der Lobby auf dich", hatte sie ihm geschrieben, nachdem er ihr mitgeteilt hatte, dass er ein Zimmer im Four Seasons reserviert hatte. Er grinste. Wie einfach diese Frauen doch zu beeindrucken waren. Er steckte sein Handy ein. Silver würde er während der Fahrt nach Manhattan antworten und noch ein paar Fotos von ihr einfordern. Praktisch, um sich darauf vorzubereiten, was ihn noch so erwartete. Sein Fahrer hielt ihm die Tür auf und er stieg ein. Als sie ein paar Minuten gefahren waren, holte er sein Smartphone wieder hervor und wollte Silver gerade bitten, ihm über Wire, einen anonymisierten Messenger, weitere Fotos zu schicken, als eine WhatsApp-Nachricht von seiner Mutter eintraf. Karen Kennedy schickte höchst selten Nachrichten. Er öffnete sie und entdeckte, dass sie ein Foto angehängt hatte. Ein Foto, das sie gestern beim Abendessen mit ihrem Handy gemacht haben musste. Es zeigte ihn und Becky im diffusen Licht der untergehenden Sonne auf der hinteren Terrasse des Anwesens. Sie beide lächelten und Hunter hatte sich zu Rebecca hinübergebeugt und sanft ihre Schläfe geküsst. Das Bild wirkte … vollendet. Richtig perfekt. Es wirkte, als hätte ein ganzes Team aus Fotografen und Bildbearbeitern daran gearbeitet, um es so zu erscheinen lassen, wie es war. Makellos. „Ich bin froh, dass du endlich wieder glücklich sein kannst", hatte seine Mutter als Text angefügt. „Becky ist eindeutig die Richtige."

Es traf Hunter wie ein Schlag. Wie im Schnellvorlauf lief das Zusammentreffen der beiden, von ihrer ersten Nacht im Astoria bis heute morgen, als Becky ihn verabschiedet hatte, vor seinem geistigen Auge ab. Er konnte die Augen kaum von dem Bild nehmen. Im nächsten Moment kam eine neue Nachricht über Wire herein. Sie war von Silver, die ihm, als kleinen Vorgeschmack einige pikante Bilder von sich angehängt hatte. Auf einem davon kniete sie mit ihrer Rückseite zur Kamera, beugte sich tief nach vor und zog mit ihren Fingern ihre Schamlippen auseinander. „Sie wartet auf dich", hatte sie dem Bild als Text angefügt. Hunter schluckte. Dann traf er eine Entscheidung.

188

zwölf

Becky war gerade von einem Strandlauf zurückgekommen und frisch aus der Dusche gestiegen, als sie unten jemanden ihren Namen rufen hörte. Hunter. Was machte der denn zurück in den Hamptons? Er war doch gerade erst nach Manhattan aufgebrochen, im „in die Firma" zu fahren – beziehungsweise zu einem Schäferstündchen mit einer weiteren Onlinebekanntschaft.

„Becky? Wo bist du?", rief er jetzt von unten nach oben.

„Ich bin … hier im Schlafzimmer", rief Becky zurück. „Warum bist du nicht in der Stadt?" Sie schüttelte kurz den Kopf, als ihr bewusst wurde, dass diese Konversation sich genauso anhörte wie bei einem spießigen Ehepaar, egal wo auf der Welt.

„Ich habe etwas Wichtigeres zu tun." Hunter öffnete die Tür und strahlte Becky an, als habe er gerade den Jackpot im Lotto geknackt. Was für einen Mann wie ihn wohl eher Peanuts sein musste. Er sah großartig aus, wirkte so lebendig, als er vor ihr stand und sie mit seinem gewinnenden Zahnpastawerbungslächeln anstrahlte.

„Was ist denn mit dir los?", fragte Becky.
Sein Lächeln war ansteckend, und für den Augenblick sahen sie aus wie zwei Verrückte, die sich dämlich angrinsten.

„Komm. Ich muss dir was zeigen." Er nahm ihre Hand und zog sie aus dem Zimmer.

„Was hast du vor?", fragte Becky, als er sie die Treppe hinunterführte.

„Lass dich überraschen, das ist immer am schönsten." Hunter lachte. Er führte sie zum Hinterausgang des Anwesens, wo Rebecca in etwas Entfernung einen Hubschrauber mit dem Emblem der Kennedy Corporation sehen konnte, dessen Rotoren sich langsam drehten. Die beiden gingen auf den Hubschrauber zu und Hunter half ihr beim Einsteigen.

„Was … wird das denn?", fragte Becky noch einmal.

„Wird nicht verraten." Hunter grinste, als er neben ihr Platz nahm und der Pilot den Heli vom Boden abheben ließ.

„Ich bin noch nie mit einem Helikopter geflogen", sagte Becky, als sie in der Luft waren und sie die Landschaft unter sich bestaunte. Es war etwas völlig anderes, als mit einem Flugzeug zu fliegen. Alles hier war irgendwie greifbarer und authentischer, als Tausende Meter über dem Boden zu sein. Hunter machte für Becky den Fremdenführer, erklärte ihr, wo sich was befand, und er beauftragte den Piloten, eine Runde über Manhattan zu drehen, wo er ihr das Firmengebäude

190

zeigte, das Appartement am Park und wo sie sogar Beckys Haus bestaunen konnten. Ziel ihrer Reise war jedoch etwas anderes. Rebecca konnte sich keinen Reim darauf machen, warum Hunter plötzlich wieder aufgetaucht war. Hatte sie sich etwa getäuscht und er hatte kein Date vereinbart? Aber … sie war sich fast sicher. Weshalb sonst sollte er so kurzfristig ein Zimmer im Four Seasons buchen und seiner Sekretärin mitteilen, dass er an diesem Tag nicht mehr ins Büro kommen würde? Hatte sein Date ihm möglicherweise abgesagt? Oder hatte er sich aus freien Stücken dazu entschieden, den Tag lieber mit ihr als mit einer scharfen Braut in der Kiste zu verbringen?

Becky staunte nicht schlecht, als der Heli auf Coney Island landete. Der bekannte Vergnügungspark erstreckte sich direkt vor ihnen.

„Was machen wir denn auf Coney Island?", fragte Becky, obwohl sie sich schon denken konnte, was Hunter hier für sie arrangiert hatte. Und genau das … ließ ihre Knie unendlich weich werden. Er stand ihr gegenüber und sah sie auffordernd an. Ja, es war nicht notwendig, dass er ihr erklärte, was sie hier vorhatten. „Das ist nicht dein Ernst, oder?", fragte sie. Sie wusste gar nicht, wie sie jetzt reagieren sollte. Hunter hatte sie tatsächlich hier auf den Vergnügungspark nach Coney Island gebracht, genau wie er ihren Eltern erzählt hatte.

„Na, komm schon. Unsere Geschichte braucht doch immerhin einen wahren Hintergrund, oder etwa nicht? Und außerdem hast du heute Morgen gesagt, du wünschtest, du hättest mich dazu gebracht, all diese Dates mit dir zu haben, bevor du in unseren Deal eingewilligt hast", sagte er, während er ihr seine Hand entgegenstreckte. „Ich bin der Meinung, nachdem du sonst schon rein gar nichts dafür haben willst, sollst du wenigstens diesen Wunsch erfüllt bekommen."

Becky konnte gar nicht glauben, dass das real war, als sie Hand in Hand mit Hunter über den Vergnügungspark von Coney Island spazierte. Er musste tatsächlich einer seiner Flammen abgesagt haben – ihretwegen. Sie kauften sich Hotdogs und Zuckerwatte, Hunter versuchte, für sie einen Teddybären beim Dosenwerfen zu gewinnen, und versagte kläglich, sodass er als Trostpreis eine kleine grüne Plastikschildkröte bekam. Sie teilten sich eine große Schokoladenbrezel und schließlich standen sie vor dem Killer Coaster, der höchsten und schnellsten Achterbahn des Rummels.

„Dir ist klar, dass da vorne auf dem Schild steht, dass man nicht fahren soll, wenn man Herzprobleme hat, oder?", sagte Hunter und wirkte kläglich. Alle Farbe war ihm aus dem Gesicht gelaufen.

„Das steht an jeder Achterbahn. Sogar am Kinderkarussell." Becky lachte. „Die müssen sich absichern."

„Das sehe ich anders. Warum sollten sie auf Herzprobleme hinweisen, wenn es nicht möglich ist, einen Herzkasper zu bekommen, wenn man mit diesem Ding fährt?", fragte Hunter. Becky grinste. „Es ist auch möglich, beim Sex einen Herzkasper zu bekommen, und trotzdem hast du welchen", sagte sie. Hunter sah sie fordernd an. „Wenn du irgendwo an deinem Körper einen Warnhinweis angebracht hast, dass ich einen Herzkasper bekomme, wenn ich mit dir schlafe, dann wars das." Er lachte. Sein Handy vibrierte. Eine neue Nachricht über Wire. Silver war fuchsteufelswild gewesen, als er ihr abgesagt hatte. In seiner alten, rüden Art hatte er ihr nur mitgeteilt, heute doch keine Lust auf sie zu haben. Und dass er sich vielleicht irgendwann wieder meldete. Seither bedachte sie ihn mit sämtlichen Schimpfwörtern, die man sich nur denken konnte und sein Handy war im Dauervibrier-Modus. Er zog es kurz heraus, blockierte Silver auf Wire und war sich bewusst, dass er sich damit um wohl grenzgenialen Sex gebracht hatte. Was ihm in diesem Moment ziemlich egal war.

„Halt einfach die Schildkröte", sagte Becky und reichte Hunter das Plastikding, das er vorhin für sie gewonnen hatte. „Ich fahre auch allein." „Auf gar keinen Fall. Dann stimmt unsere Geschichte ja nicht mehr. Und ich werde in alle Ewigkeit als kläglicher Feigling dastehen."

„Ich bin bereit, in diesem Fall ein kleines bisschen für Sie zu flunkern, Mr. Kennedy." Becky zwinkerte ihm zu.

„Hey. Ich bin ein echter Kerl. Denkst du, diese popelige Achterbahn macht mir was aus?" Er nahm sie bei der Hand und sie stellten sich an dem Kassenhäuschen an.

Zehn Minuten später beugte er sich wie ein Häufchen Elend über die Brüstung des Killer Coaster und wurde den Hotdog los, den er kurz zuvor gegessen hatte.

„O Gott … wie kann so etwas nur legal sein", jammerte er.

„Hier, trink etwas Wasser, dann geht's dir besser", sagte Becky und reichte ihm einen Becher. Sie nahm seine zittrige, eiskalte Hand und führte ihn zu einer Bank, die in der Nähe des Killer Coaster stand, der bereits die nächsten Vergnügungssüchtigen in schwindelerregende Höhen brachte.

„Gott, ist mir schlecht", klagte Hunter. „Ich glaube, in meinem ganzen Leben war mir noch nicht so schlecht. Und ich hab schon so manchen Hangover zustande gebracht."

„Das geht vorbei." Becky lachte. Im Moment war wenig von dem toughen Geschäftsmann übrig, den Hunter für gewöhnlich darstellte, und sein Gejammere und Geklage machte ihn unglaublich sympathisch und … menschlich.

„Ich glaube, in meinem ganzen Leben war mir noch nicht so übel", jammerte er weiter.

„Ach, komm schon, atme erst mal tief durch, warte ein paar Minuten und schon geht es dir besser", sagte Becky mit verstellter, tiefer Stimme und wedelte mit der Plastikschildkröte vor Hunters Gesicht herum. Hunter lächelte matt. Er sah Becky an und realisierte einmal mehr, was sie für eine wunderhübsche Frau war. Ihr makelloses, hübsches Gesicht, die zart geschwungenen Lippen. Für einen Moment war ihm, als wären sie sich tatsächlich bereits einmal zuvor irgendwo begegnet, was absoluter Blödsinn war. Eine Frau wie Becky wäre ihm bestimmt aufgefallen. Und außerdem … hatte er einen guten Grund, Frauen wie Rebecca Kennedy für gewöhnlich aus dem Weg zu gehen. Am Ende des Tages waren sie sich wohl tatsächlich irgendwann einmal im Büro über den Weg gelaufen und er hatte sie aus dem Augenwinkel wahrgenommen.

„Geht's dir wirklich besser?", fragte Becky eine Weile später. Hunter hatte sich wieder aufgerafft und er sah tatsächlich besser aus. Die Farbe war zurück in sein Gesicht gekehrt, und er beklagte sich nicht in einem durch, dass ihm noch nie zuvor so derart schlecht gewesen war.

„Ja, ich bin wieder fit", bestätigte Hunter und legte seinen Arm freundschaftlich um Becky.

„Wirklich?"

„Wirklich. Obwohl mir etwas unwohl ist, dass du mich in einer derartig ungünstigen Situation gesehen hast."

„Ich bin Schlimmeres gewohnt als Männer, die sich nach einer Achterbahnfahrt übergeben." Becky lachte. „Willst du wirklich nicht noch einen Moment ausruhen?"

„Nein. Ich bin topfit. Außerdem haben wir noch etwas vor."

„Noch etwas? Wenn du jetzt einen Bungeesprung geplant hast, dann würde ich dir davon aber abraten", neckte Becky ihn.

„Ich verrate dir nicht, was es ist, aber so viel sei gesagt – es ist kein Bungeesprung." Sie waren bei dem Helikopter angekommen und Hunter half Becky wieder hinein.

„Also ... seltsam ist das ja schon", bemerkte sie, als der Heli abhob. „Dir wird in der Achterbahn übel, aber das hier macht dir nichts? So wie es hier ruckelt, ist es ja viel heftiger als der Killer Coaster."

„Ich bin mit dem Ding hier aufgewachsen", sagte Hunter. „Es ist für mich das Normalste der Welt, damit zu fliegen."

Diesmal waren sie nur kurz mit dem Helikopter unterwegs, und Rebecca hatte sich schon gedacht, was ihr nächster Programmpunkt war. Tatsächlich landeten sie auf dem Dach der Kennedy Corporation. Vor dem Gebäude wartete bereits eine

Limousine, die sie in den Central Park brachte, wo Hunter – wie in seiner Erzählung vom Vorabend – eine riesengroße Leinwand hatte aufstellen lassen, bei der in dem Moment, als sie ankamen, zusammengewürfelte Ausschnitte aus Pretty Woman liefen, die von dem Song „King of wishful thinking" untermalt wurden. Einige Passanten hatten es sich mit Decken und Picknickkörben vor der Leinwand gemütlich gemacht.

„So kurzfristig konnten meine Mitarbeiter keine Genehmigung mehr bekommen, um einen Bereich hier absperren zu lassen", sagte er. „Wir müssen uns das hier also mit anderen teilen." „Umso besser. Richtiges Kinofeeling", sagte Becky. Hunter hatte vor einem Arrangement haltgemacht, das ziemlich aufwändig vorbereitet worden war. Eine breite Picknickdecke deckte einen großen Bereich der Wiese ab. Überall gab es Kissen und eine weitere, flauschige Decke, in die sie sich einhüllen konnten, wenn ihnen kalt wurde. Außerdem waren Fackeln in die Erde gesteckt worden, die romantisches Feuer verströmten. Neben der Decke stand ein großer Picknickkorb sowie ein Flaschenkühler, aus dem eine Flasche Champagner ragte. Becky bekam eine Gänsehaut, als ihr bewusst wurde, dass Hunter das für sie getan hatte. Dass dieser großartige Mann, von dem sie von vornherein gewusst hatte, dass er etwas Besonderes sein musste, all das hier nur für sie hatte entstehen lassen.

„Ist alles in Ordnung?", fragte er leise, als er bemerkte, dass sie stutzte.

„Ja. Ich … ich habe mir nur gerade gedacht, so etwas Großartiges hat noch nie zuvor jemand für mich gemacht", sagte sie leise. Und es stimmte. Noch nie hatte sich ein Mann derart viel Mühe gegeben, um sie zu beeindrucken.

„Dann wird es aber Zeit", sagte Hunter. Er küsste Becky sanft auf die Stirn, setzte sich in die Mitte der Decke und reichte ihr die Hand, um sie zu sich zu ziehen. Becky genoss es, in Hunters Armen zu liegen und sie genoss den gesamten Abend. Bislang waren ihre Beziehungen immer sehr einseitig gewesen. Als sie mit Jon zusammen gewesen war, war sie immer diejenige gewesen, die sich darum gesorgt hatte, dass er sich wohl fühlte. Sie hatte ihm Geschenke gemacht und ihn mit romantischen Abenden überrascht. Von ihm war – bis auf einen halbherzigen Abend, an dem er ein paar Teelichter angezündet und etwas vom Chinesen geholt hatte – rein gar nichts gekommen. Lange Zeit hatte sie sich damit abgefunden, dass sie eben keine dieser süßen Frauen war, die man so gern hatte, dass man ihr einen schönen Abend arrangierte. Und jetzt, hier … traf es sie mitten ins Herz. Das alles hier war für sie. Und ein Mann wie Hunter Kennedy hatte es geschaffen.

In dem Picknickkorb, den Hunter hatte vorbereiten lassen, befand sich all das, was Becky gern aß. Und natürlich – standesgemäß und zum Film passend – eine Schale frischer Erdbeeren mit Schlagsahne.

„Woher wusstest du, was du in den Korb packen solltest?", fragte Becky. Hunter hatte sie gerade liebevoll mit einer Erdbeere gefüttert. Sie hatten sich in den letzten Tagen zwar ausgiebig kennengelernt, aber sie hatte nicht so genau darüber gesprochen, was Becky gerne aß und was nicht.

„Ich bin Hellseher. Und dein Verlobter. Ich weiß, was gut für dich ist." Becky strahlte ihn an.

„Okay. Und jetzt Klartext."

Er sah sie an. Einige Sekunden zu lang.

„Ich habe deine beste Freundin Hallie angerufen und sie gefragt, was du am liebsten magst."

„Du hast was?" Becky konnte es nicht glauben.

„Du hast sie in ihren Flitterwochen gestört."

„Sie hat nicht so geklungen, als wäre sie verärgert. Eine recht angenehme Person übrigens. Wir sollten sie ebenfalls zur leitenden Angestellten in der Firma machen, was meinst du? Und keine Sorge, für den Aufwand, zehn Minuten mit ihr zu telefonieren, habe ich ihr und ihrem Mann eine Paarmassage in ihrem Ressort spendiert. Und eine Flasche Dom Perignon, wenn sie zurück auf ihr Zimmer kommen."

„Du bist unglaublich", sagte Becky aufrichtig. Sie spürte, wie ihr Bauch warm wurde und dann zu kribbeln begann. Noch nie zuvor in ihrem Leben hatte sich jemand die Mühe gemacht, etwas so

Großartiges wie das hier auf die Beine zu stellen. Für sie allein. Sie hatte schon oft mitbekommen, wenn verliebte Romeos über sich hinauswuchsen, um ihrer Traumfrau ihre Liebe zu gestehen, aber für sie selbst hatte noch nie jemand etwas in diese Richtung getan. „Das ist doch alles ein unglaublicher Aufwand gewesen."

„So schlimm war es nicht", wiegelte Hunter ab. „Außerdem bist du eine Frau, die es wert ist, sich für sie ins Zeug zu legen."

Becky sah ihn an. „Findest du?" Sie war überfordert. Für gewöhnlich bekam sie solche Komplimente nicht von Angesicht zu Angesicht. Sicher, viele Kerle, die sie über Tinder kennenlernte, sagten ihr zunächst, dass sie toll, großartig und wunderbar war. Doch schon nachdem sie Sex mit ihr gehabt hatten, waren sie meist wie ausgewechselt und interessierten sich für all die anderen, tollen, großartigen und wunderbaren Tinderellas, die sich in der App herumtrieben und die Typen meist mit stark bearbeiteten Fotos auf sich aufmerksam machten.

„Wie könnte ich denn nicht?", fragte Hunter und klang aufrichtig. Er hatte bemerkt, dass etwas an der toughen, harten Becky, die Kerle nur so benutzte, wie es ihr passte, verletzlich und liebenswert war. Dass hinter der abweisenden, kalten Fassade, die nur auf Sex – auf richtig guten Sex – aus war und der es egal war, wenn er, nachdem er sie gevögelt hatte, das Zimmer verließ, eine Frau steckte, die man sehr einfach lieben konnte. Sie sah wunderschön aus, hier abends im Park, während das Licht der Leinwand ihr Gesicht beleuchtete. Er rückte ein Stück näher an sie heran. Ließ zu, dass sie einen kurzen, unscheinbaren Blick hinter seine Fassade warf, ohne es zu wissen. Legte den Hunter ab, den er sich in den vergangenen Jahren antrainiert hatte, und war für wenige Augenblicke wieder er selbst. Seine Hand glitt zu ihrem Gesicht. Hielt es fest. Er sah in ihre Augen, verlor sich darin. Spürte dieses Kribbeln in seiner Magengegend, gegen das er sich so lange verwehrt hatte. Alles um sie herum begann, stillzustehen. Und dann trafen sich ihre Lippen zu einem Kuss, der seinesgleichen suchte.

„Lass mich raten, jetzt gehen wir in eine brasilianische Bar zum Salsatanzen", sagte Becky, als Julia Roberts und Richard Gere in einem fulminanten Ende endlich zueinandergefunden hatten. Hunter hatte Beckys Hand genommen, und sie wirkten wie ein ganz normales Liebespärchen, als sie Hand in Hand durch den Park gingen.

„Ja. Mit einem kleinen Unterschied zu meiner Story. Ich hatte heute Morgen leider keine Zeit, von einer Niete zu einem Genie am Tanzparkett zu werden. Du musst also Verständnis für mich aufbringen. Und möglicherweise trete ich dir ein bisschen auf die Füße."

„Na, danke für die Vorwarnung." Becky lächelte. Sie war völlig geflasht von dem, was Hunter an diesem Tag für sie getan hatte. Und auch wenn sie versuchte, ihm zu widerstehen, war ihr klar, dass sie ihre Deckung nach diesem Tag auf jeden Fall aufgeben würde – egal, wie die Sache ausging. Aber … er selbst war doch auch so liebevoll zu ihr gewesen. Dieser Kuss vorhin hatte die Welt für einen Augenblick angehalten. War er wirklich so abgebrüht, dass das alles nur Show sein konnte? Und wieso machte er sich überhaupt die Mühe, all das für sie zu arrangieren?

Hand in Hand gingen sie die 72. Straße entlang, ohne ein Wort zu sagen. Es fühlte sich gut an. So richtig. Und es vermittelte beiden etwas, was sie seit langer Zeit nicht mehr gefühlt hatten – aus unterschiedlichen Gründen. Vor einer Bar namens Ipanema hielten sie an.

„Laut Yelp die beste Adresse, wenn es um Salsatanzen geht", sagte Hunter siegessicher. Er schmunzelte, dann hielt er Becky die Tür auf. Von drinnen kamen heiße, lateinamerikanische Rhythmen an ihre Ohren. Obwohl Becky zuvor etwas müde gewesen war, ließ sie sich von der Musik anstecken. Sie nahm Hunters Hand und zog ihn ins Innere. Obwohl sie und Hallie so ziemlich jeden guten Club der Stadt kannten, war das Ipanema bislang leider an ihnen vorbeigegangen. Drinnen tanzten vornehmlich lateinamerikanische Menschen zu der Musik, unterhielten sich an Tischen und an der Bar und tranken Corona und Cocktails.

„Komm schon, wollen wir tanzen?", fragte Becky. Sie bewegte sich bereits im Rhythmus der Musik.

„Ich weiß echt nicht, ob ich das kann, ich bin wirklich nicht der beste Salsatänzer der Welt", sagte Hunter und sah zweifelnd auf die Tanzfläche.

„Sicher kannst du. Komm schon."

„Ich … weiß wirklich nicht, Becky. Ich bin schrecklich im Salsatanzen."

„Ich auch, also komm schon", sagte sie und zog ihn auf die Tanzfläche. Wie auf Bestellung erklang ein neuer Titel, als die beiden sich unter die anderen Tanzenden mischten. Becky stellte sich dicht vor Hunter. Ihre Augen blitzten genauso wie seine, als sie einander ansahen. Selbst ein Blinder hätte die Chemie und das Knistern zwischen den beiden sehen können. „Also gut. Deine Hände müssen hier und hier her." Sie legte eine seiner Hände auf ihre Hüfte, die andere in ihre linke Hand. „Und dann nimmst du einen Schritt nach hinten und ich folge dir."

Hunter tat, wie ihm geheißen. „So etwa?"

„Ja, das ist großartig." Becky lächelte. Sie bewegten sich zur Musik und machten zaghafte Schritte, während die anderen auf der Tanzfläche voller Elan alles zeigten, was Salsa zu bieten hatte.

„Du machst das klasse", sagte Becky.

„Ich fühle mich auch gar nicht so unsicher dabei", gestand Hunter sich ein. „Darf ich etwas ausprobieren?"

„Klar doch."

Becky bemerkte, wie Hunters Griff sich verstärkte. Dann führte er sie in eine Salsa, die sie noch nicht einmal in der Tanzschule getanzt hatte. Er drehte sie über die Tanzfläche und vollführte Tanzfiguren, als hätte er Zeit seines Lebens nichts anderes getan, als Salsa zu tanzen. Becky hielt mit ihm mit.

„Du hast mich angelogen", stellte sie fest, als Hunter sie um sich selbst drehte.

„Ich sagte nur, dass ich nicht der beste Salsatänzer der Welt bin, und das ist absolut richtig. Ich bin mir sicher, irgendwo im tiefsten Lateinamerika gibt es einen, der gleich gut ist wie ich. Oder vielleicht sogar ein kleines bisschen besser." Er zwinkerte ihr zu.

„Du bist unglaublich", sagte Becky und strahlte ihn an. Sie mochte Hunter. Sie mochte ihn wirklich.

„DU bist unglaublich", sagte er und ging wieder in die Ausgangsposition zurück, um die Grundschritte in erstklassigem Tempo und sensationeller Ausführung mit ihr zu tanzen. Mittlerweile hatten sie auch die Aufmerksamkeit der anderen Gäste auf sich gezogen. Man hatte ihnen die Tanzfläche frei gemacht und an deren Rand standen die anderen und sahen ihnen begeistert zu. Noch nie in ihrem Leben hatte Becky einen so großartigen Abend verbracht.

Es war schon spät, als Becky und Hunter das Ipanema verließen. Sie hatten unendlich oft getanzt, Cocktails getrunken und so viel Spaß miteinander gehabt, wie Becky es sich niemals hätte träumen lassen. Zwischendrin hatten sie sich immer wieder geküsst und waren sich nahegekommen, Hunter hatte sie kaum aus den Augen gelassen und sie immer irgendwie berührt.

„Danke für den schönen Abend", sagte Becky. Die kühle Nachtluft fühlte sich gut auf ihrer Haut an.

„Der Abend ist noch nicht vorbei", antwortete Hunter vielsagend. „Was hältst du davon, wenn wir im Appartement schlafen, anstatt jetzt noch raus in die Hamptons zu fahren?"
„Eine gute Idee", sagte Becky. „Ich bin hundemüde." Becky war froh, nicht mehr zurück in die Hamptons fahren zu müssen. Hunters Appartement war fußläufig erreichbar und sie freute sich wirklich auf ihr Bett. Dabei hoffte sie inständig, dass Hunter diese Nacht nicht wieder mit einer weiteren Frau verbrachte. Am Ende hatte er sein Date vom Vormittag nur auf jetzt verlegt?

Nachdem sie eine Dusche genommen hatte, fühlte sie sich wie neu geboren. Sie konnte es nicht erwarten, Hallie von diesem grenzgenialen Tag zu erzählen, und überlegte, ob sie ihr eine kurze WhatsApp schicken sollte. Dann verwarf sie den Gedanken. Das, was ihr an diesem Tag passiert war, war so großartig, dass sie es ihr unbedingt persönlich – oder eben am Telefon – erzählen musste. Sie öffnete die Tür, die zu ihrem Schlafzimmer führte, und stutzte. Überall standen Kerzen, leise Musik von Michael Bublé kam aus den Lautsprechern. Becky erkannte „When I fall in love" und fragte sich, ob dieser Titel zufällig gerade lief oder ob Hunter ihr etwas damit sagen wollte.

„Hey, was ist das denn?", fragte sie lachend und sah sich um.

„Ich sagte doch, dass der Abend noch nicht vorbei ist", sagte Hunter. Er saß auf Beckys Bett, hatte sein Jackett ausgezogen, den obersten Knopf seines Hemdes geöffnet und die Ärmel bis auf halbe Höhe seiner Unterarme hochgezogen. Er hatte eine Rose in der Hand, die er ihr reichte. „Es war ein wunderschöner Tag und ein noch schönerer Abend heute mit dir, Rebecca." Er kam auf sie zu und reichte ihr die Rose. Dann nahm er ihre Hände, zog sie an sich heran und küsste sie. So innig und liebevoll wie zuvor im Park. Und in dieser Nacht blieb er bei ihr.

***

Der Morgen hatte gerade begonnen zu dämmern, als Hunter aufwachte. Im Zimmer war es noch dunkel, doch die Schwärze der Nacht hatte sich bereits in Dunkelgrau verwandelt und würde bald in helles Tageslicht aufbrechen. Für einen Moment wusste er nicht genau, wo er war, doch

dann erkannte er die Umrisse des Gästeschlaf-
zimmers seines Appartements am Park. Langsam
drang die Erinnerung an den vergangenen Tag,
den Abend und die Nacht in sein Gedächtnis. Er
hatte gegen sein oberstes Gebot verstoßen und
war über Nacht bei einer Frau geblieben. Er hatte
das Bett mit einer Frau geteilt. Er war bei Rebecca geblieben. Sie hatten miteinander geschlafen und danach hatten sie Netflix angemacht und
sich „Schlaflos in Seattle" angesehen. Hatten wie
jedes andere x-beliebige Paar auf der Welt neben-
einander im Bett gelegen, ihren Kopf an seiner
Brust, seinen Arm um ihren Rücken, und hatten
dabei zugesehen, wie Tom Hanks und Meg Ryan
sich ineinander verliebten. Irgendwann war
Becky an seiner Brust eingeschlafen, und er hatte,
nachdem der Film zu Ende war, kurz darüber
nachgedacht, das Schlafzimmer zu verlassen. Er
verbrachte niemals eine ganze Nacht im selben
Bett wie eine Frau. Er hatte zu Becky hinunterge-
sehen, die so wunderschön aussah und so fried-
lich, wie sie da lag und schlief. Sie löste etwas
Besonderes in ihm aus, das war ihm klar. Sie war
… so viel mehr, als jede andere es jemals gewesen war. Und ihm war klar, dass er sich auf waffeldünnes Eis begab, wenn er zuließ, dass sie ihm
so nahekam, wie sie ihm bereits war. Er konnte
… und durfte nicht zulassen, dass eine Frau …
Ihm war klar gewesen, dass er sie wecken würde,
wenn er versucht hätte, sich aus dem Zimmer zu
stehlen. Etwas in ihm war zwiegespalten. Auf der

einen Seite war ihm klar, dass er wegmusste. Er durfte die Nacht nicht bei Becky verbringen. Auf der anderen Seite fühlte es sich gut und richtig an. „Nur noch ein paar Minuten", hatte er gemurmelt, während er den Fernseher ausmachte, etwas nach unten gerutscht war und hatte Becky an sich gedrückt hatte. Kurz darauf war er eingeschlafen.

Es hatte sich gut angefühlt, neben Becky aufzuwachen. Alles an und mit ihr fühlte sich gut an. Und während er den ersten Sonnenstrahlen dabei zusah, wie sie über den Horizont kletterten und die Stadt in diffuses Morgenlicht tauchten, wurde ihm bewusst, dass er gerade dabei war, einen großen Fehler zu begehen. Er konnte … er durfte sich nicht auf Becky einlassen. Er durfte seine Prinzipien ihretwegen nicht über Bord werfen, denn er ahnte, was ihm blühte, wenn er jetzt weich wurde. Er entwand sich Beckys Armen und stand auf. Dabei war es ihm egal, ob er sie weckte, oder nicht. Ja, er brauchte sie, um die Firma zu bekommen, aber nicht zu jedem Preis. Er würde ihr klar machen müssen, dass das zwischen ihnen beiden eine rein geschäftliche Sache war – auch, wenn der vergangene Tag auf seinem Mist gewachsen war.

***

Als Becky etwas später aufwachte, war Hunter schon aus ihrem Bett verschwunden. Sie fand es schade, dass er nicht neben ihr gelegen hatte, als sie die Augen aufschlug. Zumal sie eine ganz besondere Methode kannte, ihren Liebsten aus dem Schlaf zu holen. Sie ließ den letzten Tag, den letzten Abend und die letzte Nacht Revue passieren und sie war sich sicher, dass das zwischen ihnen beiden mehr war, als nur ein vorübergehender Deal. Hunter war so liebevoll und so aufmerksam gewesen. Als sie zurück in das Appartement am Park gekehrt waren, hatte Becky fest damit gerechnet, dass er noch eine Frau empfangen würde. Bisher hatte er an jedem Abend Damenbesuch gehabt, und nachdem er schon sein Tagesdate mit einer ihretwegen abgesagt hatte, würde er sich den Abend bestimmt noch versüßen. Niemals würde sie den Moment vergessen, als sie aus dem Badezimmer gekommen war und er auf ihrem Bett gesessen hatte. Mit einer Rose in der Hand. In einem Raum voller Kerzenlicht.

Sie streckte sich durch, ging unter die Dusche, zog sich an und ging dann in die Küche. Lange nicht mehr hatte sie sich so lebendig und gut gefühlt wie an diesem Morgen. Hunter saß bereits beim Frühstück und hatte das Wallstreet Journal vor sich aufgeschlagen.

„Guten Morgen", sagte Becky, als sie auf ihn zukam. Sie beugte sich zu ihm hinunter und wollte ihm einen Kuss geben, einfach so, weil sie es in diesem Moment für richtig hielt, doch Hunter drückte sie weg. Sanft, aber bestimmt.

„Rebecca, wir müssen reden", sagte er und sah ihr in die Augen. Nichts Liebevolles, Herzliches, wie am Vortag, lag darin.

„Ähm … okay", sagte Becky, richtete sich verdutzt auf und nahm ihm gegenüber am Tisch Platz.

„Das, was gestern zwischen uns passiert ist, war eine einmalige Sache, ja", sagte Hunter bestimmt. Er wirkte eiskalt, fast abweisend. „Es war ein Fehler, dass wir uns so nahegekommen sind. Ich möchte, dass dir klar ist, dass das zwischen uns nicht mehr ist, als eine geschäftliche Vereinbarung. Und wenn ich deinen Blick darauf mit den Aktionen von gestern etwas verklärt habe, so tut mir das leid. Ich … habe mich zu etwas hinreißen lassen, was nicht in meinem Sinne war."

Becky sah ihn entrüstet an. Sie wollte ihn nach dem Warum fragen, wissen, wieso er am Vortag noch so liebevoll und zugänglich gewesen war und jetzt plötzlich völlig abblockte. Doch dann wurde ihr bewusst, dass Hunter – so großartig, so einzigartig und so anders er auch war, am Ende des Tages eben auch nur ein Mistkerl war, dem die Gefühle einer Frau nichts bedeuteten. Und … warum sollte sie sich darüber Gedanken machen? Es war ihr doch nicht neu, dass Männer so agierten und oftmals einen Schritt zu weit gingen um Dinge zu bekommen, die sie haben wollten. Sie hatte sich doch selbst dafür entschieden, nach demselben Motto zu leben und sich nicht mehr wirklich auf Männer einzulassen. Sie schluckte, dann straffte sie ihre Schultern und erwiderte seinen Blick.

„Klar, das verstehe ich. Lass uns den gestrigen Tag aus dem Gedächtnis streichen und da weitermachen, wo wir vor gestern Früh aufgehört hatten."

DREI WOCHEN SPÄTER

dreizehn

Drei Wochen später hatte Rebecca sich in ihr neues Leben sichtlich eingefügt. Die Begegnung zwischen ihren und Hunters Eltern in den Hamptons war erstklassig verlaufen, und Beckys Mutter hatte ihr erzählt, dass sie seither alle drei Tage einmal mit Karen Kennedy telefonierte und die beiden sich bereits rege über die bevorstehende Hochzeit austauschten. Jedes Mal, wenn die Hochzeit ins Spiel kam, befiel Becky ein mulmiges Gefühl. Sie hatte Hunter in den letzten Wochen wirklich liebgewonnen und wollte gar nicht daran denken, wie sehr es sie aus der Bahn werfen würde, wenn diese „Verlobung" schließlich aufgelöst wurde. An jenem Abend, in dem er über Nacht bei ihr geblieben war, hatte sie einen Blick hinter seine Fassade erhaschen dürfen. Und einen Mann kennengelernt, der so anders war, als jener, der ihr jetzt jeden Morgen am Frühstückstisch gegenübersaß. Seit dieser Nacht hatten sie keine weitere mehr gemeinsam verbracht und auch die zarten Bande, die zwischen ihnen entstanden waren, hatten sich gelöst. Sie beide kamen zwar erstklassig miteinander aus und sie waren auch auf einer Wellenlänge, doch sie waren sich nie mehr so nahegekommen, wie an jenem Tag und in jener Nacht.

Louise hatte ihrer Tochter zwischenzeitlich auch hin und wieder Links zu irgendwelchen Brautmode-Läden geschickt, von denen sie dachte, dass Becky in Sachen Hochzeitskleid fündig werden würde. Außerdem lag sie ihr ständig damit in den Ohren, bald einmal einen Termin vor Ort zu vereinbaren, da es oft lange dauerte, ein passendes Kleid zu finden und es ihr so auf den Leib zu schneidern, dass es aussah, wie angegossen. Becky machte sich gar nicht erst die Mühe, ihrer Mutter zu erklären, dass eine Frau, die einen Kennedy heiratete, ein Kleid auf den Leib geschneidert bekam und sich nicht eines von der Stange würde kaufen müssen. Im Büro lief es ebenso gut. Becky und Hallie würden in wenigen Tagen das neu renovierte Büro auf derselben Etage beziehen, auf der sich auch Hunters Büro befand, und Becky sollte mit Beginn des nächsten Jahres in den Vorstand als Juniorpartnerin berufen werden – so weit würde es aber bestimmt nicht mehr kommen, immerhin konnte sie sich nicht vorstellen, dass sie und Hunter ihre Scheinverlobung wirklich noch über ein halbes Jahr aufrechterhalten würden.

Becky und Hunter bewohnten immer noch das Appartement am Central Park, hatten regelmäßig großartigen Sex und schliefen immer noch

214

in getrennten Zimmern. Hunter datete immer
noch verschiedene Frauen, war aber mit der Zeit
dazu übergegangen, diese nicht mehr im Appartement direkt zu empfangen. Ihr war aufgefallen,
dass Hunter in den Nächten, in denen sie miteinander schliefen, kein so früher Vogel war wie in
jenen, wenn er allein schlief. Manche Abende
verbrachten sie wie jedes x-beliebige Paar vor
dem Fernseher, gingen zum Essen aus und unterhielten sich über Gott und und die Welt. Es war
schon merkwürdig. Ab und zu schien es, als wäre
Hunter zwei Personen in einem Körper. Manchmal war er der perfekte Gentleman. Ein Traummann, wie man ihn sich nicht anders hätte wünschen können. Er kochte für Becky und sie sahen
sich gemeinsam einen Film an. Dabei zog er sie
zu sich in seine Arme, strich sanft über ihre Haut
und schaffte es, ihr ein Gefühl der Geborgenheit
zu vermitteln, wie es bislang kein anderer Mann
vermocht hatte. Und dann gab es Momente, in
denen er so unnahbar und kalt wirkte, dass Becky
sich tatsächlich oft fragte, wie es nur möglich
war, dass diese beiden Männer sich einen einzigen Körper teilten. Und erst recht, was diesen
liebevollen, sanftmütigen und großartigen Mann
zu einem solchen Eisblock hatte werden lassen.

***

An diesem Tag war Becky ganz besonders
aufgeregt. Sie und Hallie hatten sich für den

Abend verabredet und wollten wieder einmal eine richtige Mädelssause veranstalten. Die beiden Frauen hatten sich in dem Haus verabredet, das sie früher gemeinsam bewohnt hatten und in das Becky wieder ziehen würde, sobald diese Sache mit Hunter ausgestanden war. Während Hallie und Chris in ihren Flitterwochen gewesen waren, hatten sie und Becky zwar fast jeden Tag miteinander telefoniert, doch Becky freute sich wie eine Schneekönigin, ihre beste Freundin endlich wiederzusehen. Seit Hallie und Chris aus ihrem Honeymoon zurückgekehrt waren, hatten sie sich zwar im Büro gesehen und waren auch einmal Essen gewesen, doch es war nicht mehr dasselbe, nicht mehr mit der besten Freundin unter einem Dach zu leben. Sich nicht mehr jeden Tag mit der besten Freundin zu jeder beliebigen Zeit austauschen zu können, Hallies Rat einholen zu können, wenn es nötig war, fehlte Rebecca. Doch an diesem Abend würde es werden wie früher. Die Frauen hatten beschlossen, einen richtigen Mädelsabend zu machen, Pizza zu bestellen, ein paar Flaschen Wein zu leeren und ganz spät ins Bett zu gehen. Nachdem Chris ohnehin Nachtdienst hatte, konnten sie sich ausgiebig Zeit für sich nehmen.

„Meine Güte, du siehst ja großartig aus. Die Ehe bekommt dir." Becky lachte, als Hallie durch die Eingangstür kam. Sie war vollbepackt mit Tüten, die sie in dem Augenblick zu Boden gleiten ließ, als sie über die Schwelle trat. Dann fielen sich die beiden in die Arme, als hätten sie sich ein Jahr nicht gesehen.

„Danke. Man sollte den Journalisten von Frauenmagazinen nahelegen, dass es nicht diverse Faltencremes und Treatments sind, die einen strahlen lassen, sondern der richtige Mann an der Seite. Großer Gott, Becky, ich hätte nie gedacht, dass es so toll ist, die ganze Zeit über nur mit einem Mann zusammen zu sein", sagte Hallie und drückte ihre beste Freundin an sich. Dann sah sie sie an. „Du siehst aber auch großartig aus." Ihr Blick glitt zu Beckys linkem Ringfinger, wo der Verlobungsring von Hunters Mutter saß. „Ich denke, diese ‚Verlobung' bekommt dir genauso gut wie mir die Ehe."

„Mit dem kleinen Unterschied, dass meine Verlobung absolut gefakt ist", sagte Becky.

„Dann erzähl mal, wie es bisher zwischen euch läuft, diese Geschichte ist doch unglaublich", sagte Hallie.

„Kannst du wohl sagen." Becky zwinkerte ihr zu.

„Und er hat immer noch keine Ahnung, dass du diejenige bist, die er bereits vor einiger Zeit auf Tinder kennengelernt hat?" Hallie sah ihre beste Freundin an. Natürlich war der Umstand, dass Hunter und Becky sich bereits vor einem Jahr „begegnet" waren, Thema Nummer eins. Becky hatte Hallie alles erzählt. Angefangen bei der Nacht im Astoria, über ihr Zusammentreffen in der Firma, Hunters Angebot bis hin zu dem großartigen Dates, die er für sie arrangiert hatte – und dem Tag darauf, als er völlig abgeblockt hatte und ihr gesagt hatte, dass so etwas nie mehr wieder vorkommen dürfe.

„Ich glaube kaum", sagte Becky, als sie Hallie die gesamte Geschichte erzählt hatte. „Zumindest hat er mich noch nicht darauf angesprochen, also denke ich, er ahnt nichts. Hin und wieder sieht er mich zwar so an, wenn er denkt, ich bemerke es nicht, aber … Nein, ich glaube nicht, dass er etwas ahnt. Vielleicht auch besser so", meinte Becky und nahm sich noch ein Stück Salamipizza.

„Meinst du? Immerhin ist damals doch rein gar nichts zwischen euch gelaufen."

„Ich weiß. Aber vielleicht fände er es komisch. Und jetzt ist es ohnehin egal. Es ist für unsere Story so oder so nicht relevant."

„Es wäre aber spannend, zu erfahren, wie er reagiert, wenn du ihm die Wahrheit sagst."

„Ich denke, er wäre sauer", sinnierte Becky. „Hunter ist ein Mann, der es nicht duldet, angelogen zu werden. Würde ich ihm jetzt sagen, dass wir uns eigentlich schon vor unserem Zusammentreffen ‚gekannt' haben, wäre er stinksauer. Ich denke, es würde schlimm werden. Und ehrlich gesagt möchte ich die Zeit, die wir gemeinsam haben, nicht so enden lassen."

„Ich erinnere mich noch an diesen Abend damals", sagte Hallie und dachte an jenen denkwürdigen Abend zurück, an dem sie und Becky viel zu viel getrunken und ihre Erinnerungen an Chris und Hunter verbrannt hatten. Damals waren unglaubliche Mengen an Alkohol geflossen, die Rebecca zum Teil die Zunge gelockert hatten. Hallie war immer der Meinung gewesen, dass Becky die „Härtere" der beiden gewesen war. Darum war es bei Hallie und Chris auch verhältnismäßig schnell gegangen, dass sie sich ineinander verliebt hatten. Aber damals, an diesem Abend, da hatte Becky doch ganz genau gesagt, dass sie sich gewünscht hätte, mit Hunter auch so etwas haben zu können, wie Becky und Chris es hatten. Daran erinnerte Hallie sich trotz der zahlreichen Cocktails, die sie intus gehabt hatte. Sie fragte sich, ob ihre beste Freundin vielleicht dieselbe Chance hatte, ihr großes Glück zu finden, wie sie – Hallie – es damals gehabt hatte.

„An welchen Abend?", fragte Becky, aber Hallie war sich sicher, dass sie genau wusste, welchen sie meinte.

„Den, als wir die Sachen von Chris und Hunter verbrannt haben. Weißt du nicht mehr?"
„Klar. Diesen Hangover am nächsten Tag werde ich nie mehr im Leben vergessen." Becky lachte.

„Damals meintest du, du hättest dir gewünscht, dass du und Hunter das haben könntet, was Chris und ich haben."

„Habe ich das? Daran erinnere ich mich nicht mehr. Es ist damals ja wirklich eine ordentliche Menge Alkohol geflossen. Und ich habe nur so dahergeredet. Ich meine, mir war ja von vornherein klar, dass weder Hunter noch ich etwas Festes suchen. Das war eine ganz andere Ausgangslage. Und so ist es noch heute. Wenn diese ‚Verlobung‘ ausgestanden ist, kehre ich wieder in mein altes Leben zurück und werde da weitermachen, wo ich vor dem Ganzen aufgehört habe.“ Hallie war sich nicht sicher, ob Becky sich wirklich nicht daran erinnerte oder das Ganze nur überspielte. Aber damals war ihr schon bewusst gewesen, dass dieser Hunter etwas in ihrer besten Freundin ausgelöst haben musste. Allein die Tatsache, dass sie einem Mann so hinterherhing. Ihm so viele Chancen gab und sich immer wieder von ihm an der Nase herumführen ließ, ohne einen endgültigen Schlussstrich zu ziehen.

„Meinst du nicht, dass es ein Wink des Schicksals ist, dass Hunter wieder in deinem Leben aufgetaucht ist? Und … dass ihr diese Geschichte miteinander habt?“, fragte Hallie.

„Und meinst du nicht, dass du etwas weichgespült klingst?“ Becky lachte. „Was ist mit der toughen Frau passiert, die die Kerle reihenweise gedatet und in die Tonne getreten hat? Die hätte doch niemals was von Schicksal geplappert.“ Becky trank etwas Wein.

„Ich meine ja nur. Die Sache mit Chris damals … mittlerweile bin ich der Ansicht, dass der

Schmerz, den wir bisweilen ertragen müssen – im Hinblick auf die Sache mit Tom damals bei mir und den anderen Kerlen –, vielleicht seinen Sinn hat. Vielleicht sind das alles Meilensteine auf dem Weg dahin, wo wir hingehören. Und vielleicht solltest du mit Hunter ein ernstes Wort reden. Ich meine, ihr beide … selbst ein Blinder sieht, dass das zwischen euch beiden läuft. Ihr passt super zusammen und ihr seid absolut auf einer Wellenlänge. Seine Eltern lieben dich und deine sind ganz verrückt nach ihm. Wenn er dir wichtig ist, Becky, dann sag ihm das. Lass dir diese Chance auf ihn nicht entgehen. Ich möchte nicht, dass du endest wie eine verbitterte, alte Frau, die vergangenen Chancen hinterherweint." Rebecca sah ihre beste Freundin an. „Jetzt hör aber auf. Du klingst ja wie eine Figur aus einem Roman von Nicholas Sparks."

„So schlimm?" Hallie lachte.

„Schlimmer", bestätigte Becky und prostete ihr mit ihrem Glas zu. Doch insgeheim gab sie ihrer besten Freundin recht.

In dieser Nacht gelang es Becky nicht, einzuschlafen. Sie wusste nicht, ob es daran lag, dass sie sich in den vergangenen Wochen daran gewöhnt hatte, in dem Appartement am Central Park zu schlafen, oder ob es die Dinge waren, über die sie und Hallie vor dem Schlafengehen gesprochen hatten, die ihr die Nachtruhe raubten.

Doch sie warf sich von einer Seite auf die nächste, war hellwach und konnte kein Auge zutun. Was, wenn Hallie recht hatte? Was, wenn diese Sache zwischen Hunter und ihr eine Art … Chance war für sie beide? Eine Chance, die sie nutzen mussten. Was, wenn sie sich in Jahrzehnten fragte, was geschehen wäre, wäre sie jetzt über ihren Schatten gesprungen? In den letzten Wochen hatten sie und Hunter festgestellt, dass sie ausgezeichnet miteinander harmonierten. Sie hatten denselben Humor, sie sahen viele Dinge ähnlich und … der Sex war von Mal zu Mal besser geworden. Im Büro hatten sie denselben Stil zu arbeiten, und sie hatten sogar dieselben Gewohnheiten, was das Aufstehen und das Zu-Bett-Gehen betraf. Sie waren auf einer Wellenlänge. Und in einer anderen Welt wären sie vermutlich längst schon ein richtiges Paar geworden. Becky überlegte. Hatte Hunter irgendwelche Andeutungen in diese Richtung gemacht? Hatte sie Dinge vielleicht missinterpretiert? Etwas übersehen? War er vielleicht doch für mehr an ihr interessiert als nur für dieses Arrangement? Nein. An jenem Morgen nach ihrem Date-Tag hatte er ihr noch klipp und klar gesagt, dass das zwischen ihnen beiden nicht funktionieren würde. Dass das eben einfach nur ein Deal sei und dass sie sie das ganze nüchtern betrachten musste. Und dennoch … Sie waren sich so nah. Becky glaubte, damals, an jenem Morgen etwas in Hunter erkannt zu haben, das ihn stutzen ließ. Vielleicht nur für einen kurzen

Augenblick. Für ein Flackern der Zeit. Aber …
sie war sich sicher, dass er das, was er ihr an jenem Morgen gesagt hatte, nicht aus vollster
Überzeugung gesagt hatte. Er hatte es ihr vielleicht gesagt, weil er der Ansicht war, dass er ihr
es sagen musste. Etwas in ihm hatte ihn womög-
lich dazu verleitet, sie abzublocken. Aber sie war
sich sicher, dass es da etwas hinter seiner Fassade
gab, das genauso gerne wie sie selbst herausfinden würde, wo das mit ihnen beiden hinführen
konnte.

Einige Zeit später saß Becky aufrecht in ihrem Bett. Sie hatte das Licht angemacht und war
hellwach. Sie ließ die Beziehung zwischen sich
und Hunter stetig Revue passieren, erinnerte sich
an gemeinsame Moment und versuchte, in Hunters verhalten zu lesen. Und eigentlich lag es auf
der Hand, dass sie beide zusammengehörten. Das
hier war vielleicht genau die Chance, auf die sie
ihr ganzes Leben lang gewartet hatte. Dieselbe
Chance, die Hallie und Chris damals gehabt hatten – und die sie nutzten. Jetzt war es an der Zeit
für Becky. Und Hunter.

Im Nachhinein wusste Becky nicht mehr, was
tatsächlich der Auslöser dafür gewesen war, was
sie als Nächstes tat. Aber etwas in ihr sagte ihr,
dass sie sofort nach Manhattan zu Hunter musste.
Nie im Leben hätte sie es sich wohl eingestanden,
doch insgeheim war ihr bewusst, dass sie sich bis

über beide Ohren in ihn verliebt hatte. Sie wollte
diese Sache jetzt bereinigen und klare Tatsachen
auf den Tisch legen. Sie wollte eine Zukunft mit
Hunter. Ihm sagen, dass sie die Frau an seiner
Seite sein wollte. Immer noch. Und nach allem,
was passiert war. Sie wollte einmal im Leben ein
Mädchen sein können. Wollte das Harte, das
Toughe ablegen. Wollte sich selbst eine Chance
geben, glücklich zu werden.

vierzehn

Es war bereits nach Mitternacht, als Becky das Foyer des Appartementhauskomplexes betrat, in dem sie seit einigen Wochen gemeinsam mit Hunter lebte. Der Platz des Nachtportiers war unbesetzt, was bedeutete, dass der Mann wohl gerade seine Runde drehte oder sich einen Mitternachtsimbiss bei dem Hotdogstand an der Ecke holte. Hunter und Becky hatten ihn schon mehrfach dabei ertappt, wie er sich mit vier, fünf Hotdogs eindeckte und die beiden schelmisch bat, ja seiner Frau nichts zu erzählen, weil die ihn auf Diät gesetzt hatte. Rebecca fuhr mit dem Lift nach oben ins Penthouse. Ein unsagbares Kribbeln hatte sich in ihrem Bauch ausgebreitet. Sie hatte keine Ahnung, wie sie mit Hunter über das, was gerade in ihr vorging, sprechen sollte, aber sie wusste, dass sie einfach zu ihm musste. Sie wollte bei ihm sein. Für länger als nur um der Welt kurz seine Verlobte vorzuspielen. Sie wollte ihm offenbaren, was sie für ihn empfand, und sie wollte wissen, ob es den klitzekleinen Hauch einer Chance für sie beide gab. Bevor sie gegangen war, hatte sie Hallie eine Nachricht auf dem Küchentisch hinterlassen, wie sie es früher oft getan hatte, wenn sie morgens zeitig wegmusste und ihrer besten Freundin noch etwas zu sagen hatte. Hallie fand es bestimmt auch großartig, dass Becky sich dazu durchgerungen hatte, etwas für ihr persönliches Glück zu tun.

Sie betrat die Eingangshalle des Appartements, das in den letzten Wochen fast so etwas wie ihr Zuhause geworden war, und stellte ihre Handtasche an der Garderobe ab. Kurz überlegte sie, ob sie in ihr Zimmer gehen und Hunter erst am nächsten Morgen überraschen sollte. Immerhin war es nach Mitternacht und Hunter würde längst schlafen. Doch ihr Herz sagte ihr, dass sie jetzt sofort zu ihm ins Bett kriechen sollte. Becky schlüpfte aus ihren Jeans und ihrem Shirt. Sie öffnete den Pferdeschwanz, den sie sich gemacht hatte, als sie auf dem Weg hierher gewesen war, und ihre lange, dunkle Mähne fiel ihre Schultern hinab. Sie würde Hunter auf ihre ganz spezielle Art und Weise wecken. Würde zu ihm unter die Decke krabbeln, sie würden miteinander schlafen, und diesmal würde sie keine Anstalten machen, sie danach zu verabschieden. Sie würde austesten, was wohl passierte, wenn sie sich an seine Brust schmiegte. Ob er es zuließ, dass sie bei ihm, in seinem Schlafzimmer, schlief. Und sie würde herausfinden, ob es eine Chance auf mehr für sie beide gab. Sie würde grundehrlich mit ihm sein. Würde von ihren Gefühlen erzählen und davon, dass sie sich eine Zeit ohne ihn nicht mehr vorstellen konnte und wollte. Und sie hatte das Gefühl, dass Hunter die Angelegenheit ziemlich ähnlich sah.

Das Appartement lag im Dunkeln, und Becky gab sich Mühe, nur ja ganz leise zu sein, als sie das Wohnzimmer durchquerte und Hunters Schlafzimmer betrat. Sein Schlafzimmer war etwas Besonderes. Es war durch und durch verglast und zog sich über die gesamte Länge des Gebäudes. An einem Ende war der Schlafbereich eingerichtet worden – ein übergroßes Boxspringbett. Becky hatte sich oft gefragt, wie sensationell es sein musste, hier morgens von der Sonne geweckt zu werden und einen erstklassigen Blick über Manhattan zu haben. Am anderen Ende des Raumes stand eine Badewanne frei im Zimmer. Becky hatte noch nie bemerkt, dass Hunter sie benutzt hatte, aber auch sie versprach einen großartigen Blick über die Stadt. Leise schob Rebecca die Tür zum Schlafzimmer auf. Es war ganz still und ruhig. Auf leisen Sohlen tappte sie nach links auf das Bett zu. Hunter lag darin. Die Decke hatte er bis zu den Hüften hinabgeschoben. Sein Haar war zerzaust und sein Oberkörper sah sensationell aus. Er war ein so wunderschöner Mann. Becky betrachtete ihn, und ihr wurde klar, dass sie sich längst in ihn verliebt hatte. In alles an ihm. Sie überlegte, was sie als Nächstes tun sollte. Sollte sie einfach unter die Decke klettern? Sich an ihn schmiegen? Sollte sie … ihn auf ganz besondere Art und Weise wecken, indem sie ihn mit einem

Blowjob aus dem Schlaf holte? Oder sollte sie neben seinem Gesicht auf die Knie gehen und ihn wachküssen? Ihr Blick fiel auf den digitalen Wecker neben seinem Bett, auf dem 2.45 Uhr als Weckzeit einprogrammiert war. Warum wollte Hunter in Gottes Namen zu einer so unchristlichen Zeit aufstehen? Noch bevor Becky sich darüber weiter Gedanken machen konnte, regte sich etwas neben Hunter und sie blickte nach links. Es traf sie wie der Schlag, als sie bemerkte, dass Hunter nicht allein war. Eine Frau – eine Blondine – von vielleicht zweiundzwanzig Jahren, lag splitternackt in seinem Bett. Beckys Augen weiteten sich, als sie den makellosen Körper neben Hunter liegen sah. Eigentlich hatte Rebecca von sich immer gedacht, dass sie eine ziemlich gut aussehende Frau war. Doch gegen das Mädchen, das neben Hunter lag und jetzt einen Arm auf seine Brust platziert hatte, wirkte sie wie die Schwester vom Ding aus dem Sumpf. Das Mädchen war schlank und durchtrainiert, ihre Brüste waren gerichtet und … Warum verteilte der liebe Gott volles Haar so unfair? Das Mädchen lag inmitten einer blonden Haarpracht und hatte makellose Gesichtszüge. Um perfekt auszusehen, brauchte diese Frau kein bisschen Make up. Sie sah sogar makellos aus, wo sie noch nicht einmal zurechtgemacht war. Rebecca wurde schlecht. Es fühlte sich wie eine harte Ohrfeige an, als ihr bewusst wurde, was sie gerade im Begriff gewesen war, zu tun. Sie musste hier raus. Sofort. Hunter durfte niemals wissen, dass sie hier gewesen war. Und sie selbst würde sich über so einiges klar werden müssen. Würde herausfinden müssen, ob sie es überhaupt noch schaffte, weiterhin die Rolle von Hunters Verlobter zu spielen, nachdem die Dinge jetzt ganz anders lagen. Vielleicht war es gut, wenn sie ein paar Tage zurück in ihr Haus zog. Oder … übers Wochenende irgendwohin fuhr. Vielleicht mit Hallie? Oder doch lieber allein, um in Ruhe nachdenken zu können. Ihr Herz war gebrochen. Das spürte sie. Und jetzt fiel ihr auch wieder ein, warum sie festen Beziehungen bisher immer aus dem Weg gegangen war. Es war viel einfacher, Männer nur für ein paar Stunden zu daten und sie dann für immer aus dem Leben zu verbannen, als ihr Herz an sie zu binden und so verletzlich zu werden, wie Rebecca es im Augenblick war. Und jetzt hatte sie den Fehler begangen, ihre eigenen Prinzipien zu untergraben.

Langsam bewegte sie sich rückwärts. Sie musste achtgeben, nur ja keinen Lärm zu machen. Sie würde zurück nach Hause fahren, die Nachricht an Hallie vernichten und damit klarkommen müssen, dass sie einen groben Fehler begangen hatte. Wie gut, dass sie Hunter nichts gesagt hatte. Sie hätte sich bis auf die Knochen blamiert, hätte sie Hunter ihre Liebe gestanden. Im Beisein dieses jungen Mädchens. Oh Gott, recht viel schlimmer hätte es nicht mehr kommen können, oder? Sie würde hinausgehen, sich wieder anziehen, zurück nach Hause fahren und sich erst einmal ein großes Glas Whiskey eingießen.

Sie hatte es fast geschafft. Sie war an der Tür angekommen und wollte sie leise aufschieben, als sie auf etwas Rutschiges trat, das Gleichgewicht verlor und nach vorn fiel. Sie hatte das Seidenkleidchen gar nicht gesehen, das Hunters Gespielin wohl achtlos auf den Boden geworfen hatte. Oder … hatte er es ihr in einem Leidenschaftsanflug vom Körper gerissen? Mit dem Kopf prallte sie gegen das Glas, was nicht nur einen ohrenbetäubenden Knall verursachte, sondern ihr auch einen Schmerz durch Mark und Bein jagte. In den nächsten Sekunden war alles still, und Becky dachte schon, sie hätte Glück gehabt und Hunter sowie seine Gespielin hätten trotz des Lärms nichts mitbekommen. Doch im nächsten Moment erhellte sich der Raum. Hunter saß im Bett und war gerade dabei, seine Boxershorts anzuziehen. Das Mädchen hielt sich panisch und ängstlich die Decke vor ihren Körper. Hunters Miene entspannte sich, als er Becky auf dem Boden liegen sah.

„Becky? Scheiße, was ist los? Was machst du hier, ich dachte, du wolltest bei dir zu Hause schlafen und mit Hallie feiern?"

Becky versuchte, all ihre Emotionen zurückzuhalten. Sie wollte ihm augenzwinkernd erzählen, dass sie sich wohl in der Tür geirrt hatte, und dann auf ihr Zimmer gehen. Oder nach Hause.

Doch sie war nicht mehr Herrin ihrer Sinne. Das alles hier war doch scheiße. Sie hatte versucht, auf ihr Herz zu hören und Hunter von ihren Gefühlen zu erzählen. Und das Erste, was der tat, war, eine andere mitzubringen, sobald Becky auch nur eine Nacht weg war. Aber jetzt hatte sie dafür genau die Antwort, auf die sie aus gewesen war. Hunter hatte nicht dasselbe Interesse an ihr wie sie an ihm. Das war es doch gewesen, was sie wollte, oder? Klarheit.

„Wer ist diese Frau, Andy?", fragte das Mädchen. Sie hatte eine fürchterliche, laute Quietschestimme, wie Becky am Rande wahrnahm. Natürlich. Er hatte wieder die Masche mit Andrew Lincoln abgezogen, und so wie dieses junge Ding aussah, hatte sie bestimmt nicht mitbekommen, dass es sich dabei um einen erdachten Namen handelte.

„Ich bin seine Verlobte, Schätzchen. Und jetzt sieh zu, dass du deinen Hintern aus dem Bett schwingst und verschwindest."

„Aber, Andy, du sagtest doch, du hättest keine Freundin."

Fuchsteufelswild sah Hunter Becky an. „Ich ruf dich morgen an, Baby, ja? Schreib mir deine Nummer auf. Ich kläre das hier, und ich bestelle dir ein Taxi, das dich nach Hause bringt." Dann wandte er sich an Becky. „Und du zieh dir etwas an. Wir haben zu reden."

***

„Verdammte Scheiße noch mal, Becky, was sollte das eben? Ich dachte, diese Sache hätten wir durch?"

Becky saß auf der Couch im Wohnzimmer und Hunter lief fuchsteufelswild vor ihr auf und ab wie ein Tiger im Käfig.

„Ich bin nur eine Nacht weg und du nimmst dir ein Mädchen mit hier hoch?", fragte Becky. Sie klang nicht sauer oder entrüstet. Viel mehr resigniert.

„Ja und?" Hunter hörte sich im Gegensatz zu ihr jedoch sehr aufgebracht an. „Es ist mein gutes Recht. Das ist mein Appartement. Ich bin dir keinerlei Rechenschaft schuldig, Schätzchen. Ich bin ein freier Mann, und ich vögle, wen ich will, wann ich will. Echt, Rebecca, ich war der Ansicht, dass du eine echt coole Frau bist. Von dir hätte ich so eine Scheißaktion am allerwenigsten erwartet." Becky sah Hunter an. „Ja, es war wirklich eine Scheißaktion, dir sagen zu wollen, dass ich mehr für dich empfinde. Und dass ich mich wohl in dich verliebt habe", platzte Becky heraus. Sie war an einem Punkt angelangt, an dem es ihr egal war, ob Hunter von ihren Gefühlen wusste oder nicht. Und an dem sie diesen Moment als ihre letzte Chance überhaupt ansah.

„Was meinst du damit?", fragte er. Er hatte innegehalten und sah sie fast panisch an. So, als habe sie ihm gesagt, dass sie ihn noch in derselben Nacht mitsamt seinem Lügenmärchen auffliegen lassen würde.

„Ich glaube ... ich ... Da ist mehr als nur ein freundschaftliches Gefühl", sagte Becky. Sie hasste das hilflose Gefühl, das sich in ihr ausgebreitet hatte. Das Wissen, dass sie Hunter völlig ausgeliefert war und keine Möglichkeit hatte, seine Meinung irgendwie zu beeinflussen. Und sie hasste es, dass sie diesen Seelenstrip jetzt überhaupt vor ihm gemacht hatte. Einmal hatte sie tun wollen, was sie für richtig hielt. Und dann endete es in einem Fiasko. Sie hätte sich darüber klar sein müssen, dass es in ihrem Fall egal war, dass sie sich optisch verändert hatte und ein paar Jahre ins Land gezogen waren. Sie war immer schon so eine Art Unglücksrabe gewesen, in jeder Hinsicht. Alles, was sie hatte und was sie war, hatte sie sich bisher hart erarbeiten müssen. Egal, ob das ihren Job betraf, ihr Gewicht oder ihr Aussehen. Während anderen Menschen Dinge förmlich nur so zufielen, war sie es, die für jeden noch so kleinen Schritt hart arbeiten und kämpfen musste. Hatte sie wirklich gedacht, jemand wie sie hatte auch nur den Funken einer Chance bei einem Mann wie Hunter Kennedy? Einem Milliardär, der so gut aussah, dass er gut und gerne als Model hätte arbeiten können? Der nur mit dem Finger schnippen musste und jede Frau auf dieser Welt für sich interessieren konnte? Dessen Wesen und Ausstrahlung so unglaublich vereinnahmend waren. Hatte sie wirklich geglaubt, ein Mann wie Hunter würde all seine Möglichkeiten da draußen aufgeben, um gemeinsam mit ihr eine Beziehung zu führen? Hatte sie wirklich geglaubt, Hunter würde sie heiraten und sie würden glücklich bis ans Ende ihrer Tage leben? Sie? Und Hunter Kennedy? Erst jetzt wurde ihr bewusst, wie lachhaft dieser Gedanke war. Sie war eben keine Frau, in die man sich verliebte. Das hatte sie in früheren Jahren oft genug gesagt bekommen. Ihr fehlte vermutlich dieses eine Gen, das Männer verliebt machte. Andere hatten es. Rebecca wohl nicht. Und für eine ganze Weile war das auch völlig in Ordnung, nein, sogar perfekt gewesen. Bei den Kerlen, die sie gedatet hatte, hatte sich die Frage nach mehr von vornherein überhaupt nicht gestellt. Man hatte sich getroffen, miteinander geschlafen, und es war immer Rebecca gewesen, die danach die Reißleine gezogen hatte. Sie hatte die Tatsache, dass jemand sie hätte verletzen können, gut umgangen. Bis jetzt.

„Was?", fragte Hunter. Er sah sie an und wirkte offenbar tatsächlich überrascht, dass Rebecca mehr in ihm sehen konnte als nur einen Bekannten, mit dem sie ab und zu Sex hatte.

„Ich … ich glaube, dass da mehr ist. Ich weiß, dass da mehr ist. Ich habe es von Anfang an gewusst."

Hunter fixierte sie. „Da ist mehr? Und das hast du von Anfang an gewusst? Und aus diesem Grund bist du nach unserer ersten Nacht auch noch vor Sonnenaufgang verschwunden und hast mir einen falschen Namen aufgetischt?"

Rebecca sah Hunter an. Jetzt war es an der Zeit, die Karten offen auf den Tisch zu legen. Alle Karten. „Ich spreche von davor. Wir kennen uns schon länger als seit Hallies Hochzeit."

„Wie bitte?"

Rebecca haderte mit sich. Eigentlich hatte sie Hunter die Sache mit Tinder vom letzten Jahr verschweigen wollen, doch mittlerweile waren sie an einem Punkt angelangt, an dem das alles nicht mehr von Bedeutung war.

„Wir sind uns vergangenes Jahr online begegnet. Über Tinder. Wir hatten Kontakt, dann wieder nicht, dann wieder schon. Einmal hast du mich nach Philadelphia bestellt und mich im Hotel versetzt. Du sagtest mir damals, du wärst gar nicht in der Stadt und wolltest nur sehen, ob du mich so weit bekommst, dass ich nach Philly reise. Und davor hatten wir auch schon Kontakt. Du hast mich mehrmals gematcht, wieder gelöscht, wieder gematcht und wieder gelöscht, bis ich dich nach dem Vorfall mit Philadelphia endgültig blockiert habe." Sie sah ihn an. Jetzt hatte es offenbar klick gemacht.

„Was?", fragte er nur perplex.

„Ich bin Carlie, 33, aus Manhattan. Wir haben ein paarmal telefoniert damals. Als wir uns bei der Hochzeit wieder begegnet sind, war ich überrascht, dass du dich nicht an mich erinnern konntest, aber … ich bin jemand, der den meisten nicht im Gedächtnis bleibt."

„Du hast die ganze Zeit über gewusst, dass wir vor einem Jahr bereits Kontakt hatten, und hast mir nichts davon gesagt?", fragte Hunter. Er klang vorwurfsvoll. Fast so, als habe Becky einen Fehler begangen. „Du hast mich die ganze Zeit über angelogen. Nein, mehr noch, du hast die Situation für dich ausgenutzt. Du wolltest am längeren Hebel sein, daher bist du an jenem Morgen auch so früh verschwunden. Damit du am Ende doch noch am längeren Ast sitzt, was? Herrgott, wie durchtrieben kannst du überhaupt sein?"

„Ich habe überlegt, es dir zu sagen, doch bei der Hochzeit war ich so von der Rolle, dass du mir doch noch ins Netz gehst, dass ich es nicht angesprochen habe. Ich dachte sowieso, wir sehen uns nie wieder. Und die Dinge lagen damals anders."

„Aber dann hast du doch eingewilligt, meine Verlobte zu spielen, in mein Appartement zu ziehen und dir ein tolles Leben zu machen, aber auf dieses kleine, wichtige Detail ‚vergessen', was?"

Becky riss die Augen auf. Das hier lief in eine völlig falsche Richtung. In eine Richtung, die sie von vornherein hatte vermeiden wollen. Sie hatte nie darum gebeten, dass er ihr dieses „schöne Leben" ermöglichte. Ganz im Gegenteil, sie hatte sich immer gewehrt und Dinge abgelehnt, die er ihr schenken wollte.

„Hunter, ich wollte ehrlich zu dir sein. Ich hatte vor …“

„Ach, komm schon, du wolltest mich auflaufen lassen. Wolltest dich an mir rächen, weil ich dich damals versetzt habe. Ich hätte dich echt anders eingeschätzt, Rebecca, weißt du? Und wo wir gerade dabei sind: Lügner und Betrüger haben in meinem Leben nichts verloren. Mit solchen Menschen umgebe ich mich nicht.“

Becky sah ihn an. Hörte er überhaupt, was er da sagte? Er wollte sich nicht mit Lügnern und Betrügern umgeben, dabei war er selbst nicht gerade die Ehrlichkeit in Person.

„Hunter, ich …“, begann Becky. Sie wusste nicht, was mit ihr los war. Normalerweise hätte sie in der Sekunde, in der er sie als Lügnerin bezichtigte, ihre Sachen gepackt und wäre für immer aus seinem Leben verschwunden. Doch jetzt hatte sie irgendwie das Gefühl, die Sache geradebiegen zu müssen. Das hier konnte nicht das Ende sein. Wäre sie doch nur nicht mitten in der Nacht zu ihm aufgebrochen. Hätte sie bis morgen gewartet. Dann wäre die kleine Blonde längst verschwunden gewesen und sie hätte die Sache völlig anders angehen können. Und selbst, wenn er kein Interesse an ihr gehabt hätte, so würde er ihr jetzt nicht so hart das Herz brechen. Vermutlich hätten sie gemütlich gefrühstückt und Becky wäre die Sache ganz anders angegangen. Hätte ihm davon erzählt, dass er ihr mittlerweile sehr wichtig geworden war – und zu einem großen Teil ihres Lebens. Die Sache hätte in eine völlig andere Richtung laufen können. Sie versuchte, sich irgendwie zu erklären, holte Luft, doch Hunter fiel ihr sofort ins Wort.

„Tut mir leid, Becky, aber das wars. Ich kann nicht riskieren, mit jemandem wie dir Zeit zu verbringen. Du bist zu sehr in mein Leben wie auch in die Geschäfte eingebunden. Das alles ist ein zu großes Risiko." Mit hartem Blick sah er sie an und Rebecca bemerkte, dass ihr Herz in genau diesem Moment brach. Noch dazu befürchtete sie, dass sie jetzt Schuld war, wenn die Mitarbeiter der Firma ihre Jobs verloren.

„Lass uns darüber reden. Lass uns zumindest unseren Deal noch gemeinsam zu Ende bringen. Wir können nicht zulassen, dass die Firma in fremde Hände gerät."

„Unser Deal ist geplatzt. Geh jetzt. Ich werde dir die Sachen, die du noch hier hast, morgen per Boten schicken lassen. Wobei … viel wird das nicht sein, das meiste habe ohnehin ich bezahlt."

Becky stand unter Schock. So wie er jetzt mit ihr sprach, und das Bild, das er jetzt von ihr hatte, davor hatte sie immer Angst gehabt. „Aber … Hunter, lass mich erst erklären …"

„Es gibt's nichts mehr zu erklären."
Resigniert stand Rebecca auf und ging wie in Trance auf die Tür zu.

„Ach und übrigens …"
Sie drehte sich um. Hunter sah ihr mit kaltem Blick tief in die Augen.

238

„Du bist gefeuert."

fünfzehn

Als Rebecca am nächsten Morgen aus einem traumlosen Schlaf erwachte, wusste sie gar nicht, wie glücklich sie sich für die ersten Sekunden des Tages schätzen konnte, in denen sie sich an nichts erinnerte. Diese Glückseligkeit war jedoch bereits nach zwei Sekunden vorbei. Mit voller Wucht brachen die Ereignisse der vergangenen Nacht über sie herein. Hunter hatte nicht nur ihre Scheinverlobung gelöst, sondern sie auch noch gefeuert, nachdem sie ihn zuerst mit einer anderen im Bett erwischt und ihm dann gebeichtet hatte, dass sie sich nicht erst an dem Abend von Hallies Hochzeit kennengelernt hatten. Wäre Becky in diesem Moment fähig gewesen, logisch zu denken, so hätte sie bestimmt bemerkt, wie Hunter sie manipuliert hatte. Er hatte es so aussehen lassen, als wäre sie der Buh-Mann. Dabei war – wenn überhaupt einer von beiden – er derjenige gewesen, der sich nicht ganz korrekt verhalten hatte. Ja, Rebecca hatte keine Exklusivrechte auf Hunter Kennedy gehabt, aber er hätte zumindest ansatzweise anders reagieren können, als sie ihm davon erzählt hatte, dass sie ernsthaftere Gefühle für ihn hegte. Er hatte ihre Situation ausgenutzt und sie für sich eingenommen. Jetzt war genau das passiert, was sie immer hatte vermeiden wollen: Sie hatte ihr Herz jemandem geöffnet und war verletzbar geworden. Sie hatte schon fast vergessen, wie es sich anfühlte, verletzt zu werden. Und jetzt wusste sie auch wieder, warum sie sich seinerzeit bewusst dafür entschieden hatte, Gefühle außen vor zu lassen. Dieses niederschmetternde Gefühl der Ohnmacht, das einen mit in den Abgrund riss, hatte sie von vornherein vermeiden wollen. Und jetzt … war ihr nicht nur das passiert, sie war zu allem Überfluss auch noch gefeuert worden.

Becky hatte keine Ahnung, ob Hallie morgens schon aus dem Haus gegangen war. Sie hatten am Vorabend nicht darüber gesprochen, ob sie noch gemeinsam frühstücken wollten oder ob Chris sie direkt nach seinem Nachtdienst von hier abholte. Wäre es nach Becky gegangen, wäre es ihr am liebsten gewesen, sie hätte das Haus für sich allein gehabt. Sie wusste nicht, ob sie schon in der Lage war, nüchtern über das zu sprechen, was ihr vor ein paar Stunden passiert war – aber … wer wäre das schon gewesen. Sie raffte sich auf, öffnete die Gardinen in ihrem Schlafzimmer und ging ins Bad. Es war seltsam, plötzlich wieder hier zu sein, und sie musste sich eingestehen, dass sie sich tatsächlich bereits an das Leben mit Hunter gewöhnt hatte, doch sie war niemand, der den Kopf hängen ließ. Sie war ein böses Mädchen.

Und dennoch war es schwer, Hunter gehen zu lassen. Sich emotional von ihm zu verabschieden und zu wissen, dass es kein Zurück mehr gibt. Diesen Traum, den sie die letzten Wochen über gelebt hatte, platzen zu lassen.

Hallie war schon weg, als Becky langsam hinunterging und um die Ecke linste, um zu prüfen, ob jemand in der Küche saß. Sie hatte eine Jogginghose und einen übergroßen Sweater angezogen und ihre Haare zu einem unordentlichen Pferdeschwanz zusammengebunden. Sie machte sich eine Tasse Kaffee und setzte sich damit hinaus in den Garten. Es war fast Herbst geworden und die Sonne hatte keine so starke Strahlkraft mehr wie noch vor ein paar Wochen, doch hier draußen, wo sie direkt in der Sonne saß, ließ es sich aushalten. Es war still um sie herum, und es hatte den Anschein, als wüsste auch ihre Umwelt, dass sich etwas verändert hatte. Der Himmel leuchtete in einem anderen Blau, und der Hund der Nachbarin bellte nicht, so wie er es für gewöhnlich tat. Es schien so, als habe sich alles irgendwie völlig verändert. Für Rebecca fühlte es sich an, als wäre die Welt stehen geblieben. Erst jetzt wurde ihr bewusst, wie sehr sie sich auf Hunter und auf das erfundene Leben mit ihm eingelassen hatte. Auch wenn sie sich immer wieder gesagt hatte, dass sie sich nicht zu sehr in alles hineinsteigern durfte, so hatte sie am Ende gar keine Wahl gehabt. Sie hatte ein Leben gelebt, das sie gerne gelebt hatte und das ihr gefallen hatte. Und jetzt … hatte sich das alles in Luft aufgelöst.

Rebecca bemerkte gar nicht, wie eine Weile später die Tür geöffnet wurde und Hallie hereinkam. Sie war schon in aller Frühe aufgestanden und zum Bäcker am Ende des Blocks gelaufen, um frische Brötchen und Muffins zu holen. Erst als ihre beste Freundin direkt neben ihr auftauchte, bemerkte Rebecca sie.

„Hey, was ist denn mit dir los? Alles in Ordnung?" Hallie bemerkte sofort, dass etwas mit Rebecca nicht stimmte.

„O scheiße, Becky, das tut mir so leid. Aber er kann dich doch nicht einfach so feuern, oder? Immerhin warst du doch schon fast im Vorstand", fragte Hallie, nachdem Rebecca ihr erzählt hatte, was in der vergangenen Nacht passiert war. „Ich fühle mich mit Schuld", sagte Hallie betreten. „Immerhin habe ich die ganze Zeit über auf dich eingeredet, dass du versuchen sollst, deinem Herzen zu folgen. Und ich habe dir diesen Floh ins Ohr gesetzt von wegen, du hättest damals behauptet, dass du das, was ich mit Chris habe, gern mit Hunter gehabt hättest."
Rebecca sah ihre beste Freundin an. „Ich glaube, ich hab das auch so gemeint damals. Und jetzt habe ich genau das getan, was ich selbst immer versucht habe, zu vermeiden. Ich habe mich je-

mandem angebiedert und aufgedrängt. Habe reagiert wie diese peinlichen Schnepfen, die selbst nach nach einer direkten Abfuhr immer noch nicht wissen, was Sache ist. Weißt du, am meisten ärgert mich, dass ich meinen Prinzipien untreu geworden bin", sagte sie. „Ich hätte niemals mitten in der Nacht zu Hunter fahren und ihm gestehen sollen, dass ich ihn mag. Das war … das Blödeste, was ich habe machen können."

Hallie lächelte. „Auch wenn es dir jetzt wehtut, so zeigt es, dass du nicht ganz so kalt bist, wie du immer geglaubt hast."

„Großartig. In ein paar Stunden wird das ganze Land davon erfahren, dass ich mich von einem der begehrtesten Junggesellen des Landes getrennt habe, weil ich irgendwelchen Mist gebaut habe."

„Wie meinst du das?"

„Na, glaubst du wirklich, dass diese Trennung unkommentiert bleibt? Hunter wird die Gunst der Stunde nutzen und irgendeine richtig fiese Story auftischen. Meine Mutter wird fürchterlich enttäuscht von mir sein. Und dann … wer, denkst du wohl, stellt mich ein, wenn ich die untugendhafte Exverlobte von Hunter Kennedy bin. Hunters Familie hat ihre Finger irgendwie überall und keiner will es sich mit denen verscherzen. Vermutlich werde ich unter der Brücke leben und keinen Fuß mehr in irgendeine Tür bekommen."

„Denkst du wirklich, Hunter würde dir das antun?"

„Er hat mich gefeuert. Und er hat mich so weit manipuliert, dass ich für eine Weile wirklich gedacht habe, es wäre meine Schuld, was da gestern Abend vorgefallen ist. Ich meine, weißt du, ich habe nur versucht, ihm von meinen Gefühlen zu erzählen. Und er stellt mich hin, als wäre ich eine verlogene Schnepfe, die man sofort rauswirft. Wie widerlich kann man eigentlich noch sein?"

„Hey, vielleicht wird es gar nicht so schlimm", sagte Hallie und versuchte, zuversichtlich zu klingen. „Schon vergessen? Nichts wird so heiß gegessen, wie es gekocht wird. Ich bin mir sicher, die Sache wird halb so schlimm werden."

Es wurde schlimmer, als Hallie einige Stunden zuvor noch gehofft hatte. Und eigentlich wurde es schlimmer, als Rebecca sich jemals hatte träumen lassen. Nachdem Hunter die Verlobung „gelöst" hatte, hatte sie erst einmal gar nichts von irgendjemandem gehört. Für einige Augenblicke hatte es für Becky den Anschein gehabt, als wäre das, was vergangene Nacht geschehen war, gar nicht wirklich passiert. Hallie hatte sich vor zwei Stunden von Rebecca verabschiedet – nicht, ohne fünfmal nachzufragen, ob es für Becky wirklich in Ordnung war, wenn sie jetzt ging. Nachdem Hallie gegangen war, hatte Becky Zeit, erst einmal ihre Gedanken zu ordnen. Sie hatte einen Fehler gemacht. Sie hatte sich zu etwas hinreißen lassen, was sie niemals hätte tun sollen. Und genau das war das Problem mit der Liebe. Sie veranlasste Menschen dazu, nicht mehr sie selbst zu sein. Als kurz nach sechs Uhr abends Beckys Handy klingelte und einen Anruf ihrer Mutter vermeldete, wusste sie, dass die Lawine nun losgetreten worden sein musste. Für einen Moment war Rebecca versucht, gar nicht erst abzuheben, doch sie wusste, dass sie das Unvermeidbare damit nur aufschieben würde.

„Hallo, Mum", sagte sie schließlich.

„Rebecca? Ich habe es soeben von Karen gehört. Großer Gott, was hast du dir dabei nur gedacht? Das wirst du nicht mehr wieder geradebiegen können."

„Was?"

„Ich weiß, was du getan hast, Rebecca. Alle wissen es. Und was hat dich dabei geritten? Hunter ist ein Volltreffer. Hast du tatsächlich geglaubt, du findest einen Besseren als ihn?"

„Ich …", begann Becky und wusste nicht, wie sie reagieren sollte. Offenbar hatte Hunter sie bereits ans Messer geliefert.

„Dir ist doch klar, dass diese Sache in den Medien breitgetreten werden wird, oder? Ich weiß nicht, was ich mit dir machen soll, Rebecca. Ich war so stolz auf dich, als du mir Hunter vorgestellt hast. Du hast etwas erreicht, wovon vermutlich jede Frau auf dieser Welt träumt. Und dann … schaffst du es nicht einmal einen Monat lang, die Verlobung aufrechtzuerhalten, weil du dich

246

auf Singleplattformen herumtreiben musst und andere Männer datest. Und sogar mit ihnen ins Bett gehst? Ich bin so enttäuscht, Becky. Ich bin so unsagbar enttäuscht."

Beckys Herz blieb stehen. Das also war Hunters Geschichte. Er hatte Beckys Beichte für seine Zwecke verarbeitet. Er hatte ihr den Schwarzen Peter untergejubelt, indem er sie bezichtigte, fremdgegangen zu sein. Mit dieser Geschichte ging er natürlich auf Nummer sicher, in jeder Beziehung. Er war der liebevolle, treusorgende Verlobte, der sich auf seine Hochzeit freute, und sie war das Miststück, das ihm fremdging. Ihn traf an der Trennung keinerlei Schuld. Niemand konnte ihm einen Strick aus dieser Trennung drehen, weil er ja überhaupt nichts falsch gemacht hatte. Er war der Gehörnte. Er war derjenige, der einer verlogenen Schlampe aufgesessen war, die den Hals nicht hatte vollkriegen können und ihn betrügen musste.

„Mum, ich ... Es ist nicht so, wie du denkst", sagte Becky kraftlos. Sie wusste, dass sie im Moment keine Chance hatte, ihrer Mutter ihre Sichtweise der Dinge zu erklären.

„Wie ist es denn dann? Hast du dich oder hast du dich nicht auf irgendeiner Singleplattform angemeldet und dort mit fremden Männern geflirtet?"

Becky seufzte. Hunter hatte seine Hausaufgaben gemacht. Irgendwie hatte er es bestimmt ge-

schafft, an ihren aktuellen Tinderaccount zu
kommen. Und bestimmt existierten nicht nur jede
Menge Screenshots ihres Profils, sondern auch
welche von den Kerlen, mit denen sie in den letzten Wochen Kontakt gehabt hatte. Nicht, dass das
besonders viele gewesen waren. In den letzten
vierzehn Tagen hatte sie überhaupt kein einziges
Mal auf Tinder nachgesehen, doch es gab diesen
Account zweifellos. Und es gab Matches und
Chats. Mit Männern, zu denen sie Kontakt gehabt
hatte, als ihre erfundene Beziehung zu Hunter
längst gelaufen war.

„Mum, ich …"

„Ich bin so unendlich enttäuscht von dir, Rebecca", sagte Louise und klang verbittert. „Ich
werde eine Weile brauchen, bis ich diesen Schock
verarbeitet habe."

„Schon klar, Mum." Becky legte auf. Während sie mit ihrer Mutter telefoniert hatte, hatte
sie sieben WhatsApp-Nachrichten bekommen.
Ebenso wie drei Anrufe, von denen sie nicht
wusste, wer sie zu erreichen versucht hatte. Sie
hörte ihre Mailbox ab und jemand namens
Kendra vom Sparkle-Magazine war dran. Kendra
sagte, sie habe soeben gehört, dass Becky und
Hunter getrennt waren, und sie würde gerne
Beckys Sichtweise auf die Dinge hören. Sie wolle
ein Interview mit ihr führen und stehe ihr unter
der Nummer 555 – 3987 jederzeit für einen Rück-
ruf zur Verfügung. Becky löschte die Nachricht.
Sie hatte keine große Lust, noch breitere Wellen

zu schlagen, als es ohnehin schon der Fall war. Die WhatsApp-Nachrichten kamen von Hallie, von Lisa aus dem Büro und von einigen Kerlen, die sie irgendwann einmal kennengelernt hatte. Die Kerle meinten, jetzt, wo sie wieder Single wäre, sollte sie sich doch melden, um ein paar nette Stunden miteinander zu verbringen. Einer schrieb, ob sie denn einiges an Kohle hatte auf die Seite schaffen können – und dass sie jetzt bestimmt ein guter Fang wäre. Lisa konnte gar nicht glauben, was sie gerade in den Nachrichten sah, und Hallie riet ihr, die Nachrichten vorerst nicht anzusehen. Sie sagte außerdem, sie sei immer für Becky da, egal zu welcher Tages- und Nachtzeit. Dann schaltete Becky ihr Handy aus und machte den Fehler, den Fernseher anzuschalten.

***

„… so ist es für jede normalsterbliche Frau auf diesem Planeten wohl undenkbar, zu handeln, wie Rebecca Sterling gehandelt hat. Einen Mann wie Hunter Kennedy zieht man nur einmal im Leben an Land. Nun, die Frauenwelt wird es freuen. Hunter Kennedy ist wieder auf dem Markt." Es folgte eine Überblende zur Moderatorin, die ihren Senf natürlich auch noch zu der ganzen Sache abgeben musste.

„Mir ist das unbegreiflich. Da ist diese Frau mit einem der tollsten Männer unter der Sonne verlobt und kann die Finger nicht von anderen lassen. ‚Die Katze lässt das mausen nicht‘ kann man da nur sagen, oder?", sagte die stark geschminkte Frau Ende vierzig in die Kamera.

„Die Sache ist gelaufen", sagte Charles Kennedy. Die gesamte Familie hatte den Beitrag angesehen, der heute Vormittag von der Pressestelle der Kennedy Corporation freigegeben und bald landesweit gesendet und in sämtlichen Magazinen abgedruckt werden würde.

„Ja, es sieht so aus, als wäre es gelaufen." Jetzt war es also wirklich vorbei. Hunter hatte sich oft gefragt, wie er es enden lassen würde, und er hatte sich schwer damit getan, ein geeignetes Szenario zu erdenken. Er hatte gedacht, wenn es dann so weit war, würde er versuchen, Rebecca möglichst glimpflich davonkommen zu lassen. Sie hätten die Sache etwas in die Länge ziehen können, sich „inoffiziell" trennen und dann irgendwann behaupten, sie hätten sich auseinandergelebt. Oder … Becky hätte ihm den Kinderwunsch nicht erfüllen wollen. Irgendetwas, was nicht allzu schlimm für sie war. Das war ihm jetzt nicht gelungen. Aber … was hatte sie sich dabei gedacht, einfach so bei ihm aufzukreuzen und sein Date rauszuwerfen? Das war etwas, was er sich nicht bieten lassen konnte.
„Es tut mir sehr leid für dich, Sohn, dass du diese

Erfahrung machen musstest", sagte Charles. Er klopfte Hunter freundschaftlich auf die Schulter.

„Ich werde darüber hinwegkommen, Dad. Es tut MIR nur so leid, dass ich dir nicht beweisen konnte, dass ich verantwortungsvoll genug bin, um die Firma zu übernehmen."

„Diese Geschichte hat absolut nichts mit der Übernahme der Firma zu tun", sagte Charles. „Du kannst nichts dafür, dass dieses … Flittchen … versucht hat, an unser Vermögen zu kommen. Es ist wirklich widerlich, wie weit diese Frauen heutzutage gehen. Nichts scheint ihnen heilig zu sein. Langsam kann ich sogar verstehen, dass du dich nicht binden wolltest, wenn immer im Raum steht, ob die Frau dich deinetwegen oder wegen deinem Geld mag. Hat sie denn tatsächlich gedacht, sie würde so weitermachen können? Dich heiraten und sich durch die Gegend vögeln? Ich fasse es nicht. Dabei hat sie so harmlos und nett gewirkt. Verschlagenes Miststück."

Hunter sah seinen Vater fast schockiert hat. Der hatte eine feste Meinung über Rebecca. Es gab ihm einen kurzen Stich. Eigentlich hatte Becky überhaupt nichts falsch gemacht. Bis auf die Tatsache, dass sie sich wohl in ihn verliebt hatte. Aber sie hatte von vornherein gewusst, wie diese Sache ausgehen würde. Und sie hatte auch gewusst, dass sie nicht für immer ein Paar sein würden. Dass sie niemals wirklich ein Paar gewesen waren. Okay, er hatte vielleicht nicht gerade die feine englische Art angewendet, um sich von ihr zu trennen, aber eine Trennung war eben nie sauber. Hätte er am Ende sagen sollen, sie hätten sich auseinandergelebt? Nach ein paar Wochen? Ja, es tat ihm leid um Becky, aber hier ging es ums Geschäft. Und er war ziemlich aufgebracht gewesen, als sie plötzlich mitten in der Nacht mitten in seinem Schlafzimmer gestanden hatte und seine Eroberung des Abends verscheucht hatte. Und dann noch diese Frechheit, dass sie die ganze Zeit über gewusst hatte, dass sie beide so etwas wie eine „gemeinsame Vergangenheit" gehabt hatten. Was erlaubte sie sich eigentlich? Was hatte sie sich dabei gedacht? Und dann auch noch einen auf gefühlsduselig machen und herumlabern, sie würde mehr für ihn empfinden. Er hatte ihr von vornherein gesagt, dass „mehr" nicht drin war. Bei einem Mann wie ihm gab es kein „mehr".

VIER WOCHEN SPÄTER

sechzehn

„Es tut uns leid, Ihnen keine bessere Mittei-
lung machen zu können, wir sind uns aber sicher,
dass Sie mit Ihren Qualifikationen schnell eine
Position finden werden, die Ihnen entspricht."
Becky warf die Absage auf den Haufen, den sie
vor sich auf dem Esstisch gebildet hatte. Es war
die siebte an diesem Tag und vermutlich die tau-
sendste in den letzten Wochen. Sie wusste gar
nicht mehr, für wie viele Stellen sie sich schon
beworben hatte. Nicht nur in ihrem Berufsbe-
reich, sondern auch als Assistentin, Rezeptionistin, als Schreibkraft hatte sie sich beworben, doch
sie war überall abgelehnt worden. Sie hatte schon
befürchtet, dass es nicht einfach werden würde,
einen Job zu finden, nachdem sie jetzt zur Per-
sona non grata abgestuft worden war. Die Frau,
die Hunter Kennedy betrogen hatte. Zum einen
hatten die Kennedys in zahlreichen Unternehmen
ihre Finger. Und zum anderen war sie praktisch
bei jeder weiblichen HR-Person sowie bei jeder
schwulen HR-Person von vornherein unten durch.
Immerhin hatte sie den tollsten Mann der Welt
betrogen und ihn um sein Geld bringen wollen.

Am besten wäre es, sie auf den Mond zu schießen.

Und tatsächlich dachte Becky darüber nach. Nicht, sich auf den Mond schießen zu lassen. Aber darüber, New York zu verlassen. Sie hatte glücklicherweise einiges an Geld angespart, während sie für die Kennedy Corporation gearbeitet hatte. Doch das Leben in Manhattan war generell nicht gerade günstig, die Miete für das Haus verschlang so einiges, und es kam nichts nach für das, was sie im Monat so ausgab. Und so wie es aussah, würde sie in nächster Zeit auch keinen Job finden, mit dem sie sich halbwegs über Wasser halten konnte. Sie hatte bereits mit ihrer Mutter darüber gesprochen, die ihr natürlich zugesichert hatte, dass sie jederzeit wieder für eine Weile bei ihren Eltern unterkommen konnte. Das war zwar nicht die Lösung, die Becky sich wünschte, aber es war die einzige Lösung, die ihr im Augenblick blieb. Auf ihrem Konto befand sich noch genau die Summe, die sie benötigte, um ein Flugticket nach Hause kaufen zu können. Es würde ihr nichts anderes übrig bleiben, als das Haus hier aufzugeben und ihre Brücken in New York abzubrechen. So weh ihr das auch tat. Becky seufzte. Hätte sie sich doch damals bloß nicht auf diesen idiotischen Deal mit Hunter eingelassen. Sie hätte wissen müssen, dass sie diejenige war, die dabei den Kürzeren zog. Und ganz nebenbei war sie jetzt möglicherweise Schuld, wenn die Firma doch verkauft wurde. Was sie sich allerdings nicht vorstellen konnte. Wenn es wirklich darum gegangen war, dass Hunter die Firma nur dann bekam, wenn er sesshaft war, dann würde Charles sie ihm jetzt bestimmt überschreiben. Immerhin hatte Hunter ja nichts getan und Rebecca war der Buh-Mann. Sie hatte nichts besseres zu tun gehabt, als sich in fremden Betten zu wälzen, während sie mit Hunter verlobt war. Sie wünschte, sie hätte damals etwas mehr Egoismus in sich gehabt. Sie war von vorn herein nicht von der ganzen Sache überzeugt gewesen. Und sie war immer mit ihrem Leben zufrieden gewesen. Jetzt hatte sie nicht nur ihr Herz gebrochen bekommen und ihren Job verloren, nein, sie hatte ihre gesamte Existenz in den Boden gestampft. Weil sie ein einziges Mal in ihrem Leben so naiv gewesen war, zu glauben, dass das Schicksal doch auf ihrer Seite war. Weil sie ein Mal in ihrem Leben ihre Deckung aufgegeben hatte und geglaubt hatte, dass es auch für sie ein Happy End gab. Es würde ihr das Herz brechen, alles, was ihr wichtig war, hier zurückzulassen. Sie liebte Manhattan. Ihre Freunde waren hier, die Stadt war ihr Lebensmittelpunkt. Aber wenn die Stadt beschlossen hatte, sie abzustoßen, dann blieb ihr nichts anderes übrig. Ihr Handy klingelte und im ersten Moment keimte Hoffnung in ihr auf. Vielleicht war das jetzt der heiß ersehnte Anruf. Jemand, der ihr sagte, er würde sie einstellen. Wenn auch nur als Schreibkraft in einer kleinen Kanzlei oder als Buchhalterin in einer Non-Profit-Organisation. Hoffnungsvoll blickte sie auf ihr Handy, doch es war kein potenzieller neuer Arbeitgeber, sondern ihre Mutter.

„Hallo, Mum", sagte sie und versuchte, nicht allzu resigniert zu klingen.

„Becky, wie geht es dir?", fragte Louise. Sie hatte verarbeitet, dass ihre Tochter den großartigen Hunter Kennedy „betrogen" hatte. Dass ihr jetzt der Boden unter den Füßen weggezogen wurde, war in Louises Sicht schon Strafe genug für ihre Tochter.

„Es geht."

„Gibt's was Neues mit den Jobs?"

„Nein. Bloß eine Menge Absagen."

„Das tut mir sehr leid, Becky. Aber dafür habe ich eine gute Nachricht für dich. Ich habe heute Morgen Shirley Whinkles beim Einkaufen getroffen. Sie sagte mir, dass Elaine Cuthbert nächsten Monat in Rente geht und das Postamt nun händeringend nach jemandem sucht, der ihren Platz einnimmt. Es ist kein besonders aufregender Job, und vermutlich ist er nicht so gut bezahlt wie der, den du in New York hattest, aber Shirley hat mir versprochen, dich reinzubringen, wenn du möchtest."

Becky wurde schwer ums Herz. Damals war sie genau aus diesem Grund aus Wisconsin weggegangen. Sie wollte kein langweiliges Leben in einem langweiligen Job in einer langweiligen Kleinstadt führen. Sie wollte in die Welt hinaus, sich verwirklichen. Und das war jetzt daraus geworden. Sie war eine billige Schlampe in den Dreißigern, die allein dastand und auf die Hilfe ihrer Mami angewiesen war.

„Klingt gut", sagte sie trotzdem.

„Das heißt, du nimmst die Stelle an? Soll ich mit Shirley sprechen, damit sie sie dir freihalten?"

Becky dachte an ihr Bankkonto. Sie würde es hier vielleicht noch zwei, drei Wochen in Manhattan durchhalten. Dann konnte sie weder die Miete noch den Strom noch andere Fixkosten bezahlen, geschweige denn, sich ernähren. Dieser Job beim Postamt in Flint City, der Kleinstadt, aus der sie stammte, war ihre einzige Chance. Sie seufzte und wünschte sich einmal mehr, dass sie bei Hallies Hochzeit einfach nicht an die Bar gegangen wäre. Sie hätte sich mit den anderen Gästen unterhalten können. Oder sich die neuesten Eroberungen von Agatha Jones auf ihren Seniorentinder angucken. Sie hätte sich mit Champagner volllaufen lassen können und nichts wäre passiert. Sie hätte Hunter nicht kennengelernt, hätte nicht mit ihm geschlafen und sich nicht auf seine saublöde Schnapsidee eingelassen, seine Verlobte zu spielen. Sie hätte sich nicht in ihn verliebt, ihm nicht von ihren Gefühlen erzählt und alles wäre beim Alten geblieben.

„Ja, ich nehme die Stelle an", sagte Becky schweren Herzens. Tränen stiegen in ihre Augen, als ihr bewusst wurde, dass sie all das hier bald nicht mehr um sich haben würde. Ihr geliebtes Häuschen, die Nachbarschaft, die kleine Bäckerei an der Ecke. Das pulsierende Leben in der Stadt.

„Das ist großartig, Becky. Ich rufe Shirley jetzt gleich an. Dann kannst du am nächsten ersten anfangen. Wann wirst du hier sein? Kannst du das Flugticket bezahlen oder sollen Dad und ich eines für dich kaufen? Vielleicht solltest du ein paar Tage früher kommen, dann kann Elaine dich noch ein bisschen einarbeiten. Oh, was denkst du, wie all deine Freundinnen sich freuen werden, wenn du wieder zurückkommst."

„Ich muss hier noch einiges klären, Mum. Und ja, ich kann mir das Ticket selber kaufen", sagte Rebecca nüchtern und dachte an die vielen Wege, die ihr jetzt bevorstanden. Sie würde ihren Mietvertrag kündigen und ihren Kram loswerden müssen. Sie würde ihr Leben hier auflösen müssen. Und sie würde Hallie beibringen müssen, dass sie nicht mehr nur ein paar Minuten mit der U-Bahn entfernt lebte. Beim Gedanken an Hallie schmerzte Beckys Herz besonders. In ihrem ganzen Leben hatte sie noch keine so gute Freundin wie Hallie Harris gehabt. Die hatte ihr auch angeboten, einstweilen bei ihr und Chris unterzukommen, aber für Becky war das nicht infrage gekommen. Zunächst einmal waren Hallie und Chris ein frisch verheiratetes Paar und keine Wohngemeinschaft, bei der es nichts ausmachte, wenn eine dritte Person auf der Couch pennte. Und außerdem war es für Becky ein absolutes

No-Go, auf Kosten ihrer Freunde zu leben. Denn das würde nämlich passieren. Ohne Job konnte Becky rein gar nichts zu ihrem Unterhalt beitragen. Sie würde Hallie und Chris auf der Tasche liegen, auch wenn die beiden das bestimmt anders sahen. Übergangsweise, für ein paar Tage, vielleicht eine oder zwei Wochen, das wäre für Becky in Ordnung gewesen. Aber nicht für so lange. Immerhin hatte sie keine Ahnung, wie lang es wohl dauern würde, bis irgendjemand sie einstellte – sollte das überhaupt noch einmal geschehen.

„Okay. Aber beeil dich und warte nicht zu lange. Nicht, dass du deinen ersten Tag in deinem neuen Job verpasst, weil du getrödelt hast. Melde dich, wenn du weißt, wann du ankommst, ja?" Becky legte auf. Jetzt war ihr Schicksal also besiegelt.

siebzehn

„… und so ist es mir nicht nur eine ganz besondere Freude, sondern auch eine große Ehre, die Firma am heutigen Tage in die verantwortungsvollen Hände meines Sohnes Hunter zu legen, der sie ab sofort in die Zukunft führen wird. Ich bin mir sicher, dass Großes vor der Kennedy Corporation liegt." Charles Kennedy verdrückte sich die eine oder andere Träne, als er medienreich das Zepter der Firma an Hunter übergab. Der hatte somit genau das erreicht, was er wollte. Die Firma würde nicht verkauft werden und er hatte die Geschäftsleitung übernommen, ohne eine Verlobte an seiner Seite zu haben oder gar verheiratet sein zu müssen. Und doch … fühlte er sich seltsam leer, als er nach vorn ans Rednerpult trat und die Rede abspulte, die sein Pressesprecher ihm schon vor zwei Wochen auf den Leib geschrieben hatte. Dass er sich geehrt fühlte, ein so zukunftsträchtiges Unternehmen in die nächsten Jahre zu führen, dass er viel vorhatte, dass er seinem Vater und seinem Großvater dankte, die die Kennedy Corporation zu dem gemacht hatten, was sie heute war. Die immer ein Auge auf moderne Technologien gehabt hatten und niemals den Anschluss verloren, so wie viele Konkurrenten, die mittlerweile vom Markt verschwunden waren. Dass er sich bei seiner großartigen Familie bedankte, die ihm immer Rückhalt – auch in schweren Situationen seines Lebens – gegeben hatte, und dass er sich natürlich auch bei all den Mitarbeitern der Kennedy Corporation bedankte, die den Erfolg der Firma erst möglich machten und jeden Tag mit Herzblut und Leidenschaft daran arbeiteten. Im Anschluss an Hunters Rede sprach sein Großvater Grant noch zu den Mitarbeitern, den Gästen und der Presse, schließlich gab es einen Fototermin, und dann wurde das Buffet feierlich eröffnet, das in der Lobby des Firmengebäudes aufgebaut war.

„Er widert mich an", sagte Hallie bitterböse, während sie von ihrem Champagner trank. „Hunter? Also ich finde ihn heiß", antwortete Cassie, die Cybernanny, die statt Becky eingestellt worden war. „Ich hatte mein Vorstellungsgespräch bei ihm. Er ist der helle Wahnsinn. Meine Vorgängerin war wohl eine Weile mit ihm zusammen. Wie war sie so?"
„Becky? Sie war großartig. Sie hatte es echt drauf", sagte Hallie. Sie war immer noch völlig geschockt, dass Becky die Stadt schon am nächsten Tag verlassen würde. Aber es gab offenbar keine andere Wahl mehr für sie. In den letzten beiden Wochen, seit Becky Hallie ihre Entscheidung mitgeteilt hatte, hatten sie alles Mögliche

versucht, um ihren Weggang zu verhindern. Becky hatte noch einmal einen Schwung Bewerbungen versendet, doch nur Absagen kassiert. Niemand wollte die Exverlobte von Hunter Kennedy einstellen, weil niemand sich die üble Nachrede einholen wollte, dass er einer betrügerischen, sexsüchtigen Schnepfe einen Job gab.

„Sie muss doch einen Knall gehabt haben", sinnierte Cassie. „Ich meine, sie war mit Hunter Kennedy verlobt und hat einen Mann wie ihn betrogen? Was zur Hölle stimmte denn mit dieser Frau nicht? Ich würde mir einen Arm abhacken, wenn ich dafür Hunter Kennedy heiraten könnte. Der Typ ist das Heißeste, was auf dem Planeten herumläuft."

„Findest du nicht, dass du übertreibst? Er ist ein versnobter Mistkerl, der keine Rücksicht auf Menschen in seinem Umfeld nimmt. Der kapiert noch nicht einmal, was Sache ist, wenn du mit der Wahrheit vor seiner Nase herumwedelst." Hallie redete sich in Rage. „Außerdem verletzt er alle um sich herum. Er geht über Leichen, nur um seine eigenen Ziele durchzusetzen. Dem ist es egal, wie viele Existenzen er zerstört, solange nur sein eigener Wille durchgesetzt wird."

„Mein Gott, du musst dich ja nicht gleich so hineinsteigern", sagte Cassie, wandte sich von Hallie ab und verschwand in der Menge. Hallie kippte den restlichen Champagner, der sich in ihrem Glas befand, auf einmal hinunter. Sie würde zusehen, dass sie Land gewann und nach Hause kam. Sie hatte es schon nicht gut gefunden, überhaupt zu diesem Event zu gehen, aber die Geschäftsleitung hatte nahegelegt, dass man erwartete, dass die gesamte Belegschaft erschien. Vermutlich, um sich weiter zu profilieren. Hallie reichte es. Sie stellte ihr Glas auf einem der Tabletts ab, die diverse Kellner durch die Gegend trugen, und machte sich auf den Weg zum Ausgang.

***

Hunter drängte sich durch die Menge und fuhr mit dem Lift nach oben, wo sein Großvater ihn sprechen wollte. Er hatte keine Ahnung, was der alte Mann von ihm wollte. Grant Kennedy hatte sich schon lange aus den Geschäften zurückgezogen und lebte für sich allein auf einem weiteren Landsitz auf den Hamptons.

Grant Kennedy hatte in dem Büro seines Sohnes Charles Platz genommen und nippte an einem Glas Scotch, den er sich aus der Bar eingeschenkt hatte.

„Grandpa", sagte Hunter, als er eintrat.

„Junge. Schön, dass du dir Zeit für mich nimmst", sagte Grant und richtete sich auf. Er verströmte immer noch diesen unendlichen Respekt, den Hunter bereits als kleines Kind ihm gegenüber empfunden hatte.

„Aber gerne doch, Grandpa", sagte Hunter.

„Nimm Platz." Grant deutete auf den Stuhl gegenüber dem Schreibtisch, und Hunter setzte sich. „Du hast heute große Verantwortung übernommen", sagte Grant, nachdem er Hunter eine Weile lang still angesehen hatte.

„Ich weiß, Großvater. Dessen bin ich mir bewusst."

„Es wird oft kein einfacher Weg für dich sein, Entscheidungen zu treffen und damit nicht nur im Sinne der Firma zu handeln, sondern auch das Beste für deine Mitarbeiter zu tun."

„Das weiß ich. Ich konnte viel von dir und Dad lernen. Ihr seid meine Vorbilder."

Grant sah ihn an. „Was hat es mit dieser Geschichte mit dem Mädchen auf sich, mit dem du verlobt warst?"

Hunter stutzte. Wollte sein Großvater wirklich über seine Scheinverlobung mit Becky sprechen? Das Ganze war jetzt fast zwei Monate her und die Wogen hatten sich geglättet. Er hatte keine Ahnung, was aus Becky geworden war, denn sie hatte sich nicht mehr bei ihm gemeldet. Mehrfach war er versucht gewesen, sie zu kontaktieren, sich dafür zu entschuldigen, wie er an jenem Abend reagiert hatte, und ihr vielleicht eine Art … Entschädigung für alles anzubieten, doch er hatte es immer wieder sein lassen. Er wusste, dass es für sich auf dem Arbeitsmarkt nicht leicht werden würde. Nicht, nach der Story, die er ihr angedichtet hatte.

„Ach, das war nichts. Ich war wohl zu voreilig. Ich hätte mich nie mit ihr verloben dürfen. Sollte ich wieder einmal eine Frau kennenlernen, dann werde ich sie mir zuvor genauer anschauen."

Grant Kennedy blickte seinen Enkel an.

„Hältst du mich für dumm, Junge?"

Hunter sah seinen Großvater überrascht an. „Ich … Nein, natürlich nicht, Großvater."

„Dann sag mir die Wahrheit. Ich weiß nicht, wie du deinen Vater und deine Mutter täuschen konntest, aber mir war von vornherein klar, dass etwas an dieser Verlobungsgeschichte stinkt. Von heute auf morgen taucht plötzlich eine Frau in deinem Leben auf, die vorher niemand von uns kennengelernt hat? Ist dir so wichtig, dass du dich mit ihr verloben möchtest? Und auf einmal betrügt dich die Kleine und ist weg vom Fenster? Einfach so? Lachhaft." Grant kippte den Whiskey hinunter und stellte das Glas geräuschvoll auf dem Tisch ab.

„Solche Dinge passieren. Sie war wohl nur hinter meinem Geld her, aber konnte von den anderen Kerlen nicht genug kriegen."

Grant sah Hunter an. Blickte in ihn hinein.

„Schwachsinn", rief er dann laut aus. „Du hast diese Kleine gekauft, um an die Firma zu gelangen, stimmts? Dein Vater hat mir davon erzählt, dass er darüber nachdenke, sie zu verkau-

266

fen, weil er dich nicht für geeignet hielt, sie zu übernehmen. Er fand dich nicht verlässlich genug mit deinem Lotterleben und den Frauengeschichten. Und kaum erzählt er dir von seinem Plan, hast du eine Verlobte? Ich bin zwar alt, Hunter, aber so dumm, dass ich dir das abkaufe, bin ich nicht."

Hunters Magen krampfte sich zusammen. Wie konnte sein Großvater wissen, dass er und Becky niemals wirklich verlobt gewesen waren? Niemand wusste von der Geschichte. Er hatte sie niemandem erzählt und Rebecca … wohl auch nicht. Es sei denn, sie habe ihre Story aus Rache an irgendjemanden verkauft. Ihm wurde übel. Großer Gott. Wenn sie das getan hatte, dann würde er gravierende Probleme bekommen. Oder bluffte sein Großvater am Ende nur und er wusste gar nichts?

„Ich … Grandpa, wir waren verlobt. Ich gebe zu, dass alles viel zu schnell gegangen ist und dass wir uns einfach mehr Zeit hätten lassen müssen, aber …"

„Ich glaube dir nicht. Diese Geschichte stinkt von vorne bis hinten, und wenn es in die Richtung geht, die ich vermute, dann hast du dir die Geschäftsführung auf unlautere Weise erschlichen und sie ist dir sofort wieder abzuerkennen."

Hunter lief die Farbe aus dem Gesicht. Was würde sein Großvater als Nächstes tun? Würde er ihm den CEO-Posten wieder aberkennen? Würde die Firma nun doch verkauft werden?

„Aber daraus drehe ich dir keinen Strick",
fuhr Grant fort.

„Nicht?", fragte Hunter überrascht und ärgerte sich über sich selbst, dass er sich jetzt offenbar
verraten hatte.

„Deine Mutter hat mir erzählt, dass du dich
verhalten hast wie damals mit Kate."

Hunters Herz setzte einen Schlag aus, als sein
Großvater den Namen ausspie, den er die letzten
sieben Jahre vermieden hatte, auszusprechen. An
den er versucht hatte, die letzten sieben Jahre
nicht zu denken.

achtzehn

7 JAHRE ZUVOR

„Ich liebe es. Es ist einfach perfekt."
„Und ich liebe dich. Du bist ebenfalls einfach perfekt." Hunter zog Kate zu sich heran und verschloss ihre Lippen mit einem Kuss. Nie im Leben hätte er gedacht, einen Menschen einmal so sehr lieben zu können wie Kate Burrows, die er – ganz klischeehaft – im Supermarkt kennengelernt hatte, als sie beide zufällig nach dem letzten Becher Schokoeis gegriffen hatten. Kate war alles, was Hunter sich jemals gewünscht hatte. Sie war wunderschön, clever, humorvoll. Sie brachte ihn immer zum Lachen, egal, wie hart der Tag im Büro war oder worüber er sich sonst gerade ärgerte. Das, was ihn und Kate verband, musste wahre Liebe sein, und so war es kein Wunder, dass er sie an ihrem zweiten Jahrestag um ihre Hand gebeten hatte. Natürlich hatte Kate eingewilligt, und als die Hochzeit kurz bevorstand, machten die beiden sich auf die Suche nach dem perfekten Haus, in dem sie ihre Familie gründen und glücklich werden konnten. Kate, die Kunst an der Columbia studiert hatte, hatte begonnen, eini-

ge ihrer Bilder gewinnbringend zu verkaufen, und der Plan war, dass sie von zu Hause aus malen würde. Hunter würde sich währenddessen in der Firma hocharbeiten und sie eines Tages übernehmen. Es war so einfach gewesen. In seiner Jugend und am College hatte er sich frauentechnisch nicht festgelegt, doch als er die zarte Hand gesehen hatte, die fast forsch nach dem Eisbecher im Tiefkühler gegriffen hatte, war es um ihn geschehen gewesen. Jetzt war ihr Glück fast perfekt. Sie hatten ein wunderschönes Anwesen auf Long Island gefunden, nicht zu klein, aber auch nicht einschüchternd groß, und soeben ein Kaufangebot abgegeben.

„Ich weiß etwas, was unser Glück hier noch viel perfekter machen wird", sagte Kate, nachdem der Makler sich verabschiedet hatte und sie beide ihr neues Domizil zum ersten Mal ganz allein erkunden konnten.

„So?" Er sah sie fragend an und sog ihre Schönheit in sich auf. Langsam näherte sie sich ihm. „Weißt du, ich hatte ja eigentlich vor, es dir erst in ein paar Tagen zu verraten, ich wollte den perfekten Moment dafür abwarten, aber … ich denke, der Moment jetzt könnte nicht mehr perfekter werden."

„Was verheimlichst du mir, hm?", fragte Hunter liebevoll und kreuzte seine Hände in ihrem Rücken. Sie sah ihn an. „Warte hier. Und schließ die Augen, ja?" Hunter tat, wie ihm geheißen. Er hörte Kate aus dem Zimmer laufen und grinste. Er liebte ihre Energie. Ihre Lebenslust. Sie war die perfekteste Frau, die es auf diesem Planeten geben konnte. Nach einer Weile kam sie zurück. Er bemerkte, wie sie wieder vor ihm Stellung bezog. Seine Mundwinkel gingen nach oben.

„Kann ich gucken?"

„Einen Moment noch."

„Was machst du?"

„Ich sehe dich an, wie du gespannt darauf bist, was jetzt kommt." Sie lachte.

„Du bist unverbesserlich. Na warte."

„Okay, du kannst die Augen jetzt aufmachen." Hunter öffnete die Augen und sah direkt auf ein Polaroidfoto, das Kate ihm vor die Nase hielt. Es dauerte einen kurzen Augenblick, bis er registrierte, worum es sich bei dem Bild handelte. Er sah seine Verlobte an und spürte, wie sein Herz zu rasen begann. Wie sein Blut zu rauschen begann. Wie eine Woge des unbeschreiblichen Glücks ihn durchströmte und Tränen sich in seinen Wangen festsetzten.

„O Baby. Heißt das …" Er brach ab, war nicht mehr in der Lage, weiterzusprechen. Auch Kate hatte jetzt Tränen in den Augen und ein Lächeln auf den Lippen.

„Du wirst Daddy", sagte sie. Hunter nahm ihr das Polaroid aus den Händen und küsste es liebevoll. Dann zog er Kate sanft zu sich. „Ich liebe dich. Ich liebe euch beide. Mehr als mein eigenes Leben. Ich werde euch immer lieben. Ihr seid der

Grund, warum ich morgens aufstehe. Gott, ich liebe dich, Kate." Sie versanken in einen Kuss.

„Ich würde wirklich alles dafür geben, den Tag mit dir verbringen zu können, Darling", sagte Hunter, als er sich eine halbe Stunde später vor ihrem neuen Heim von Kate verabschiedete. Er hatte in einer Stunde ein Meeting in der Firma, und sein Vater hatte angeordnet, dass er daran unbedingt teilnehmen musste.

„Schon in Ordnung. Wir feiern heute Abend, ja? Dann können wir es auch gleich an die große Glocke hängen und allen erzählen." Sie strahlte ihn an. Und in diesem Moment war er der glücklichste Mensch der Welt. Er hatte seine absolute Traumfrau gefunden und sie erwartete sein Baby.

„Ich beeile mich, ja? Bin spätestens um sieben zu Hause."

„Alles klar. Wir freuen uns auf dich, Daddy." Sie lächelte ihn an, und eine Woge des Glücks durchströmte ihn, als sie das Wort „Daddy" aussprach. Dann küsste er sie ein letztes Mal sanft auf die Lippen, stieg in seinen Wagen und fuhr die Auffahrt hinab.

Hunter würde nie vergessen, wie er sich an jenem Tag gefühlt hatte. Es war Frühsommer, die Sonne strahlte warm durch die Fenster des Besprechungsraumes im 49. Stockwerk und er war bester Laune. Er beteiligte sich an den Strategiebesprechungen und fand die Einfälle der Mitarbeiter allesamt großartig. Sein Vater hatte ihn ab und an fragend angeblickt, doch er würde ihm die gute Nachricht noch nicht jetzt überbringen. Das würden er und Kate gemeinsam machen.

„Ich bin der Ansicht, dass wir uns diesen Musk einmal ansehen sollten mit seinen alternativen Energien", sagte einer der Projektleiter. „Es könnte die Zukunft sein, und da wäre es immer gut, wenn wir breit aufgestellt sind."

„Sehe ich auch so", sagte Hunter. Im nächsten Moment ging die Tür zum Besprechungsraum auf. Claire, Hunters Sekretärin, stand in der Tür und wirkte besorgt.

„Mr. Kennedy, bitte kommen Sie kurz mit. Die Polizei ist hier und will mit Ihnen sprechen."

Hunter sah seine Sekretärin fragend an. Er konnte sich nicht vorstellen, was die Cops von ihm wollten. War er irgendwo zu schnell gewesen? Nein. Üblicherweise flatterte ein Knöllchen per Post herein, wenn er zu schnell fuhr. Er stand auf und bemerkte, dass Claire völlig aufgelöst war und zitterte.

„Was ist los, Claire, sagen Sie es mir", herrschte Hunter sie an. Panik hatte von ihm Besitz ergriffen. Wortlos deutete seine Sekretärin auf die beiden Polizisten, die im Wartebereich vor den Besprechungsräumen warteten und fast betretene Mienen aufgesetzt hatten.

„Mr. Hunter Kennedy?"

„Der bin ich."

„Sir, mein Name ist Jason States und das hier ist

mein Kollege Malcolm Cosby. Es tut uns sehr leid, Ihnen mitteilen zu müssen, dass Ihre Verlobte, Miss Kate Burrows, vor einer Stunde in einen schweren Autounfall geraten ist. Ein Betrunkener hat ihr die Vorfahrt genommen und ist ungebremst in ihren Wagen gerast."

Hunters Herz setzte einen Schlag aus. Kate. Und sein Baby. „Großer Gott", rief er, „geht es Kate und dem Baby gut? Wo ist sie? In welches Krankenhaus hat man sie gebracht." Tausend Gedanken prasselten jetzt auf ihn ein. Er musste nach Hause. Nein, er musste zu Kate. Er musste in die Besprechung und seinem Vater sagen ... O nein, er wollte sofort zu Kate. Musste wissen, wie es ihr ging. Er sah die beiden Cops an, die eine Weile lang nichts sagten. Die Zeit blieb stehen, und er wusste, was geschehen war, doch er war nicht in der Lage, es zu realisieren.

„Sir, es tut mir sehr leid", sagte der Cop, der sich als Jason States vorgestellt hatte, „aber ... Miss Burrows hat es leider nicht geschafft. Sie war auf der Stelle tot."

neunzehn

Es schmerzte ihn, nach so langer Zeit wieder an Kate denken zu müssen. Seit sie tot war, hatte er kein wahres Interesse mehr an einer Frau gehabt. Lange Zeit hatte er Frauen überhaupt gemieden, und als sich seine körperlichen Bedürfnisse schließlich zu Wort gemeldet hatten, war er dazu übergegangen, wahllos Sex zu haben. Mit Frauen, die sich dafür anboten und die er danach nie wiedersah. Er perfektionierte diese Art von Dates fast, und als er Tinder schließlich für sich entdeckte, war alles für ihn nur noch einfacher. Er konnte sich seine Frauen überall und zu jeder Zeit aussuchen und sie genauso schnell wieder loswerden, wie er sie sich geangelt hatte.

„Ich weiß, dass es schmerzhaft ist, jetzt an Kate zu denken, Junge", sagte sein Großvater. Hunter hatte ganz vergessen, dass Grant ihn augenscheinlich entlarvt hatte. „Ich will dir jetzt mal etwas sagen, Hunter", sprach er weiter. „Ich habe diese Firma fast vierzig Jahre völlig alleine geleitet, und manchmal war ich kurz davor, die Flinte ins Korn zu werfen. Doch es war deine Großmutter, die mich immer wieder geerdet hat. Die mich zurück auf den Boden geholt hat und die mir bedeutet hat, weiterzumachen, wenn ich aufgeben wollte. Du hast ab heute eine unsagbare Verantwortung übernommen. Der Firma gegenüber. Ihren Mitarbeitern. Und schließlich auch als Energielieferant allen Einwohnern dieses Landes. Du wirst es nicht schaffen, ohne jemanden an deiner Seite zu haben, der hinter dir steht, wenn du nicht mehr weiterweißt."

„Ich bin hart im Nehmen. Ich habe schon ganz andere Dinge durch", versuchte Hunter, den harten Kerl zu markieren.

„Willst du mir jetzt immer noch frech ins Gesicht lügen?", fragte Grant. „Deine Mutter sagte, das Mädchen, das du als deine Verlobte aufgetischt hattest, war perfekt für dich. Du wärst ein völlig anderer Mensch gewesen, wenn sie in deiner Nähe war."

Hunter dachte an Becky zurück. Ja, er hatte sich gut gefühlt, wenn sic da gewesen war. Und jetzt wusste er auch, an wen sie ihn die ganze Zeit über erinnert hatte, wenn er immer geglaubt hatte, dass sie sich schon irgendwo einmal begegnet waren. Er erinnerte sich jetzt an sie. An ihre Fotos, die sie auf Tinder online gestellt hatte. An die Nachrichten, die sie sich geschickt hatten. An ihre Telefonate. Er hatte bemerkt, dass Becky vermutlich jemand war, den es nicht so ganz einfach war, abzuspeisen. Bei all den Nachrichten und Telefonaten, die sie im Laufe der Zeit miteinander geführt hatten, war ihm klar geworden, dass sie ihm auf eine Art und Weise gefährlich werden konnte, wie es sonst keine Frau tat. Sie war in der Lage, auf seine Gefühlsebene zurückzugreifen. Und seit Kate hatte er sich selbst untersagt, Gefühle für irgendeine Frau zu entwickeln. Also hatte er den Kontakt zu Becky abgebrochen. Einfach so hatte er sie zunächst einfach aus Tinder gelöscht, war er schließlich wieder heilfroh gewesen, als er sie dann doch wiedergefunden hatte. Er erinnerte sich daran, dass er dreimal zwei ganze Tage und Nächte damit verbracht hatte, potenzielle Tinderellas zu sichten, und sie alle nach links gewischt hatte, bis er endlich wieder bei Becky landete. Und wie er von Herzen gehofft hatte, dass sie seinen neuerlichen Match erwiderte. Und wie sein Herz einen Sprung machte, als sie ihn ihrerseits matchte. Wie er sich über ihre Nachrichten freute und wie er über ihre lustige, forsche und ehrliche Art schmunzeln musste. Er hatte lange Zeit darüber nachgedacht, wie er weiter mit ihr verfahren sollte, und hatte sich schließlich dazu hinreißen lassen, Telefonnummern auszutauschen. Und schon bei ihrem ersten Telefonat war ihm klar geworden, dass Rebecca tatsächlich eine Frau war, in die er sich verlieben könnte, wenn er sich selbst nicht untersagt hätte, jemals wieder Gefühle für eine Frau zu haben. Also hatte er den Kontakt neuerlich abgebrochen, die Wegwerfnummer entsorgt, mit der er Becky angerufen hatte, und sie neuerlich blockiert. Bis er abermals den Drang verspürte, ihr nah zu sein, und sich wieder Nächte um die Ohren schlug, um sie auf

Tinder zu finden. Und dann … ließ er sich tatsächlich dazu breitschlagen, sich mit ihr zu treffen. Er erinnerte sich jetzt wieder so klar, als wäre es gestern gewesen. Sie hatten sich in Philadelphia verabredet und wollten sich auf Beckys Hotelzimmer treffen. Hunter war schon eine Stunde vor dem vereinbarten Zeitpunkt im Hotel angekommen und hatte sich mit einer Zeitung in die Lobby gesetzt. Er wollte zuvor abchecken, ob sie auch wirklich diejenige war, die sie auf ihren Fotos zu sein vorgab. Mit der Zeit hatte er festgestellt, dass es viele Frauen nicht so genau nahmen, was ihre Fotos betrafen. Und dass ein großer Teil von ihnen auch ziemlich geschickt war, was Fotobearbeitung betraf. Doch Becky …

Becky war perfekt gewesen, das hatte er gewusst, als sie mit ihrem kleinen Koffer die Lobby betrat und die Rezeptionistin anstrahlte. Sie war großartig. Herzlich, authentisch. Er beobachtete sie dabei, wie sie eincheckte, dann zu den Aufzügen ging und direkt zu ihm herübersah, ohne ihn zu bemerken, bevor sie in einen der Lifte stieg und nach oben fuhr. Hunter hatte wirklich darüber nachgedacht, Rebecca auf ihrem Zimmer zu besuchen, immerhin hatten sie sich zum Sex verabredet. Doch er wusste, dass es nicht einfach nur Sex sein würde. Er wusste, dass sie sich in ihn verlieben würde. Und er wusste auch, dass es ihm nicht anders ergehen würde. Würde er Rebecca treffen, würde er das Versprechen, das er Kate am Tage ihres Todes gegeben hatte, nicht einhalten können. Also hatte er ihr eine Nachricht geschickt, in der er ihr erklärte, dass er gar nicht in der Stadt war und einfach nur checken wollte, ob sie tatsächlich nach Philly kam, wenn er sie darum bat. Seither hatte er nichts mehr von Becky gehört.

„Was immer du mit dem Mädchen gemacht hast, Hunter, versuche dein Möglichstes, um es wieder geradezubiegen", sagte Grant und riss Hunter aus seinen Gedanken. „Wir bekommen die Chance auf die große, wahre Liebe nicht sehr oft geboten, mein Junge. Du hast offenbar das Glück, deine große Liebe gleich zweimal getroffen zu haben. Kate hat das Schicksal dir aus den Armen gerissen, aber wenn dieses andere Mädchen dir nur halb so viel bedeutet, wie ich denke, dass sie tut, dann solltest du alles in deiner Macht Stehende tun, um gutzumachen, was du verbockt hast."

Hunter sah seinen Großvater eine Weile an. Dann sprang er auf.

zwanzig

An Beckys letztem Tag in New York regnete
es. Das Wetter war genauso trostlos wie ihre
Stimmung, und als Hallie und Chris am Nachmittag hier gewesen waren, um sich zu verabschieden, waren ganze Sturzbäche an Tränen geflossen. Becky hatte die beiden dann gebeten, zu gehen, und darauf verzichtet, sich von ihnen zum
Flughafen bringen zu lassen. Ihr Herz wäre vermutlich nur noch mehr gebrochen, wenn sie sich
direkt am Gate von ihren besten Freunden hätte
verabschieden müssen. Stattdessen hatte sie ihren
letzten Tag in der Stadt damit verbracht, sich alles
in ihrem Haus noch einmal ganz genau einzuprä-
gen. Sie hatte im Wohnzimmer gesessen und eine
letzte Flasche Wein auf ihrem Sofa getrunken.
Der Vermieter hatte ihr an diesem Morgen gesagt, dass das Haus verkauft worden war. Offenbar hatte sich jemand ganz kurzfristig dazu entschieden, es zu kaufen, anstatt es nur zu mieten.
Mit allem Mobiliar, das darin war. Als es zu
dämmern begonnen hatte, hatte Becky sich ein
Taxi gerufen und war ein letztes Mal durch ihr
Haus gestreift. Hatte an all die Erinnerungen gedacht, die ihr das Haus vermittelte. Und an jene,

die sie mit Hunter verbanden. Sie hatte versucht, böse auf ihn zu sein. Hatte versucht, ihn zu hassen. Und doch wusste sie, dass sie ihn liebte. Ja. Das bei Hunter musste Liebe gewesen sein. Anders als bei Jon damals, bei Steve oder Pete. Doch das war jetzt vorbei. Becky setzte sich auf die Fensterbank in ihrem Erkerfenster und sah auf die Straße hinaus. Beobachtete den Regen. Dachte daran, wie Hunter sie in der Bar aufgerissen hatte und wie er sie im Büro dazu überredet hatte, seine Verlobte zu spielen. Wie sie bei seinem Schneider einkaufen waren und sich „verlobt" hatten. Sie dachte an all die Abende, die sie gemeinsam verbracht hatten, als sie gekocht hatten und die Pasta völlig angebrannt war, sodass sie sich was vom Chinesen kommen ließen. Daran, wie Hunter mit dem Killer Coaster gefahren und danach fast aus den Latschen gekippt war. Und wie sie Salsa getanzt und sich dabei ineinander verliebt hatten.

Sie wurde aus ihren Gedanken gerissen, als zwei Lichtkegel die Straße heraufkamen und vor ihrem Haus hielten. Das Taxi war da. Das Taxi, das sie aus ihrem Leben katapultieren würde. Schweren Herzens stand sie auf und ging mit ihrem Gepäck hinaus in den Regen. Sah sich ein letztes Mal um und verließ dann das Leben, das sie so sehr geliebt hatte.

***

„Wohin solls gehen, Ma'am?", fragte der Taxifahrer, als Becky eingestiegen war und die Tür hinter sich zugezogen hatte.

„La Guardia Airport", sagte sie tonlos.

„Geht klar." Der Fahrer lenkte den Wagen vom Bordstein weg und fuhr die Straße entlang. Im Radio lief „When I fall in love", von Nat King Cole, der Song aus Schlaflos in Seattle, und Becky wünschte, der Fahrer würde Metallica, Pantera oder etwas Ähnliches laufen haben. Als sie ein Stück gefahren waren, wandte der Fahrer sich an sie.

„Ma'am, würde es Sie wohl stören, wenn wir auf dem Weg zum Flughafen noch einen weiteren Gast aufgabeln? Der Gast möchte ebenfalls zum La Guardia und seinen Flug nicht verpassen."

„Meinetwegen", sagte Rebecca tonlos. Ihretwegen hätten sie auch Kim Jong Un von irgendwo abholen können, es wäre ihr einerlei gewesen. Das Taxi fuhr die verregneten New Yorker Straßen entlang, und Rebecca wurde schmerzlich bewusst, dass die Stadt nicht länger ihr Zuhause war. Sie hatte hier keinen Ort mehr, an den sie gehörte. Sie war nur eine der vielen Touristen, die kamen und wieder gingen. Es hatte stärker zu regnen begonnen, als das Taxi schließlich anhielt und der Fahrer eine Nummer auf seinem Handy wählte und dann etwas hineinmurmelte.

„Es ist mir wirklich sehr peinlich, Sie um diesen Gefallen bitten zu müssen, aber unser Gast hat etwas Gepäck bei sich und ich darf hier nicht stehen bleiben. Wenn Sie wohl so nett wären und ihm behilflich sind? Dann würde ich eine Runde um den Block fahren, sie hier wieder auflesen und Ihnen die Fahrt zum Flughafen schenken." Der Fahrer sah sie fast reuig durch den Rückspiegel an. Becky seufzte. Klar, warum denn auch nicht. An diesem elenden Tag konnte sie natürlich gut und gerne auch noch durch den Regen stapfen, nur weil irgend so eine Prinzessin nicht in der Lage war, ihr kleines Köfferchen zum Wagen zu rollen. Andererseits ersparte sie sich die dreißig Dollar, die die Taxifahrt gekostet hätte. Jemand wie sie musste im Moment jeden Cent umdrehen. Niemals im Leben hätte sie daran gedacht, dass sie jemals wegen dreißig Dollar nachdenken würde.

„Von mir aus", murmelte Becky und öffnete die Wagentür. Erst jetzt bemerkte sie, dass sie vor dem Empire State Building angehalten hatten. Das musste ja eine Nummer sein. Wer sah sich das Empire State Building am Ende seines New-York-Trips an? Üblicherweise war es die erste Adresse, wenn man in den Big Apple kam. Aber kurz bevor es wieder nach Hause ging? Die Touristen wurden immer verrückter.

Becky lief durch den Regen auf den Eingang des Gebäudes zu und betrat die Lobby, die voller

Menschen war. Toll. Der Fahrer hatte ihr natürlich nicht gesagt, nach wem sie Ausschau halten sollte. Sie sah sich um, ob irgendwo eine Person mit einem kleinen Koffer zu sehen war, konnte aber niemanden finden.

„O Miss, da sind Sie ja endlich." Ein aufgeregter Mitarbeiter in der Uniform des ESB kam auf sie zu.

„Wie bitte?"

„Sie werden schon erwartet. Kommen Sie bitte mit." Der Mitarbeiter schob Becky in Richtung der Lifte, die erstaunlicherweise nicht besetzt waren. Üblicherweise waren Lifte am ESB immer mit Menschenschlangen besetzt. Diesmal befand sich kein einziger Tourist in der Warteschlange. Der Mitarbeiter drückte einen Knopf und die Lifttüren öffneten sich.

„Hören Sie, das hier ist ein Missverständnis", sagte Becky. „Ich will nicht nach oben. Ich bin nur auf der Suche nach …" Sie brach ab. Sie wusste noch nicht einmal, nach wem sie suchte.

„Keine Sorge, Miss Reed, Mr. Baldwin erwartet Sie bereits." Der Mitarbeiter schob Becky in den Lift und drückte auf den Knopf für die Aussichtsplattform.

„Mein Name ist nicht Reed, ich heiße …" Doch der Lift hatte sich schon in Bewegung gesetzt. Es war klar, dass es sich hier um eine Verwechslung handeln musste. Ein Kerl namens Baldwin wartete da oben auf eine Frau, die mit Nachnamen Reed hieß. Vermutlich ein so romantischer Vogel, der seiner Angebeteten hier einen Heiratsantrag machen wollte und dafür das gesamte ESB gemietet hatte. Wie beeindruckend. Becky überlegte, ob sie sich, sobald sie wieder unten war, auf die Suche nach dieser Miss Reed machen und ihr sagen sollte, dass sie lieber schnell das Weite suchte. Kerle waren nämlich Arschlöcher. Immer und überall.

Mit einem sanften Ruck hielt der Lift an und die Türen öffneten sich. Wieder schob der Mitarbeiter Becky sanft hinaus. Als sie sich umdrehte, bemerkte sie gerade noch, wie die Lifttüren sich hinter ihr wieder schlossen und der Mitarbeiter sie wissend angrinste. Idiot. Becky ging ein paar Schritte. Sie war noch nie hier oben gewesen, wenn die Aussichtsplattform eigentlich gesperrt war. Sie wusste, dass man diese Plattform hier mieten konnte, aber sie selbst war leider finanziell niemals in der Lage gewesen, sich so etwas zu leisten. Noch nicht einmal, als sie noch bei der Kennedy Corporation angestellt gewesen war und ordentlich verdient hatte. Es war merkwürdig. Alles hier oben war dunkel. Normalerweise sollte die Lobby hier oben doch beleuchtet sein, oder? Sie fragte sich, ob das Taxi unten noch auf sie wartete, ob der zweite Fahrgast mittlerweile gefunden worden war und was wohl aus ihrem Gepäck wurde, wenn der Fahrer ohne sie weiterfuhr. Es war ihr egal. Ihr Leben war ihr sowieso entglitten, warum sollte sie dann nicht auch noch

ihren Flug verpassen und ihr Gepäck verlieren.
Dafür hatte sie jetzt die Möglichkeit, noch einmal
einen Blick von ganz oben auf ihre Stadt werfen
zu können. Auf ihre Stadt. Langsam ging sie die
menschenleere Lobby entlang, bis sie vorn an der
Fensterreihe angelangt war. Der Ausblick von
hier oben war atemberaubend, und auch wenn es
regnete und die Sicht nicht allzu weit ging, so
liebte sie, was sie sah. Ihre Stadt. Ihr Manhattan.
Sie würde alles hier vermissen. Aber sie wusste,
dass sie eines Tages wiederkommen würde,
komme, was wolle.

Sie erschrak kurz, als plötzlich alle Lichter
angingen und Musik erklang. Wieder „When I
fall in love". Sehr zu ihrer Überraschung, aber in
einer live von einem Streichorchester gespielten
Version. Sie drehte sich um, um das Missverständnis aufzuklären. Eines Tages, wenn sie alles,
was hier passiert war, verarbeitet hatte, würde es
bestimmt eine lustige Anekdote abgeben, wie sie
einmal auf dem Empire State Building fast einen
Heiratsantrag bekommen hatte.

Ihr Herz setzte einen Schlag aus, als sie sich
umdrehte und Hunter vor sich stehen sah. In einem Smoking. Hinter ihm ein Streichorchester.
Dann wurde ihr bewusst, dass er das alles arrangiert hatte. Und dass Miss Reed und Mr. Baldwin
die Charaktere Annie und Sam aus „Schlaflos in
Seattle" waren.

„Was …", begann sie. Er sah großartig aus. Er hatte immer großartig ausgesehen.

„Sch", machte er und kam ein paar Schritte auf sie zu. „Bitte, hör mich an, Rebecca", sagte er sanft. Langsam wurde ihr klar, dass es sich hier doch nicht um ein Missverständnis handelte. Alles musste von langer Hand geplant worden sein. Selbst die Sache mit dem Taxifahrer, der sie hier absetzte, um einen zusätzlichen Fahrgast aufzulesen. Tränen stiegen in ihre Augen. Sie war überwältigt davon, Hunter wiederzusehen. Und sie war überwältigt davon, dass er hier etwas tat, was sie nicht von ihm erwartet hatte.

„Rebecca, zuallererst möchte ich mich in aller Form bei dir entschuldigen", sagte er aufrichtig. „Ich habe dich damals, als ich dich bat, meine Verlobte zu mimen, zu etwas gedrängt, was ich niemals hätte tun dürfen. Ich war habgierig und egoistisch und habe dein großartiges Wesen ausgenutzt, um meinen Willen durchzusetzen. Ich hätte das nicht von dir verlangen dürfen und es tut mir von ganzem Herzen leid."

„Hunter, ich …", begann Becky, doch Hunter sprach weiter.

„In den Wochen, die wir zusammen verbracht haben, hat sich etwas an mir geändert. Etwas, was ich zunächst vielleicht gar nicht wahrhaben wollte. Etwas, was ich verdrängt habe. Ich habe mich in dich verliebt, Rebecca. Ich habe mich in dich verliebt, obwohl ich mir das selbst vor vielen Jahren für immer untersagt hatte. Ich habe einen triftigen Grund dafür, warum ich so bin, wie ich bis zum heutigen Tage gewesen bin, und ich werde dir meine Geschichte erzählen. Aber ich habe auch einen triftigen Grund dafür, dass ich ab heute ein anderer sein werde. Und dieser Grund … bist du."

Becky sah Hunter an, der jetzt ganz dicht vor ihr stand.

„Ich weiß, dass es viel verlangt ist, zu erwarten, mir zu verzeihen, Becky. Aber ich verspreche dir, dass ich dich niemals unglücklich machen werde. Dass ich mein Bestes tun werde, um dir jeden Wunsch von den Augen abzulesen. Du bist nämlich einzigartig. Du bist etwas Besonderes. Weißt du, Rebecca, wenn ich mich verliebe, dann ist es für immer", sagte er in Anspielung auf den Song, der im Hintergrund immer noch gespielt wurde. „Und in dich … habe ich mich bis über beide Ohren verliebt."

Tränen liefen Beckys Wangen hinunter. Sie wusste nicht, wie sie reagieren sollte. Die toughe Becky in ihr hätte ihr wohl gesagt, sie solle Hunter samt seinem schmalzigen Auftritt zum Teufel jagen. Doch da meldete sich nun eine andere Becky zu Wort. Eine, die schon sehr lange still gewesen war.

„Kannst du mir verzeihen, dass ich das größte Arschloch auf dieser Welt gewesen bin?", fragte Hunter. Unmerklich nickte Becky. Jetzt nahm er ihr Gesicht in seine Hände und küsste sie, wie nur er sie küssen konnte. Sie presste sich an ihn und

288

jede Faser ihres Körpers verzehrte sich nach ihm. Er musste derjenige sein, der für sie vorbestimmt war.

„Warum hier oben?", fragte sie, als sie voneinander losgekommen waren und er sie immer noch in seinen Armen hielt. „Warum dieser Aufwand?"

„Weil du es wert bist", sagte Hunter sanft. Seine Hände glitten ihre Arme hinab und nahmen die ihren. „Und … kannst du dich noch an die Geschichte mit unseren Dates erinnern, die ich unseren Eltern erzählt habe? Das Kino, das Salsatanzen, Coney Island?"

„Ja, natürlich", sagte Becky. All diese Dates hatte Hunter dann für sie nachgestellt.

„Kannst du dich erinnern, welche Rolle das Empire State Building dabei gespielt hat?"

„Klar. Du hast gesagt, du hättest mich hier oben …" Sie brach mitten im Satz ab. Das war nicht möglich. Das konnte nicht sein. Hunter würde nicht …

Er ließ ihre Hände los und ging vor ihr auf die Knie. Becky konnte nicht glauben, was hier passierte, und rechnete damit, jeden Moment aus einem Traum aufzuwachen. Bestimmt war sie in diesem merkwürdigen Taxi eingeschlafen, und gleich würde der Fahrer sie wecken und verkünden, dass sie jetzt am Flughafen angekommen waren.

„Rebecca Sterling, ich bin der größte Idiot, den du dir vorstellen kannst. Ich habe mich nicht nur einmal in dich verliebt, sondern jedes Mal wieder, wenn ich dich auf Tinder gematcht habe. Und jedes Mal habe ich mir dabei selbst im Weg gestanden. Becky. Du hast mich von der ersten Sekunde an verzaubert. Selbst dann schon, als wir uns noch nicht einmal real begegnet sind. Und dann, als du für kurze Zeit meine Verlobte warst, habe ich bemerkt, dass nur du die Frau für mich sein kannst. Ich liebe dich, Rebecca Sterling. Und ich will nicht noch einmal den Fehler machen, dich zu verlieren. Würdest du mir die Ehre erweisen, meine Frau zu werden?"

Becky sah Hunter an und war sprachlos. War das da wirklich die Realität? Ihr absoluter Traummann, vor ihr auf den Knien, mit einem Ring und einem Antrag. Nach ihrer beider Vorgeschichte? Das hier konnte kein Traum sein. Das hier war so verrückt, dass es einfach Beckys Leben sein musste.

„Komm hoch", sagte sie zu Hunter, dessen Augen sich weiteten.

„Heißt das …" Er wagte es nicht einmal auszusprechen.

„Ich will vermeiden, dass mein zukünftiger Ehemann sich hier oben auch noch erkältet." Sie lachte. Dann fiel sie ihm in die Arme.

EPILOG

1 Jahr später

„Hey, warte … so einfach geht das nicht."
Sanft hielt Hunter sie zurück, als sie die Honey-
moonsuite betreten wollte. Die Hochzeit war
großartig gewesen. Ein rauschendes Fest, wie es
perfekter nicht hätte sein können. Sie konnte es
immer noch nicht glauben, dass sie jetzt tatsächlich verheiratet war. Sie. Rebecca Sterling. Jetzt:
Rebecca Kennedy. Und dass sie Hunter geheiratet
hatte, den Mann, der für sie der absolute Traummann schlechthin gewesen war. An jenem Abend
auf dem Empire State Building, an dem er ihr den
Antrag gemacht hatte, hatte er ihr seine Geschichte – und die von Kate und dem Baby – erzählt,
und Becky hatte einigermaßen nachfühlen können, warum er geworden war, was er lange Zeit
gewesen war. Sie hatten in Beckys Haus im Bett
gelegen – bei dem geheimnisvollen Käufer hatte
es sich natürlich um Hunter gehandelt, der das
Haus für Becky gekauft hatte – und sich alles
über sich erzählt. Jede Einzelheit. In dieser Nacht

waren sie eins geworden und hatten ihre gemeinsame Vergangenheit hinter sich gelassen.

Jetzt hob Hunter sie hoch und trug sie über die Schwelle. „Ich kann doch nicht verantworten, dass du in unserer Beziehung ständig die Hosen anhast."

„Das hab ich sowieso." Becky lachte. „Immerhin war meine Hand beim Torteanschneiden oben."

Er küsste sie. „Das ist kein Problem. Ich werde dir deine Hose sowieso in jeder freien Minute ausziehen." Sanft setzte er sie in der Suite ab, drehte sie zu sich und küsste sie.

„Ich liebe Sie, Mrs. Kennedy", sagte er. Und er liebte sie tatsächlich. Er liebte es, sie „Mrs. Kennedy" zu nennen und von ihr als seine Frau zu sprechen.

„Ich liebe Sie auch, Mr. Kennedy", sagte Becky und küsste ihren Ehemann.

„Du weißt, was jetzt kommt, oder?", fragte Hunter vielsagend. Becky atmete theatralisch einmal tief durch. „Ja, ich weiß." Dann gingen sie zum Bett und setzten sich. Becky holte ihr Handy aus der kleinen Tasche, die sie bei sich hatte, und Hunter zog seines aus seinem Jackett. Dann tauschten sie die Geräte aus und riefen jeweils die Tinder-App des anderen auf.

„Bereit?", fragte Hunter, als sie beide das Löschen-Icon betätigt hatten und nur noch bestätigen mussten, dass sie die App dauerhaft löschen wollten.

„So bereit wie nie zuvor", sagte Becky und strahlte ihren frisch gebackenen Ehemann an. Dann drückten sie gleichzeitig das Löschen-Symbol auf den Handys, legten die Geräte beiseite und versanken in einen tiefen, leidenschaftlichen Kuss, der die Welt zum Stillstand brachte.

**

Während Becky und Hunter sich nach oben in ihr Schlafzimmer verabschiedet hatten, wurde auf dem Anwesen auf den Hamptons noch weitergefeiert. Die beiden hatten sich genau dort das Ja-wort gegeben, wo ihre Familien das erste Mal aufeinandergetroffen waren. Jetzt hatte sich die Menge schon etwas ausgedünnt und nur noch wenige Gäste waren anwesend. Agatha Jones war eine von ihnen. Die alte Dame, die im Seniorenheim lebte, das in dem Viertel lag, das auch Hallie und Becky bewohnt hatten, bevor sie geheiratet hatten, war eine großmütterliche Freundin für beide geworden. Hallie hatte Agatha sogar gezeigt, wie Tinder funktionierte, doch für die betagte Dame hatte sich über die App niemals eine Gelegenheit ergeben. Sie freute sich darüber, dass nun auch Becky unter der Haube war, und dachte an ihren verstorbenen Mann Donald, den das Schicksal ihr viel zu früh entrissen hatte. Zu gerne hätte sie mit ihm getanzt, so wie es jetzt noch einige wenige Paare auf der Tanzfläche taten. Agatha ging ein paar Schritte auf die Tanzfläche zu. Die Bigband spielte „Moonlight Serenade", einen ihrer Lieblingssongs. Ganz leicht bewegte Agatha sich zur Musik.

„Eine schöne Hochzeit, nicht wahr?" Sie wurde aus ihren Gedanken gerissen, als eine sonore Stimme zu ihrer Linken erklang. Ein großer, attraktiver Mann, etwa in ihrem Alter, stand neben ihr.

„Ja, sie war wunderbar", stimmte Agatha zu.

„Mein Name ist übrigens Grant Kennedy. Ich bin der Großvater des Bräutigams."

„Agatha Jones. Rebecca ist so etwas wie die Enkeltochter, die ich nie hatte."

„Enkeltochter?" Grant sah Agatha ungläubig an. „Ich hätte Sie für ihre ältere Schwester gehalten." Er schmunzelte und ihre Blicke trafen sich. „Darf ich Sie um diesen Tanz bitten?"

Agatha hatte schon seit Ewigkeiten nicht mehr getanzt. Aber diesem tollen Mann hier würde sie seine Bitte nicht abschlagen. Sie öffnete ihre Hand, und Grant führte sie auf die Tanzfläche, wo sie sich sanft zur Musik drehten und sich fanden. Ganz ohne Tinder. Oder andere Datingapps.

Schon fertig mit Lesen? Bereits im März 2019 erscheint der nächste Pink Powderpuff-Books-Roman. Bis dahin warten zahlreiche andere Geschichten von Daniela Felbermayr darauf, von dir gelesen zu werden:

www.pink-powderpuff-books.com

https://www.amazon.de/Daniela-Felberma-yr/e/B00CXLAIOW/ref=dp_byline_cont_ebooks_1

Lightning Source UK Ltd.
Milton Keynes UK
UKHW041039180219
337530UK00001B/30/P